PDM

STEPHEN WALLENFELS

PDM

Tradução
Catharina Epprecht

Rio de Janeiro | 2014

Título original: POD

Capa: Sergio Campante

Imagens de capa: © Peeter Viisimaa / iStockphoto (Parte inferior)
e GDT / Getty Images (Parte superior)

Editoração: FA Studio

Texto revisado segundo o novo
Acordo Ortográfico da Língua Portuguesa

2014
Impresso no Brasil
Printed in Brazil

Cip-Brasil. Catalogação na publicação
Sindicato Nacional dos Editores de Livros, RJ

W18p Wallenfels, Stephen
PDM / Stephen Wallenfels; tradução Catharina Epprecht.
— Rio de Janeiro: Bertrand Brasil, 2014.
280 p.; 23 cm.

Tradução de: POD
ISBN 978-85-286-1958-4

1. Ficção americana. I. Epprecht, Catharina. II. Título.

14-08225
CDD: 813
CDU: 821.111(73)-3

EDITORA BERTRAND BRASIL LTDA.
Rua Argentina, 171 — 2º andar — São Cristóvão
20921-380 — Rio de Janeiro — RJ
Tel.: (0xx21) 2585-2070 — Fax: (0xx21) 2585-2087

Atendimento e venda direta ao leitor:
mdireto@record.com.br ou (0xx21) 2585-2002

Sobreviver a um cerco alienígena é um feito.

Sobreviver à humanidade é outra história.

Para Theresa e Michael

"Em nossa obsessão com os antagonismos de agora, com frequência esquecemos tudo o que une os seres humanos. Talvez precisássemos de uma ameaça externa, universal, para reconhecermos esses laços comuns. Às vezes penso em como as diferenças no mundo sumiriam rapidamente se encarássemos uma ameaça de fora do planeta."

Ronald Reagan,

presidente dos Estados Unidos da América, em discurso à Assembleia Geral das Nações Unidas (21 de setembro de 1987).

JOSH

PROSSER, WASHINGTON

Megs

LOS ANGELES, CALIFÓRNIA

PROSSER, WASHINGTON

ESTÁTICA

O guincho me acorda.

Parece um metal retorcendo e dilacerando outro metal — o som ampliado milhares de vezes. Ainda na cama, eu me sento e tampo os ouvidos com as mãos. Mas parece que meu cérebro está sendo sugado para fora. O barulho só aumenta, crescendo cada vez mais. Levanto da cama meio cambaleante e caio no chão. A dor é tanta que tenho vontade de arrancar minha cabeça fora. Eu grito, desejando que o berro possa abafar o som que está me matando no escuro do meu quarto.

E então para.

Fico alerta, tenso, pronto para outro estrondo, que não vem. Um zumbido grave, suave e profundo preenche minha cabeça latejante. Fico de pé, me escorando na parede para firmar as pernas. No momento em que penso "O que diabos...", as luzes do corredor se acendem. Logo em seguida, a porta é aberta de supetão e surge o rosto de meu pai, o corpo apoiado pesadamente no umbral da porta, a respiração curta e rápida. Ele colocou um marca-passo no feriado de Ação de Graças. Aquilo não podia ser um enfarto.

— Tudo bem, Josh? — pergunta ele.

Sua voz está trêmula, mas não como se ele precisasse de um procedimento médico de reanimação.

— Minha cabeça está doendo — digo.

— É, meus ouvidos ainda estão zumbindo. — Ele espera um pouquinho e pergunta: — Posso entrar?

— Claro — respondo, pescando do chão a calça de moletom e vestindo-a sobre meu calção de dormir. — Só cuidado para não tropeçar em nada.

Um casaco de moletom está jogado sobre as costas da cadeira do computador. Eu o visto também.

Meu pai acende a luz e vai até a janela, manobrando pelo campo minado de roupas, CDs que gravei, revistas de jogos e vários cabos AV. Ele está com uma calça de pijamas vermelha e uma camiseta branca. Há uma mancha úmida com borrões amarronzados na frente da camisa. Pelo cheiro que sinto quando ele passa, percebo que é a versão digerida do jantar de ontem. Ele observa o dia amanhecendo e coça a bunda. Sei que está calculando a pressão atmosférica e avaliando as nuvens. Para mim é óbvio: mais uma manhã de primavera, mais vento, mais chuva.

— O que foi que aconteceu? — pergunto.

— Não sei.

— Batida de carro?

— Não, o barulho demorou muito. Foi outra coisa — responde, ainda olhando pela janela.

— Parece que foi dentro da sua cabeça?

Ele se vira para mim:

— Exatamente.

— Então o que diabos foi aquilo? Achei que meu cérebro ia explodir.

— Pensei que podia ser algum problema no sistema de aquecimento da casa.

Aquilo me parecia meio forçado. Fui até minha mesa e peguei o telefone. Não deu sinal. Como nossa rede de internet é associada à linha telefônica, isso significa que estamos sem internet também. Perfeito. Como vou terminar o meu dever de casa?

— E um problema no aquecimento cortaria a linha telefônica? — perguntei.

— É só uma teoria — diz meu pai, sentando na beira da cama.

Minhas pernas recobram a força. Meus ouvidos também estão quase livres do zumbido. Olho o relógio digital na mesa de cabeceira.

São 5h03.

Eu ainda teria uma hora para dormir, e aí teria meia hora para rever mal e porcamente a matéria para a prova de história do primeiro bimestre, mas não consigo pegar minhas anotações on-line. O dia parecia destinado a ser uma droga. Um pensamento passou rápido pela minha mente. Era algo que eu devia captar, mas meu cérebro dolorido não conseguiu retê-lo.

— Tenta o rádio — sugere meu pai.

Eu ligo o aparelho, mas mesmo trocando as estações não há nada além do barulho de estática. E é um barulho esquisito, oscilante, mais agudo. Tento as frequências AM. O resultado é o mesmo. O som me lembra do guincho de mais cedo. Desligo o rádio. É bom que mamãe esteja fora para uma reunião. Senão ela estaria surtando de medo neste momento.

Começo a me sentir incomodado, como se estivesse no limite de algo que nem sei o que é. Pego a calça jeans do dia anterior e encontro meu celular no meio da bagunça.

— Quer apostar quanto que não está funcionando? — Abro o celular, digito o telefone de casa. — Sem serviço.

— Isso não é normal — diz meu pai.

— Você acha, é?

Ele me lança um olhar aflito.

— O Dutch não deveria estar latindo até não aguentar mais com um barulho desses?

— Talvez — responde ele.

— Vou ver se ele está bem.

Meu pai se levanta:

— Vou ver o aquecedor.

• • •

No andar de baixo está escuro, mas a luz da manhã já é suficiente para eu conseguir enxergar o caminho. Passo primeiro pela sala e dou uma olhada na paisagem pela janela. Moramos em uma rua sem saída, tranquila, em um terreno com cercas vivas que cresceram além da conta e com um cercado de cedro desgastado. A essa hora, a maior parte da vizinhança deveria estar dormindo, mas não está. No prédio do outro lado da rua, se veem as luzes dos apartamentos todas acesas, como se fosse a hora do jantar, e não como se faltassem ainda duas horas para o café da manhã. Creio que não fomos os únicos a acordar com o guincho.

Caminho até a cozinha. Ainda dá para sentir o cheiro do jantar da noite passada por lá, a tentativa lamentável do meu pai de fazer uma sopa de cebola francesa. O relógio do micro-ondas aponta: 5h05. O pensamento fugidio volta a mim, mas desta vez consigo captá-lo. Aquele barulhão deve ter acontecido há uns cinco minutos. Eu me pergunto se foi às cinco horas em ponto. Tenho certeza de que isso significa alguma coisa, mas, mais uma vez, o significado não está ao meu alcance.

Dutch está dormindo enroscado em seu tapete, perto da porta do pátio dos fundos. É um vira-lata nervoso e de olhar triste, que late para tudo, até mesmo para os esquilos nas árvores. Eu dou uma batidinha no vidro da porta, ele abre um olho, abana o rabo algumas vezes e volta a dormir. Algo está errado.

Papai chega até ali e fica atrás de mim.

— Acho que o Dutch não ouviu nada — diz, bocejando. O bocejo não combina com o mal-estar que sinto no estômago. — Mas os cachorros dos vizinhos também não latiram.

Meu pai coça a cabeça.

— O aquecedor, como está?

— Funcionando às mil maravilhas.

Nós nos encaramos com o mesmo olhar, mas não dizemos nada.

Os passarinhos lá fora voam de galho em galho. Uma lufada de vento varre as folhas pelo pátio. Nuvens de tempestade ficam mais densas e escurecem um céu meio turbulento. Parece que o sol vai vir abaixo em vez de ficar lá no alto. Sirenes cortam o silêncio. Há uma ambulância e um caminhão dos bombeiros em algum lugar perto dali. O barulho acorda o Dutch. Ele nos vê e, em um salto, se levanta e pressiona o focinho contra o vidro.

Vou em direção à porta.

— Espere, Josh!

A urgência na voz do meu pai me paralisa e me congela. Ele está olhando para cima. Eu sigo seu olhar.

O ar me foge dos pulmões. Fico boquiaberto, abobado.

Surge, descendo das nuvens, silenciosa como uma aranha baixando da teia, uma imensa esfera negra.

Está a um quilômetro e meio pelo menos, mas mesmo a essa distância faz nossa vizinhança parecer uma miniatura. Eu me contraio todo só de imaginar o horror de ver casas sendo esmagadas com gente dentro. Mas a esfera para exatamente acima das árvores, talvez a um quilômetro do chão. E paira, sem fazer barulho.

— Meu Deus do céu! — sussurra meu pai. E aponta outra mais para a esquerda e mais outra.

Em meio minuto, todo o horizonte está salpicado de esferas negras. Dutch arranha a porta com as patas, indiferente à cena que se passa sobre nossas cabeças.

As esferas começam a rodar.

Em seguida, como se um sinal tivesse sido dado, todas começam a emitir feixes de luz num tom esbranquiçado de azul. Os feixes se dividem mais e mais, como ramos de um galho, alguns para o ar, a maioria deles direto para o solo. Dois carros diminuem a velocidade em uma estrada chamejante na colina Horse Heaven. Com um raio, os dois somem. Não houve explosão, fogo, nada. Eles simplesmente desapareceram.

— Pai! — grito.

Ele olha fixo para fora da janela, balançando a cabeça e murmurando:

— Não, não, não...

— Vou dar uma olhada na entrada.

Corro pela cozinha e passo pelo saguão que dá na sala de estar. Dou uma olhada nas redondezas. Há uma esfera rodando em cima do prédio em frente. Ela faz sumir os carros estacionados no meio-fio. Um cachorro passeia sozinho, arrastando a coleira.

No chão, no fim da rua, vejo uma bicicleta caída de lado, um capacete virado de cabeça para baixo e jornais, que estavam enrolados para serem entregues, completamente espalhados. São de Jamie, a entregadora de jornal.

Abro a porta da frente e procuro pelo quintal, pela rua.

— Jamie! — Nenhuma resposta. — Jamie!

À minha direita, um lamento, um choro baixo. Quatro carros e um trailer velho estão estacionados em vários pontos da rua sem saída. O mais perto de mim é um Honda branco. Jamie está agachada, tentando se esconder das esferas. Precisaria correr uns trinta metros até nossa porta.

Mais um raio e dois carros somem.

— Jamie, agora!

Ela me olha, tem um corte na testa e sangue na bochecha.

Mais um clarão. O trailer some.

Jamie hesita por um segundo, levanta e corre. Mas há algo errado. Sua perna esquerda falha. Ela se reequilibra, volta a correr e pisa em falso de novo. Pego impulso para correr e ajudá-la. Dois braços me agarram por trás e não me deixam seguir. Sou puxado aos gritos para dentro de casa.

Jamie já está na entrada da nossa garagem. Seus olhos se fixam nos meus.

A um passo de distância, em mais um lampejo esbranquiçado de azul, ela desaparece.

LOS ANGELES, CALIFÓRNIA

Raios

Ela tenta me acordar:

— Vamos lá, Megs, vamos lá, meu anjo.

Eu tento ignorá-la.

— Megs, acorde.

Ignorar minha mãe é como ignorar uma coceira danada. Ela vem e sacode meu saco de dormir.

— Acorde, meu anjo, vamos lá!

Sei que ela não vai parar e, se eu insistir, ela vai ficar irritada, algo que eu definitivamente prefiro evitar. Abro os olhos:

— Ok, ok, já acordei.

Ela está sentada no banco da frente, me encarando, seu rosto perfeito, com batom vermelho-canela, lápis marrom nos olhos, os cabelos penteados e presos para trás como se tivesse levado horas para se arrumar. Sua blusa de cetim azul deixa ver mais busto do que eu achava que ela tinha.

Sinto um cheiro no ar. Seu perfume floral se mistura com o da roupa suja empilhada no chão do carro, nos bancos de trás.

— Megs, desculpe, mas tenho que ir.

Ir? Agora despertei de verdade.

— Aonde? — Sento no banco de trás, esfrego os olhos para acordar melhor e olho para o relógio grudado com fita adesiva no painel. A luz do visor digital está fraca e é difícil focar.

São 4h48 da manhã.

— Por que estamos acordando agora?

— Sei que está cedo, meu bem, desculpe, mas estou com pressa e temos que conversar.

Mamãe pedindo desculpas duas vezes no mesmo dia? Isso é um recorde. Definitivamente, há algo errado. Preciso entender melhor algumas coisas. Estamos em um lugar que não reconheço, cheio de sombras. Um lugar de concreto por todo lado. Um carro azul está estacionado perto do nosso, e um pouco mais adiante há uma porta verde em que se lê RECEPÇÃO.

— Onde a gente está?

— No estacionamento...

— De um hotel?

— É, mas eu...

— Pensei que íamos dormir na praia.

— Ficamos sem gasolina, lembra?

As lembranças retornam aos poucos. A ida a Los Angeles depois da meia-noite. O marcador de gasolina apontando para o VAZIO. Nós duas perdidas. E depois encontrando o hotel. Mamãe estacionando, ajeitando os cabelos no espelho, passando batom, entrando para perguntar o caminho para a praia. Eu caí no sono. Mamãe me deu um beijo de boa-noite, cheirando a cigarro e cerveja.

— Por que você já está saindo? Por que está toda arrumada?

— É o que estou tentando dizer. Tenho uma entrevista de emprego e preciso ir agora.

— Entrevista de emprego? Com essa roupa? — Meu coração dá um pulo de susto.

— Sim, meu anjo. Agora, ouça.

Caiu a ficha. O homem do sussurro.

— Você está indo encontrar com ele, não é? Eu ouvi você sussurrando com um homem do lado de fora do carro. É ele?

— Ele nos pagou o jantar — responde ela, evitando me olhar nos olhos.

— Gurjões de frango?

Eu me lembro deles se pegando. Ele tinha poucos cabelos grisalhos e usava barba.

Ela inspira profundamente, remexe no fecho da pulseira. Tenho certeza de que está louca para acender um cigarro. Ela se inclina na minha direção e de repente seu semblante muda de suave para rígido. Seus olhos verdes se afundam nos meus.

— Não tenho tempo para isso agora, Megs. Entendeu? Agora fique quietinha e ouça. Tem que fazer exatamente o que eu mandar.

Então faz uma pausa, deixando suas palavras assentarem. Eu me sento ainda dentro de meu saco de dormir e começo a ficar preocupada.

— Espere no carro. Não vá a lugar nenhum. Deixe as portas trancadas. Não abra para ninguém. Ninguém. Entendeu?

— Nem mesmo para a polícia?

Ela pisca os olhos. Aquela pergunta a irritou. A polícia não é exatamente nossa amiga neste momento. Ela diz:

— Volto em uma hora.

— Uma hora?! Aonde você vai?

— Para outro hotel.

— Por que ele não faz a entrevista aqui?

— Este hotel não tem... cafeteria.

Isso não faz sentido.

— Cafeteria? Que tipo de emprego é esse?

Um carro para atrás do nosso. Uma Mercedes branca de vidro escuro. Não dá para ver quem dirige, mas sei que é o homem do sussurro. Ela pega a bolsa.

— Por que a gente simplesmente não volta para San Diego? — pergunto, sabendo que não vou conseguir impedi-la, mas que preciso tentar. — A gente podia...

— Querida, por favor, lembra que não temos gasolina? — Ela sorri. Sua suavidade está de volta. — Não ligue o rádio, está bem? Ou a bateria do carro pode acabar e Deus sabe o quanto essa é a última coisa de que precisamos agora. E não esqueça: Você tem que fi-car-den-tro-do-car-ro. Quando eu voltar, teremos algum dinheiro. Vamos poder comprar gasolina e tomar um supercafé da manhã em um restaurante gostoso, ok? — Ela se abaixa, beija meus cabelos e murmura: — E aí, vamos para a praia. Prometo.

O perfume dela paira sobre minha cabeça como uma nuvem de pétalas de rosas. Ela avalia os próprios lábios no espelho retrovisor, estica a blusa para baixo, alisando-a, abre a porta e sai.

Começa a caminhar em direção à Mercedes, o estalar dos saltos altos ecoando nas paredes de concreto. Ela para e se vira para nosso carro.

Mudou de ideia!

Volta correndo para o carro e bate no vidro da janela:

— Tranca o carro — leio seus lábios, enquanto ela aponta para o pino da tranca. Eu o abaixo e ela sorri. Os lábios de um vermelho vivo me jogam um beijo. Há algo em seus olhos, uma umidade brilhosa, que não combina com seu sorriso. Seja lá como for essa "entrevista", sei que ela não quer o emprego.

Não é porque tenho 12 anos que sou boba.

Eu me enrosco para olhar por entre as rachaduras da fita adesiva que conserta a janela de trás e a vejo caminhando até a Mercedes.

Mesmo naquela garagem imunda, ela é linda. Alta, magra, como uma princesa — numa saia vermelha justa. Ela abre a porta do carona e diz algo ao motorista. Ele tem cabelos grisalhos e barba. Sem olhar para o nosso carro, ela entra no outro. E a Mercedes sai em direção às sombras do dia que ainda está amanhecendo.

E agora?

Estou superacordada. Preciso fazer xixi, mas ela mandou eu ficar-den-tro-do-car-ro. Ótimo. Para conseguir obedecer às ordens, tenho que inventar alguma distração, algum tipo de jogo. Minha noção do tempo é muito boa. Posso olhar o relógio uma vez e saber certinho quando se passaram quinze minutos, com apenas alguns segundos de atraso ou adiantamento. Minha melhor amiga, Jessica, diz que é quase tenebroso como consigo saber o tempo. Ela diz que é porque tenho um "relógio cerebral". É o que tenho de mais parecido com um superpoder. E decido contar cada minuto até minha mãe voltar. Cinquenta e nove minutos a partir de... agora.

4h58.

Olho em volta, nosso carro caindo aos pedaços, um modelo do ano 1978, com rachaduras do tamanho de polegares no painel da frente. O cinzeiro transborda cigarros Marlboro com manchas de batom vermelho no filtro. Sacos vazios de Doritos apimentados dos últimos três dias estão amassados pelo chão. Estou em um saco de dormir que não é lavado há sabe-se lá quanto tempo. Mamãe dorme simplesmente debaixo de um cobertor amarelo com buracos feitos pela brasa do cigarro. Aliás, eu me pergunto se ela chega a dormir mesmo.

4h59.

Tento me lembrar onde dormimos duas noites atrás.

Ah, sim, em um ponto de parada de caminhões logo depois da fronteira do estado da Califórnia. Senti cheiro de fumaça de diesel a noite toda. Mas não era medonho como esta garagem. Havia mais luz. Aqui há uma porção de carros e muitas sombras escuras entre eles. Vejo uma grande caminhonete preta em um canto, a duas fileiras de carro de distância. É tão grande que o carro ao lado parece um brinquedo. Seria bom se tivéssemos um carro desses. Teríamos tanto espaço...

5h.

Os berros de um milhão de demônios explodem dentro da minha cabeça.

»»»

Finalmente param. Todo o meu corpo treme. Parece que o carro está rodando no eixo, e meus ouvidos doem. Não sei o que fazer, então afundo a cabeça no saco de dormir e desejo que aquilo não aconteça outra vez. Onde está mamãe? Por que eu? Será que estou doente? Todas essas perguntas invadem meu cérebro — e então começa outro barulho.

Sirenes.

Não uma ou outra. Centenas delas. Eu me sento e olho em volta. Há clarões, como relâmpagos, mas não há trovões. Sei que mamãe disse para eu não fazer isto, mas ligo o rádio assim mesmo. Só ouço barulho de estática, não importa qual seja a estação. Então, pessoas começam a correr para dentro da garagem.

A princípio são poucas, depois vem uma multidão. Homens de pijama, mulheres de camisola, carregando suas crianças aos prantos. Um cara só de samba-canção e camiseta branca destranca o carro azul perto do nosso. Tira de lá uma arma, corre pela rampa de saída e começa a atirar para o céu. Até que desaparece com um feixe de luz. Os carros dão partida, os motores começam a roncar. Algumas pessoas tentam sair e outras tentam impedi-las. Uma mãe com dois filhos corre para a caminhonete grande. A garotinha deixa cair um coelhinho de pelúcia. Tenta voltar para pegá-lo, mas a mãe agarra a menina e a joga dentro do carro enquanto a filha chora.

As buzinas se confundem com as sirenes.

Um homem tropeça e cai no chão.

Os carros passam por cima do pobre coitado como se ele fosse um quebra-molas. Grito para que os carros parem, mas ninguém me ouve. Vem um som de vidro se quebrando, de metal sendo rasgado e mais gente gritando. Os carros que estavam nos andares de cima da garagem descem cantando pneu e batem nos do meu andar. A caminhonete grande tenta sair de ré. O para-choque traseiro de uma caminhonete em velocidade se solta, batendo na lateral de mais um carro. Ficam presos. Logo em seguida, a mãe sai com os dois filhos pelo banco do carona. Há sangue na testa da menina. A mãe olha para a saída. Em sequência, os carros chegam lá fora e somem com os clarões. Uma BMW vermelha dá uma freada forte. Derrapa quando está quase chegando à rua e desaparece. A mãe puxa a menina e eles correm para a recepção do hotel. O menino para, como se tivesse esquecido algo, mas a mãe o puxa pelo braço, levando-o com ela. O rosto dele está contorcido em um grito.

Sinto cheiro de borracha queimada, fumaça de carro, gasolina — e é então que sinto algo.

Uma umidade quente se espalha pelo meu saco de dormir.

Lágrimas rolam pelo meu rosto e molham a janela do carro. Não consigo respirar. O som lá fora engole tudo, até mesmo o ar. Eu me encolho com força, quase viro uma bolinha no banco de trás, e fecho os olhos tão forte que eles doem. Mas ainda estou vendo: carros passando por cima do homem que caiu; e os clarões, que quase cegam.

PROSSER, WASHINGTON

O HOMEM DO MEGAFONE

Eu as chamo de Pérolas da Morte, ou PDMs. Pérolas, porque me fazem lembrar um par de brincos de pérolas em pingente que comprei para minha mãe no Natal do ano passado. Cada brinco tinha uma pérola: redonda, lisinha e negra como tinta. Não eram muito grandes, mas, olhando bem, pareciam brilhar com uma luz misteriosa, translúcida. As PDMs, se observadas de binóculo por algum tempo, também parecem ter algo mais acontecendo dentro delas. Vejo sombras de formas. Meu pai diz que não há nada para ver, a não ser metal espacial.

Quanto à parte da morte, é só fechar os olhos e vejo o rosto de Jamie, seus olhos arregalados, a boca congelada em um grito silencioso. Ela estava lá, depois não estava mais. Como se tivesse sido apagada.

Depois do café da manhã, contamos as PDMs. Eu contei cento e vinte e oito. Meu pai contou cento e vinte e duas. Ele usa óculos, e eu não, então temos uma margem de erro. Outra variável é a movimentação das nuvens no horizonte; uma nuvem se move e, meu Deus, outra Pérola da Morte aparece. As PDMs não parecem mudar de posição, o que facilita a contagem. Concordamos em dividir a diferença pela metade. Papai escreve em seu caderno: 16 DE MAIO, 8H55, 125 PDMs.

Balanço a cabeça. Estamos à mesa do café da manhã, com aquela coisa girando silenciosamente lá fora. Dutch está dentro de casa, cochilando em frente à porta que dá para o pátio dos fundos.

— Por quanto tempo vamos fazer essas contagens? — pergunto.

— Todo dia.

— E o objetivo disso é...?

— Monitorar as mudanças.

— Por quê?

— Talvez a gente descubra alguma coisa.

— Tipo o quê? — Ele desenha os eixos X e Y de um gráfico, indicando DIAS em X e PDMs no eixo vertical, registrando cento e vinte e cinco nesse primeiro dia. — Tipo o quê? — repito a pergunta.

— Adivinhar qual será o próximo passo delas.

— O próximo passo? Qual é, pai?! — Dou um tapa na mesa, fazendo vibrar rapidamente os pratos e derrubando o saleiro. Grãos brancos se espalham pela mesa. — Vou economizar seu tempo, tá? O próximo passo vai ser nos esmagarem, como se fôssemos a *porcaria* de um mosquito.

Eu quase falei um palavrão; ele ficou bem ali, na ponta da língua. Mas meu pai nunca fala palavrão, então seguro as pontas na frente dele.

— Não temos certeza disso — responde ele.

— Ah, tá, elas vieram aqui passear, apreciar a paisagem, talvez só pegar um ou outro carro. — Ele pisca por trás dos óculos, mas não diz nada. — Esse seu gráfico vai nos ajudar a calcular as chances de a mamãe estar viva?

Imediatamente desejo segurar as palavras que acabaram de sair, agarrá-las e enfiá-las de volta na minha boca. Mas já saíram e estão nesse momento ecoando no cérebro de meu pai. Ele abaixa o lápis que tinha nas mãos, tira os óculos, fecha o caderno. A mesa ainda tem migalhas do café da manhã. No prato, restos de um ovo agora velho: amarelo, borrachudo e frio. Meu pai coloca o saleiro de pé, mas não limpa o sal que se espalhou pela mesa. Em um dia normal, ele teria limpado. Assim que a refeição termina, ou quando derramamos algo ou qualquer coisa do tipo, ele corre para limpar. Mamãe diz que engenheiros precisam de ordem. Ele não consegue evitar.

— Já falamos sobre isso, mas vale a pena voltar ao assunto. Não há por que se preocupar com algo que não depende de nós, que está fora de nossa esfera de influência. Temos que acreditar que ela está bem e tentando voltar para casa.

Meu pai tem teorias que realmente me enlouquecem, mas essa da Esfera de Influência é das piores. É o cérebro lógico de adulto dele torturando meu cérebro adolescente, irresponsável, desgovernado e livre.

Como ontem.

Como parecia que as PDMs não iam atacar as casas (ainda), passei o dia tentando encontrar mamãe. Depois de algumas horas, meu pai veio dizer que era perda de tempo, afinal, eles estavam bloqueando todas as frequências. Frustrante. Tínhamos eletricidade e água corrente, mas nada que permitisse qualquer forma de comunicação. Até mesmo comunicação direta, via rádio, ou não funcionava ou estava congestionada cheia de *spam* espacial. Ainda assim, eu continuei passando de um canal para o outro, de uma estação para a outra, até que papai tirou tudo da tomada.

— O canal de notícias está suspenso — limitou-se a dizer.

Mais tarde, no jantar, perguntei por que ele não estava tão preocupado com mamãe. Então tive que ouvir quinze minutos de discurso sobre a Esfera de Influência. Resumido a apenas uma frase, é mais ou menos assim: Não podemos fazer nada para melhorar a situação dela, então vamos nos concentrar na nossa.

Neste exato momento, ele está estudando e desenhando seu gráfico, que eu chamo pelo que é: uma bosta.

— Pai, as Pérolas da Morte eliminaram todos os carros, as caminhonetes e cada maldito avião. Estamos presos dentro de casa até que eles decidam acabar com ela também. Eles conquistaram nosso planetinha de nada sem uma gota de suor. Eu diria que estão muito além de nossa esfera de influência.

— Ainda temos o Camry.

Ele me faz morrer de rir. Faz mesmo. Nossa rua tinha grandes caminhonetes enferrujadas, outras menores enguiçadas e Camaros velhos malpintados. Não resta mais nada. O Volkswagen do meu pai: sumiu. Só sobraram as manchas de óleo na saída da garagem. Mas o carro da mamãe ainda está lá, pronto para nos salvar. Onde estão os mísseis? Os F-16s? As armas nucleares? Era isso o que eu queria saber.

— Ah, essa é a sua arma secreta? Um Camry de 1997 com o rádio quebrado e mais de trezentos mil quilômetros rodados?

Ele se levanta e começa a empilhar os pratos.

— Josh, se você não quer contar PDMs, tudo bem, não vou obrigá-lo.

Eu deveria ajudá-lo a limpar a mesa, mas não estou com a menor vontade. E deveria dizer que vou contar as Pérolas, mas também não estou nem um pouco a fim de fazer isso. Então, sento e me forço a olhar lá para fora, enquanto ele enche o lava-louças de pratos e copos. Um gato procura um camundongo no quintal. No pátio dos fundos, Dutch observa a cena, muito preguiçoso para interferir. Sei muito bem como ele se sente. Ao longe, um bando de gansos segue em direção a um laguinho que não vejo. Esta seria uma manhã comum de primavera, não fossem as espaçonaves alienígenas flutuando pela paisagem lamacenta.

Como nada é tão ruim que não possa ficar pior, o Homem do Megafone começa a falar.

A primeira vez que o ouvimos foi ontem à tarde. Logo depois do aparecimento das Pérolas da Morte, houve muito barulho de sirenes. Meia hora depois, tudo aquilo acabou. Na sequência, ouviram-se os gritos das pessoas, chamando das suas janelas pelos nomes dos desaparecidos, gente que deveria estar em casa, mas não estava; na confusão também se ouviam gritos e xingamentos contra os nossos convidados indesejados. E armas, claro — havia momentos em que soava como uma zona de guerra. Aquilo irritou Dutch mais do que um exército de esquilos. Depois as coisas se acalmaram. O silêncio resignado pairou sobre a vizinhança.

Então ele começou.

Um cara com um megafone, bradando:

— O Pastor retornou para o Seu rebanho! O Apocalipse é *agora*! Arrependam-se, pecadores, e acolham a Palavra do Senhor!

Foi assim durante horas. Às vezes falava versículos da Bíblia, às vezes cantava hinos religiosos. Mas a maior parte do tempo era o papo da volta do pastor, de novo e de novo. Algumas pessoas o mandavam calar a boca, outras gritavam "Amém". Eu preferi ir dormir com um travesseiro cobrindo a cabeça.

E agora ele voltou. O Homem do Megafone.

Meu pai está passando um pano no balcão da cozinha. A mesa já está limpa, uma homenagem resplandecente à limpeza. Eu pergunto ao meu pai:

— Você acredita no que ele diz?

— Quando Jesus vier, não vai ser numa nave espacial.

— Talvez Jesus tenha mandado as naves.

Ele para de limpar, olha para mim e diz:

— Não sei o que eles são, mas não têm nada a ver com Deus, Jesus ou o Apocalipse.

Talvez ele esteja certo. Talvez não. Mas, independentemente disso, pela primeira vez na minha vida, descubro que preciso de algo que eu nunca soube que queria.

Um megafone.

Assim, eu poderia expressar minhas opiniões e ver o que a vizinhança achava daquilo.

LOS ANGELES, CALIFÓRNIA

DIA 2

Longa mancha escura

Já chorei tudo o que eu tinha para chorar. Ainda estou sozinha. O céu está repleto de bolas pretas gigantes que matam qualquer um que seja burro o bastante para ir à rua. Só saí do carro duas vezes: uma para fazer xixi, outra para olhar o céu. Para mim, essa espiada bastou. Agora estou sozinha, sentada no carro, olhando pela janela, como um rato na gaiola. Mas não tem ninguém para ver. A garagem está vazia, exceto pelos carros batidos e revirados, pelos vidros quebrados no chão e pelo cheiro de gasolina derramada.

Além do homem-quebra-molas.

Daqui só consigo enxergar as pernas dele emboladas em algum ângulo maluco. Eu estava amedrontada demais para olhar para ele quando saí do carro. Tento não olhar para lá, mas às vezes não consigo evitar.

Meu estômago está urrando como um cachorro bravo. Escavo as embalagens vazias de Doritos no banco de trás. Ainda encontro algumas boas migalhas e uma poeirinha de pimenta mexicana extremamente salgada. Ainda assim, continuo tremendamente faminta, então começo a lamber o interior das embalagens. Péssima ideia. Isso me deixa com mais sede, e as garrafas de água estão vazias.

O que está me enlouquecendo é saber que há um isopor no porta-malas com comida e bebida (a maioria é cerveja, acho), mas não sei como pegá-lo. Mamãe levou as chaves, e o botão para abrir o porta-malas de dentro do carro está quebrado. Sei como abrir a mala de um carro usando uma alavanca — vi Zack, o namorado idiota, quer dizer, *ex-namorado* idiota da mamãe, fazer isso algumas vezes. Mas não tenho uma alavanca, e, mesmo que eu tivesse, isso acabaria com o porta-malas e deixaria minha mãe ensandecida. Ela disse que voltaria, então vou esperar. Mas por quanto tempo? Se ela não voltar até amanhã de manhã, vou invadir os outros carros e procurar algo para comer. Eu poderia entrar no hotel, mas para quê? Eu não tenho dinheiro.

À tarde, dois homens — um baixinho e parrudo usando um moletom azul de capuz em que se lê HOOTERS escrito no peito, e outro, alto e magrelo, com os braços tatuados e uma careca brilhante — discutem sobre o que fazer com o homem-quebra-molas. O alto sugere deixá-lo ali e esquecer aquilo. O baixinho, cujo rosto eu mal consigo ver por causa do capuz, diz para jogarem a carcaça lá fora. Jogam pedra-papel-e-tesoura, e o baixote ganha. Arrastam o corpo até a saída, seguram-no pelos braços e pelas pernas, e o balançam, um, dois, três, para jogá-lo na rua. O homem-quebra-molas não chega a tocar o chão. Mais um feixe de luz vem do céu, e tudo o que sobra dele é uma piscina de sangue seco e uma grande mancha escura no chão. Depois disso, não sinto mais fome.

»»»

O dia vira noite. Tento dormir. É difícil pegar no sono com a dor de estômago, os barulhos e tudo mais, mas finalmente consigo. Isso dura duas horas, sete minutos e oito segundos. Primeiro são vozes, depois clarões, janelas se quebrando e então alarmes de carro disparam. Tudo somado parece uma enorme bola de barulho. Tenho medo de olhar pela janela, então me encolho no meu saco de dormir e espero aquilo terminar. Alguém força a porta do motorista, enquanto outra pessoa esmurra o porta-malas. Saem xingando. Eu teria feito xixi nas calças se tivesse bebido alguma água antes. Talvez só tenham visto a sujeira e as fitas adesivas, e acharam que não havia nada que valesse a pena.

Vão embora finalmente, mas não consigo mais pegar no sono. Os alarmes continuam disparando. Sei que em algum momento eles vão parar, mas o som me deixa louca. É como se os carros estivessem gritando por ajuda. Enrolo um casaco de malha na cabeça para abafar o som e tentar pensar em outras coisas. Pensar na minha mãe e na promessa que fez: um supercafé da manhã em um restaurante gostoso. Vou querer um waffle com morangos e chantilly, muito chantilly, além de um monte de manteiga derretida nas bordas. Vou colocar tanto mel que o waffle vai boiar. Mamãe vai dizer: "Você quer um waffle no seu mel?" E, se tivermos dinheiro suficiente, talvez eu também ganhe um milkshake de chocolate. E depois será hora de ir à praia.

Nunca fui à praia, ou ao menos não a uma perto do mar. O lamaçal fedorento que chamam de praia no laguinho Thompson não conta. Minha mãe diz que a água do oceano é fria nessa época do ano, mas que, se eu quiser mergulhar, eu posso. Ela me alertou para não abrir os olhos debaixo d'água, porque a água é salgada. Pode ter águas-vivas também. Por mim, tudo bem. Tudo o que quero é saltar as ondas, como as crianças na TV.

Mamãe e eu, waffles com morango e a praia. Por isso, vale a pena esperar.

PROSSER, WASHINGTON

ROUPA SUJA

Hoje é sexta. Estou em meu quarto, em cima de vários cobertores, pensando sobre tudo que deveria estar acontecendo. Eu deveria entregar um trabalho de literatura americana e fazer uma prova de química. Eu deveria levar Lynn, minha namorada há dois meses, para o ensaio do coral. Eu deveria convidá-la para ir ao baile comigo, e ela deveria fingir que estava na dúvida antes de dizer que aceitava. E no topo da lista: Em cinco dias, eu faria 16 anos, o que significa que eu deveria fazer o exame para tirar a carteira de motorista em seis dias. Mamãe voltaria para casa um dia antes do meu aniversário. Sairíamos para comer pizza, eu, ela e meu pai, e eu faria meu último treino de direção no carro dela, um Camry. Em vez disso, ganho uma invasão alienígena de aniversário. Que sorte.

Mas nada garante nem que estarei vivo até amanhã; então, por que me preocupar com isso? Agora estamos todos presos em nossas casas, como patinhos à espera do ataque. Uma batida na porta evita que eu leve adiante esse pensamento depressivo.

Meu pai entra no quarto. Está segurando uma pilha de roupas amarrotadas.

— Você tem roupa branca para lavar? Vou encher a máquina com as roupas claras.

— O mundo está prestes a acabar e você está lavando roupa?

— Eu prometi à sua mãe que daria um jeito na roupa suja enquanto ela estivesse fora — responde ele.

Estou diante da definição de insanidade. Ele está no meu quarto pedindo roupas brancas para lavar. Eu sento na cama e aponto para fora da janela.

— Você não acha que eles estão *pouco se fodendo* se minha cueca está limpa ou não?

Deixei escapar. Um palavrão. Vejo que ele está explodindo na cabeça careca de meu pai.

Em um milésimo de segundo, ele responde:

— Prefiro que você não fale palavrões.

— Falo palavrões o tempo todo na escola — digo —, só não falo na sua frente.

— Encontre outra forma de externar suas preocupações.

Preocupações? Digamos que já passei dessa fase há muito tempo...

— Por quê? Com toda essa merda acontecendo, que diferença faz?

— Eu fico decepcionado com você. E sua mãe também ficaria.

— Então há muita coisa que deixaria vocês dois frustrados comigo.

Ele caminha pelo meu quarto, catando diversas peças de roupa que eu nunca mais vou usar de novo, estejam limpas ou sujas. Quando ele termina, vai até a porta, para e diz:

— Tenho certeza de que não faltarão oportunidades de nos frustrarmos um com o outro. Vamos só tentar não começar o processo tão cedo.

Depois sai, fechando a porta delicadamente.

• • •

O jantar é sanduíche de presunto no pão de ontem, frutas diversas um pouco passadas e legumes borrachudos. Conversamos sobre diversos assuntos com observações amenas. Meu pai, por exemplo, disse: "Parece que o vento está começando a soprar mais forte." E eu: "Não sabia que se colocava sal nas cenouras." É meio que uma trégua. A maior parte do tempo, o único som que se ouve na sala de jantar é o dos talheres raspando no prato, enquanto as Pérolas da Morte fazem sua dança silenciosa lá fora. Dou a Dutch alguns pedaços de pão do meu sanduíche. Meu pai me vê fazendo isso, mas surpreendentemente não diz nada.

Depois do jantar, o Homem do Megafone começa com seus anúncios do Juízo Final. Em vez de ficar escutando, decido quebrar o cessar-fogo e fazer uma pergunta ao meu pai, uma pergunta que tem me perseguido. Ele está na sala, fazendo algo muito útil: dobrando as roupas lavadas e separando-as em duas pilhas, as dele e as minhas.

— Você acha que as Pérolas estão em tudo que é lugar... — começo, pegando um par de jeans e o dobrando — ou será que é só aqui?

— O que você quer dizer com "só aqui"?

— Nos Estados Unidos.

— Por que acha isso?

— Talvez não sejam do espaço. Talvez seja uma invasão de outro país. — Ele balança a cabeça. Não sei de onde veio a ideia. Foi algo que me ocorreu naquele momento e que me agrada. Diferente de todo o resto, aquilo o deixou incomodado. — Sério — continuo —, talvez sejam os chineses ou os sul-coreanos...

— *Norte*-coreanos.

— É, o que for. Um desses países comunistas.

Meu pai me olha:

— O que eles ensinam a vocês na escola hoje em dia?

— Estou falando sério. O que tem de errado na minha teoria?

Ele pega uma camisa de malha e a sacode para esticar, depois a coloca na mesa de café e a alisa com as mãos. Começa a dobrar um lado, depois o outro. Meu pai, uma máquina de dobrar.

— Essa tecnologia está bem além de qualquer coisa que os humanos são capazes de fazer. Eles descobriram alguma forma de anular a gravidade.

E têm todas essas armas, como esse guincho de explodir nosso cérebro e que só ataca humanos, a confusão nas frequências de comunicação, esses raios de luz.

— Do tipo que matou Jamie bem na nossa porta de casa? Antes que eu pudesse ajudá-la porque *alguém* me segurou. Você está falando *desses* raios?

Isso faz a máquina de dobrar parar por um segundo.

— É tecnologia extraterrestre, Josh. Nada além disso faz sentido.

Deixo o assunto para lá. Ele tem razão e nós dois sabemos disso. Também sei que ele não terminou sua argumentação. Pego uma camisa do meu bolo e espero. Ele olha minha técnica. A camiseta fica maldobrada e meio amarrotada, nem um pouco parecida com as simétricas obras de arte que ele empilhou tão cuidadosamente à sua frente. Sei que ele quer me mostrar o jeito certo de dobrar. Pensar em tudo aquilo amarrotado o está torturando, mas de algum modo ele resiste. Então finalmente diz:

— Não podem estar ocupando o planeta todo. Precisaria haver milhões deles. Acho que estão só sobre os centros mais populosos, os pontos mais estratégicos.

— Então por que estão aqui? Sobre nossas cabeças? Somos apenas uma mer... quer dizer uma *bostinha* de cidade.

É verdade. Temos apenas uma escola, um shopping, com lojas ruins que vivem fechando, um cinema falido que passa filmes que saíram em DVD dois meses antes. Temos uma usina de processamento de papel que faz nosso ar feder quando venta forte, um monte de lojas de carros usados ocupando estacionamentos abertos e vendendo carroças enferrujadas acima do preço de mercado, e uma ponte sobre um rio poluído e viscoso cheio de peixes tóxicos. Quando se chega à estrada que sai da cidade, só se veem deserto e bolas de feno por um raio de mais de oitenta quilômetros.

— Estamos perto de uma usina nuclear — diz ele.

— Fica a quase cem quilômetros daqui.

— Quando se viaja bilhões de quilômetros, o que são mais cem?

— Está certo. Mas alguém que viaja bilhões de quilômetros não faz uma viagem dessas a não ser que planeje ficar por um tempo.

Ele fica ruminando essa frase em silêncio. Um a zero para mim.

Já acabou de dobrar suas roupas, que estão agora separadas em três pilhas: camisas, calças e roupas miúdas (meias e roupas íntimas). A organização é digna de uma dessas lojas de grife. Até as meias estão arrumadinhas, aos pares e enroladas em pequenas bolinhas. Ele dá uma olhada no meu trabalho, mas sem dizer nada.

— Então, quanto tempo eles vão ficar aqui, pai?

— O tempo que for necessário.

— Para fazer o quê? — Já não estou mais dobrando minhas roupas. Estou embolando-as.

— Para concluírem seu plano.

— Que seria?...

Seus olhos azuis e repentinamente lacrimosos grudam nos meus. Depois de um tempinho, ele puxa um bolo de roupas minhas, pega uma camiseta, dobrando-a corretamente, e diz:

— Essa é a pergunta que vale um milhão de dólares, Josh. Conte para mim quando você descobrir. — Ele cuidadosamente reúne suas pilhas e se dirige para as escadas. — Boa sorte com as roupas para dobrar.

O vazio que deixa é preenchido pelo Homem do Megafone repetindo seu papo sobre o fim do mundo. Estou farto de Apocalipse para cá, Fim dos Tempos para lá. Corro até a porta e a abro, gritando para que ele cale a maldita boca.

Desejo que o restante da vizinhança faça o mesmo e grite com ele também. Mas ninguém diz nada. Imagino que ou estão todos mortos ou morrendo de medo. Somos como insetos na calçada, esperando que uma bota nos esmague. E, quando isso acontecer, só terei uma certeza:

Estarei usando roupas limpas.

LOS ANGELES, CALIFÓRNIA

Sopa e sanduíche

Um cara tenta arrombar o porta-malas de um carro azul sedã perto do nosso. Deve ser um ladrão, porque o dono do carro foi apagado no primeiro dia. Da sombra do banco de trás, observo o homem fazendo força com uma ferramenta que não consigo ver e que raspa o metal. Nunca o tinha visto antes. É baixo e gordinho, tem cabelos finos e encaracolados, e óculos redondos de aro de metal que ficam caindo do nariz.

Ele olha em volta, empurra os óculos para cima e força novamente a ferramenta, que escorrega. Sem fôlego, ele solta um palavrão. Aposto que ele nunca assaltou nada além da geladeira.

A porta verde do estacionamento se abre. Dois homens aparecem e vão em direção a ele, andando rápido. Reconheço imediatamente o primeiro. Está usando o mesmo moletom escrito HOOTERS do outro dia, quando jogou o homem-quebra-molas lá fora. O capuz faz sombra em seu rosto, fazendo o olho que consigo ver parecer pequeno e escuro. O outro homem é imenso, parece um urso, tem uma espessa barba preta e os cabelos longos, também pretos, presos num rabo de cavalo. Está alguns passos atrás do Encapuzado, seu rosto se torna indecifrável por trás de todos aqueles cabelos, mas seus olhos estão fixos no homenzinho adiante. Entre os dois, creio que eu tenha que ficar de olho no Encapuzado.

E é ele mesmo quem grita:

— Ei, camarada! Você ouviu as ordens: ninguém pode ficar na Zona Proibida.

O Gordinho dá um salto ao ouvi-lo. Olha os dois, fica de pé e diz:

— Mas, mas... este carro é meu.

— Você está arrombando seu próprio carro, é isso? — pergunta o Encapuzado, se aproximando.

E o primeiro:

— O carro é meu, você não tem o direito...

— Você acha que o carro é dele? — pergunta o Encapuzado ao Barba Negra.

— Não... — Sua voz é suave, mas muito grave, como se algo ressoasse do fundo de seu peito.

— Temos um con-senso aqui. Você tem mais cara de ter uma BMW. Impossível você dirigir um lixo detonado desses.

O Gordinho olha para um, depois para o outro, enxuga o suor da testa e põe os óculos de novo no lugar.

— Se o carro é seu, cadê as chaves? — pergunta o de capuz.

— Minha... é... mulher perdeu.

— Ah, é... sua mulher? No meio desse caos, desse pandemônio...?

O Gordinho faz que sim com a cabeça, mas de um jeito cuidadoso, como se não tivesse certeza se deveria confirmar ou não.

— Você acredita nele? — mais uma vez, o Encapuzado pergunta ao Barba Negra.

— Não...

O Encapuzado se concentra no Gordinho, mas o Barba Negra escaneia a garagem com os olhos. Seu olhar para no nosso carro.

Eu gelo. Torço para que as sombras me deixem invisível. Seus olhos se demoram um pouco aqui, mas seguem adiante.

— Vamos fazer um trato, meu amigo. Você me diz o con-teúdo que tem dentro do porta-malas e o abrimos. Se você estiver certo, o único problema que temos é o de você estar onde não devia. Ninguém se machuca, ou pelo menos não *muito*. Mas...

Ouve-se um clique. O ruído me faz lembrar o de Zack quebrando um osso de galinha. Consigo ver um canivete na mão do Encapuzado e surge uma lâmina. Ele gira o canivete duas vezes na mão, como se fosse um matador profissional de antigamente. Então, faz algum truque com a lâmina, que parece passear entre seus dedos, como se estivesse viva. Depois de alguns segundos, ele para, olha a ponta da lâmina e começa a usar o canivete para limpar as unhas. O Barba Negra não está mais vasculhando os arredores, toda sua atenção é para o Encapuzado, seus olhos negros grudados na lâmina.

O rosto suado do arrombador tem a cor de massa de pão.

— Mas... — continua —, se você não conseguir descrever o *con*-teúdo, o que eu acredito que seja o caso, aí, então... — Faz um trejeito com o punho e a lâmina desaparece. Depois abre as mãos, como um mágico que acabou de fazer um coelho desaparer, e sorri lentamente. — Daí teremos uma *si*-*tu*-ação irreversível.

O Gordinho engole em seco, como uma baleia encalhada na praia:

— Olha, eu não quero criar nenhum problema.

— Ah, mas você *já criou* problemas, meu amigo redondinho — responde o de capuz. — A questão é que *tipo* de problema.

O Gordinho empurra os óculos de volta para a parte de cima do nariz. Passa a língua nos lábios com a boca meio aberta, mas nada sai dali.

— Quem sabe você tem alguma coisa ilegal aí... Tipo um *contra-bando...*

E o suposto dono do carro levanta as mãos como se dissesse que está tudo bem:

— Olha, eu posso fazer isso outra hora, quer dizer, eu, eu...

O Encapuzado dá um passo na direção do Gordinho e diz:

— Não, você não pode fazer isso outra hora, meu amigo. Porque não vai haver *outra hora*.

O cara do capuz lhe dá um soco vigoroso no estômago e, do meu carro, ouço o Gordinho perder o ar. Um objeto de metal cai de suas mãos, fazendo um barulho estridente ao atingir o concreto. Ele desaba lentamente no chão como um balão murcho. Já não consigo mais vê-lo, mas ouço o chiado que faz tentando respirar. O Barba Negra olha para a porta verde da garagem com seus punhos cerrados.

O Encapuzado sorri para o homem caído e diz:

— Você precisa malhar esse abdome, camarada. Senão vai acabar tendo problemas de coluna. — Então se vira para o Barba Negra. — É como socar um travesseiro de penas, cara, foi de um lado a outro. Acho que machuquei os nós dos dedos na espinha dele. Nunca, jamais deixe seu corpo ficar assim tão mole.

O barbudo o encara e diz algo ao do capuz, mas não consigo ouvir. Acho que foi em espanhol.

O segundo dá de ombros e continua:

— Situações extremas pedem medidas extremas. — E vai em direção à porta verde.

O Barba Negra levanta o Gordinho, que está com as pernas bambas, como se não tivesse ossos. Então o coloca sobre os ombros, como um saco de batatas, e segue o Encapuzado. Os dois cruzam a garagem e desaparecem pela porta verde que bate atrás deles.

Espero noventa e três segundos.

Saio do carro. Os óculos do Gordinho estão no chão. Eu pego os óculos e começo a colocá-los no bolso, mas decido deixá-los onde estão. Olho para aquela ferramenta de metal. Está debaixo do carro azul, perto do pneu traseiro. É uma chave de fenda de seis polegadas. Não é uma chave de roda, mas vai servir.

Levo dezesseis minutos e muita força, mas finalmente ouço o clique. O porta-malas do nosso carro se abre com o barulho. Estou com tanta sede que parece que minha língua está grudada no céu da boca. Tiro da mala o isopor e algumas roupas que podem ser úteis daqui para a frente. Ao fazer isso, vejo as roupas que mamãe estava usando quando saímos de Los Angeles. Estão dobradas e enfiadas em um canto perto do estepe. A sua calça jeans favorita e o casaco de moletom do time Red Socks, que comprei para ela no Dia das Mães. Sinto um nó na garganta. Ela deve ter se trocado e vestido a "roupa para a entrevista" dentro do carro, enquanto eu dormia. E isso foi quando? Um milhão de anos atrás? O casaco de moletom pode ser útil se a noite esfriar; mas é melhor não, penso que quando ela voltar vai precisar dele mais do que eu. Aquela roupa com que ela saiu deixava o corpo bem descoberto.

Arrasto o isopor para dentro do carro e o abro. Há tesouros lá dentro, vários, mas meu primeiro impulso é abrir a única garrafa d'água. Bebo tão ávida que um monte se derrama para fora da boca e minha camisa fica ensopada. Já se foi metade da garrafa quando lembro que talvez eu devesse economizar. Tampo a garrafa e dou uma olhada no que tenho. Quatro latas de cerveja, uma de refrigerante, meio pacote de mortadela roubado de um supermercado em Bakersfield, oito pãezinhos velhos de cachorro-quente, um punhado de sachês de mostarda e um queijo amarelo fedorento embalado em um saco plástico transparente. Havia gelo, mas derreteu, então agora virou uma mistura boiando em um líquido marrom, viscoso e empelotado. Acho que parece sopa. Eu me dou conta de que a cerveja é o que vai durar mais, o que significa que agora vou me alimentar de mortadela, queijo e refrigerante. No chão do carro, há uma garrafa d'água vazia. Eu a encho com a sopa. Coloco um pouco de mostarda na mortadela e a enrolo no queijo fedorento. Mais tarde vou comer um pão de cachorro-quente. Vamos dizer que será minha sobremesa.

Mamãe ficaria orgulhosa. Fiz meu almoço sozinha.

PROSSER, WASHINGTON

JOGANDO O LIXO FORA

Estou sonhando com minha mãe. Ela está fazendo suas famosas panquecas de aveia e me contando sobre uma brincadeira de quando era criança, algo como se esconder de monstros. Se ela ficasse bem quietinha, poderia se esconder onde quer que fosse que o monstro jamais a encontraria. E no sonho ela diz que está na hora de eu brincar também. Eu pergunto o porquê, ela põe o indicador na frente dos lábios e sussurra "Porque eles estão aqui", depois começa a contar: um, dois, três... Eu respondo que ela também precisa se esconder, mas minha mãe não me ouve. A porta da frente começa a balançar e se abre de repente. Lá de fora vem uma luz azul forte, que enche a entrada da casa. Uma sombra grande aparece serpenteando como um embolado de enguias e se esgueira pelo chão. Mamãe continua virando as panquecas na frigideira e contando, dez, onze, doze... Eu grito. O que sai da minha boca, porém, é uma nuvem de vapor azul.

Então eu acordo. Está ventando muito. Parece que um tipo de mão invisível está empurrando as paredes e janelas. Ouço umas pedrinhas rolando e caindo do telhado. Minha mente fica muito abalada com o sonho, e não consigo voltar a dormir. Fico na cama esperando meu pai acordar, enquanto a mão chacoalha nossa casa como se fosse um brinquedo.

Tenho vontade de contar o sonho ao meu pai, mas sei que seria um erro e que tudo o que eu conseguiria dele seria outro discurso sobre a Esfera de Influência. Mesmo se tudo estivesse normal, eu não lhe contaria. Eu e mamãe conversamos sobre nossos sonhos o tempo todo. Mesmo que sejam bem aleatórios e malucos, ainda assim ela acredita que todo sonho, por mais bobo que seja, tem um significado. Meu pai até tolera nossas conversas, mas nunca participa. Ele diz que não sonha. Como isso é possível? Acho que ele quer dizer que não tem pesadelos, o que nos dias de hoje é até uma sorte.

Encontro meu pai na cozinha preparando o café da manhã. Nada de panquecas de aveia, mas sim ovos fritos no azeite, que eu odeio, com bacon, que eu adoro. Ele fechou as cortinas, acabando com a vista para o quintal dos fundos — e, claro, acabando com a visão das Pérolas. De cortinas fechadas, a casa parece fria e pequena, mas o café da manhã cheira bem. Eu me sento, de costas para a janela. O caderno está aberto em cima da mesa. Os dados de hoje: 18 DE MAIO, 8H57, 120 PDMS. POUCA VISIBILIDADE. NUVENS PODEM TER ATRAPALHADO A CONTAGEM.

— Você ouviu os coiotes essa noite? — me pergunta ele.

Foi bizarro. De vez em quando escutamos coiotes ao longe, mas nunca como ontem. Parecia que estavam ganindo embaixo da minha janela. Teria sido parte do sonho?

— Claro que ouvi, não dava para não ouvir. Dutch ficou doidinho. Passou o resto da noite lambendo suas bolas.

— Talvez você não devesse deixá-lo dormir no seu quarto.

— Talvez — respondo.

— São os últimos ovos.

— Por mim, tudo bem.

— Em algumas semanas, você não vai dizer esse tipo de coisa.

— Claro que vou. Eu estava mesmo me perguntando como você consegue fazer ovos tão borrachudos.

— É um dos grandes mistérios da vida — diz ele, escorregando aquele troço melequento para o meu prato. — Coloquei borracha extra especialmente para você.

O azeite deixa o ovo com uma cor verde-amarronzada. O que me vem à mente é vômito. Meu pai sorri e vem se sentar perto de mim. É o primeiro sorriso dele que vejo em quarenta e oito horas. No seu prato, há um ovo e dois pedaços de bacon. No meu, três ovos e seis tiras de bacon.

— Tenho mesmo que comer isso tudo?

— Vai estragar se você não comer.

— Pode ficar com os meus ovos.

— Estou de dieta.

Furo um ovo. A gema amarela e grossa escorre para fora. Por algum motivo, meu estômago se revira. Cada vez que como algo, eu me pergunto se é minha última refeição. E eu não gostaria que o mundo acabasse enquanto eu estivesse com a barriga cheia do ovo gorduroso do papai.

— Josh, precisamos conversar sobre nossa situação.

Lá vamos nós... Eu abaixo o garfo.

— *Situação*? É uma *invasão*, pai. Use a palavra certa! — E deixo escapar o palavrão que começa com P.

Ele me encara, bravo, por alguns segundos. Não sei o que o irrita mais, se a "invasão" ou o palavrão. Ele respira fundo e diz:

— Se você sente tanta necessidade de praguejar na minha frente, por favor, escolha outra palavra.

— Outra palavra? Tipo o quê? "Banana"?

— Sugiro "porcaria".

— Porcaria?

— Eu prefiro.

Meu pai olha para o prato, dá uma garfada no último pedaço do seu ovo. Estamos sendo invadidos. O mundo que conhecemos está prestes a acabar, e ele está preocupado com meu vocabulário.

— Tudo bem. Mas, então, voltando à *porcaria* da nossa "situação". E daí?

— Temos vivido com um alto padrão de consumo.

— O que significa isso?

— É hora de começar a racionar comida.

Ele espera que eu diga algo. Eu mastigo um pedaço de bacon e aguardo a verborragia.

— Certo. Primeiro, cozinharemos os perecíveis; depois, os itens que precisam ser esquentados, como sopas e massas, porque não sabemos por quanto tempo ainda teremos eletricidade e água corrente. Quando não as tivermos mais, vamos cozinhar com o fogão de camping até o combustível terminar. Depois, começaremos a queimar os móveis até que não sobre nenhum. Então, comeremos as frutas e os vegetais enlatados da despensa e por último será a vez da sua reserva de sacos de batata frita e doces.

— Uau! — digo. — Alguém perdeu tempo pensando em um plano.

Meu pai vasculha as páginas do caderno em busca de algo. Eu passo um bacon ao Dutch por debaixo da mesa.

Papai encontra o que procurava. Arranca do caderno uma folha em que se lê PRIORIDADES PARA SOBREVIVÊNCIA. Está numerada de 1 a 25, com os itens mais importantes sublinhados e com setinhas à caneta vermelha. Tem apontamentos como encher qualquer recipiente possível com água, até a banheira; fazer levantamento de toda comida e dos remédios; descobrir o que pode ser queimado quando acabar a energia; quebrar móveis; recarregar baterias — e até mesmo passar fio dental e continuar estudando, no meu caso. Faz todo o sentido se pensarmos no pós-Apocalipse. Bom, ao menos é algo para se fazer. Mas há umas questões nessa história de racionamento que me incomodam.

— E o que acontece quando terminarem os doces?

— Reavaliaremos a situação.

— Ah, reavaliaremos? E quanto a ele? — pergunto, indicando Dutch com a cabeça.

Seus olhos tristes me seguem, como se esperassem por mais um pedaço de bacon.

— Ainda temos uns quatro quilos de ração. Isso normalmente duraria uns dez dias. Eu pretendia comprar mais comida para ele esse fim de semana, mas obviamente isso não vai acontecer. Podemos dar de comer a ele ou... podemos comer a ração dele quando a nossa comida acabar.

— Está sugerindo deixarmos o Dutch morrer de fome?

— Ele é um cachorro. Vai saber se virar para sobreviver.

— E isso é possível? Gente se alimentar de ração?

— Cães podem comer comida de gente. Tenho certeza de que funciona como uma via de mão dupla.

Olho para o Dutch. Ele é um labrador dourado grande, gordo e preguiçoso, com bigodes acinzentados e um quadril defeituoso. Ele só conseguiria caçar um coelho se o bicho pulasse dentro da boca dele.

Pensando que era melhor morrer do que ter que comer a ração do Dutch e deixá-lo com fome, eu disse apenas:

— Precisamos decidir isso agora?

— Há muitas decisões difíceis a serem tomadas. Você precisa entender que... — Mas ele muda de ideia. — Ok, vamos adiar essa decisão por uns dias. Mas, a partir de amanhã, ele não pode mais beber a nossa água.

— E ele vai beber qual água então?

— Do riacho atrás da casa.

Nossa casa é perto de um brejo. Papai o chama de "santuário molhado", mas na verdade é um poço fedido, coberto por algas, com uma água verde, lamacenta, e restos de plástico. Parece mais um esgoto do que um riacho. Quando eu era menor, costumava pegar sapos no bambuzal em volta do brejo, até o ano em que todos apareceram boiando na superfície da água, inchados e com a barriga amarela. Nunca mais vi sapos por lá.

Quase não conseguindo evitar gritar com meu pai, eu digo:

— Por que você não mata o Dutch logo e...

Um estampido alto me interrompe. E mais dois logo em seguida. Depois não se ouve mais nada.

— Tiros — diz meu pai. — Vindos dos prédios, eu imagino.

Corremos até a janela da sala a tempo de ver uma porta aberta do outro lado da rua. Dois homens estão segurando um corpo sem vida. Um cara grande, nu, peludo, com a pele muito branca na altura do peito e um barrigão cheio de marcas vermelhas. Eles o empurram porta afora. O homem fica na calçada, jogado. Naquele momento, eu o reconheço. Foi o mesmo que, no verão passado, gritou com o Dutch por ele ter feito xixi na sua caminhonete nova. Em dois segundos, há um raio, e o cara some. E me sobe uma ânsia de vômito. Era como se estivessem jogando o lixo fora. E, desde que seja humano, eles lá de cima levam tudo.

— O que foi aquilo? — pergunto, piscando e tentando rever a imagem de segundos antes.

Meu pai encara a calçada vazia, espera um pouco e, em uma voz que mal dá para se ouvir, diz:

— "Então a alvorada se faz dia, e tudo o que é ouro se extravia."

Conheço o verso. É de um poema que ele leu para mim quando minha professora do quarto ano morreu em um acidente de carro. Não sou muito fã de poesia, mas aquele verso eu guardei na memória.

Há uma gritaria nos prédios, mas está longe demais para eu entender o que dizem. Ainda assim, prefiro virar de costas para a janela. Hora de sair da sala. Tenho medo de ouvir o estampido outra vez.

E mais medo ainda de ver aquela porta se abrir de novo.

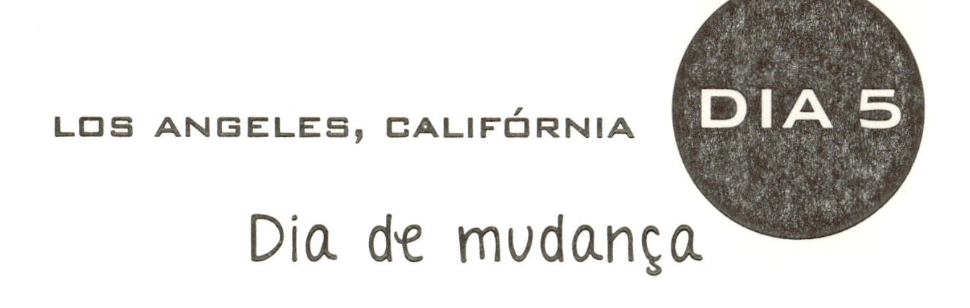

Dia de mudança

Acabou a sopa, assim como os pãezinhos velhos. Dois pedaços de queijo fedido, uma fatia de mortadela e três goles d'água — isso é tudo o que me resta. Ah, e uma lata de cerveja. Estou dando uns golinhos só de vez em quando para que ela dure. O gosto é terrível, o que me faz tentar entender como Zack conseguia beber tanto. Às vezes, quando mamãe saía para trabalhar, ele virava seis latinhas de cerveja no mesmo tempo que eu levava para terminar uma lata de refrigerante e uma porção de petiscos de carne. Mas qualquer coisa é melhor que a sopa. Acho que a sopa me causou um piriri. Há um cantinho atrás de um carro verde da Toyota que não quero nunca mais visitar. Mas estou com sede, e a cerveja me dá vontade de fazer xixi, o que significa precisar sair do carro — algo que eu odeio.

O Encapuzado volta e meia aparece aqui.

Às vezes vem sozinho, mas a maior parte das vezes não. Dia ou noite, não importa. Eles riem e se xingam, discutindo quem conseguiu o quê. Desde o dia em que o Gordinho foi espancado, não vi mais ninguém por aqui, a não ser o próprio Encapuzado e seus amigos. Imagino que esteja procurando por comida ou talvez drogas, ou os dois. Há tantos carros detonados nessa garagem, que o meu foi poupado – até agora. Mas é só questão de tempo. Quero ficar no meu carro, mas, se continuar aqui por muito tempo, ele vai acabar me encontrando. Isso até poderia ser uma coisa boa, mas eu duvido muito. A julgar pelas coisas que aconteceram até agora, acho que é melhor eu continuar me escondendo.

E me esconder é algo que faço melhor que qualquer pessoa.

O segredo é se esconder em algum lugar que já tenha sido vasculhado. Sempre fazia isso com Zack quando ele estava bêbado. Eu ficava no armário enquanto ele procurava debaixo da cama; depois, quando ele virava as costas, eu me enfiava debaixo da cama. Ele nunca me descobria. Tentei convencer a mamãe de que podíamos nos esconder dele na cidade, mas ela não me ouviu. Ela disse que tínhamos que ir para o mais longe possível. Em três dias, dirigimos de Erie, na Pensilvânia, até Los Angeles. Íamos para a casa de um amigo em San Diego, mas o radiador estourou em Bakersfield, e ficamos sem dinheiro depois de pagar o conserto. Chegamos a Los Angeles sem um tostão e com o marcador do tanque de gasolina no VAZIO. E é por isso que estou no carro dentro de uma garagem e minha mãe está em uma entrevista de emprego. Um emprego que deveria durar no máximo uma hora.

É hora de me mudar. Estive observando a caminhonete grande. Aquela que chamou minha atenção no primeiro dia. A mãe e os filhos nunca mais voltaram. O coelhinho de pelúcia da menina ainda está no chão, onde ela o deixou cair. Tenho medo de pegá-lo, porque alguém pode perceber que estou aqui. Por isso, o coelhinho continua no chão frio de concreto e me faz lembrar aquele dia horrível em que mamãe saiu com o homem do sussurro. O careca tatuado já arrombou aquela caminhonete, então duvido que vá pensar em voltar lá. Há uma luz dessas de segurança perto dali, mas não muito perto, então há muitas sombras em volta. O carro parece bem grande, então deve ter bastante espaço para meu saco de dormir, minhas roupas, além de vários lugares em que posso me esconder, caso seja necessário. A caminhonete ainda está meio de lado por causa da trombada que levou, o que para mim é até bom, porque me permite uma visão perfeita para o nosso carro.

Para quando mamãe voltar.

»»»

Minha mochila está cheia. Está escuro lá fora e há umas três horas que ninguém aparece na garagem. Escondendo-me entre as sombras, consigo chegar à caminhonete. É um Lincoln Navigator. O vidro traseiro está trincado, mas não despedaçado. Já a janela do carona nem existe mais. Minha mão treme tentando alcançar a maçaneta da porta. Nunca invadi um carro antes. Sinto como se estivesse fazendo algo ilegal. Mas sei que é um pensamento louco, ninguém vai brigar comigo por isso agora. A porta não está trancada. Deslizo para dentro e prometo a mim mesma que, se pegar qualquer coisa dali, uma migalha que seja, vou deixar um recado.

O que sinto primeiro é o cheiro de couro. Isso me faz lembrar uma vez em que fui fazer compras com minha mãe. Nós paramos em uma loja de móveis e nos sentamos em todos os sofás caros — "só para passar o tempo e rir um pouco", disse ela. Minha blusa ficou o dia todo com cheiro de couro. Eu nem quis lavar.

Lá fora, há luz suficiente apenas para eu conseguir enxergar o que estou fazendo. O banco do carona está cheio de pequenos diamantes do vidro da janela quebrada. Enrolo minha mão na manga da camisa e os espano para o chão. O porta-luvas está aberto e revirado. Encontro mapas rodoviários da Califórnia, de Nevada e do

Oregon, além de um caderninho com duas páginas escritas com letra bem clara; são informações sobre a quilometragem percorrida e o consumo de gasolina do carro. Enquanto estou folheando, penso ter ouvido algo, como um pequeno rangido. Paro e presto atenção. Mas o som não se repete, então volto a vasculhar.

No cinzeiro há algumas moedas e meio pacote de chicletes. Pego um chiclete para mascar, mas deixo o dinheiro. O nicho no chão do carro entre os dois assentos tem quatro CDs empilhados, todos de música *country*, que eu odeio, e um carregador de bateria de algum equipamento, um celular provavelmente. Há um tesouro que os saqueadores deixaram escapar. Uma caneta com lanterna, funcionando. Eu a guardo na mochila.

Os compartimentos da porta não têm nada de útil: escova de cabelo, filme de PVC (gosmento) para embrulhar comida e um controle para abrir porta de garagem. Como Zack costuma guardar coisas debaixo dos bancos, procurei ali também. Nada no do carona, a não ser pedaços de vidro e um lápis, que pode ser útil. Já embaixo do banco do motorista, encontro algo interessante.

Uma caixa preta de metal, um pouco maior que a maleta de Zack. Tem uma gaveta na frente com uma fechadura prateada. Está trancada. Tento arrancá-la com um puxão, mas nem se mexe. Tento usar meu lápis como alavanca para abrir a gaveta, mas a única coisa que consigo é quebrar a ponta do lápis. O que quer que haja dentro da caixa deve ser importante, provavelmente ferramentas e talvez dinheiro, mas isso vai ficar para mais tarde. Preciso terminar minha mudança.

Vasculho o resto do carro, que é enorme se comparado com o Nova da mamãe. Há dois assentos na parte de trás, um deles com uma cadeirinha de criança com manchas escuras no estofado e no cinto de segurança. Parece chocolate ou sangue seco. Lembro que a menina estava com a cabeça sangrando, então tenho quase certeza de que não é chocolate. A família devia estar viajando, porque encontro livros de colorir cheios de figuras de unicórnios, quadrinhos e uma caixa de sapatos abarrotada de cartas de um jogo estilo supertrunfo, mas com imagens de baseball. Pego os quadrinhos, eles vão para a mochila. O compartimento entre os assentos está cheio de lápis de cor. Enfio meus dedos entre os apoios de braço e tiro a sorte grande: vinte balinhas coloridas, as minhas preferidas.

O carro é tão gigamonstro que tem uma segunda fileira de assentos atrás do banco traseiro. É tão aconchegante quanto meu sofá preferido na loja de móveis caros, com bastante espaço para me esticar. Perfeito para meu saco de dormir e minha mochila. Há ainda um compartimento atrás dos bancos. Posso chegar lá dobrando as costas dos últimos assentos, mas decido explorar essa parte só na manhã seguinte, quando houver luz. Eu poderia usar a lanterninha da caneta, mas para que gastar a bateria à toa? Eu desenrolo o saco de dormir, entro nele e uso a mochila de travesseiro. Algo cheira mal aqui atrás, não sei bem o que é, mas não pode ser pior do que a camisa que estou vestindo.

Fecho os olhos e espero que o sono venha. Desejo não sonhar com a imagem do homem-quebra-molas quicando debaixo dos carros de novo. Odeio quando sonho com isso. Meu estômago ronca, o que me faz lembrar que não jantei. Mas isso é fácil de resolver. Uma mordidinha na mortadela, uma roída no queijo e um golinho de cerveja. Pronto, já jantei. Fecho os olhos outra vez. O silêncio e o escuro me envolvem.

Não por muito tempo, porém. Ouço o rangido de novo.

Definitivamente vem de dentro do carro, de perto de mim. Seguro a respiração e aguardo. É de lá, do porta-malas. Luto para sair do saco de dormir e abaixo um dos bancos. O cheiro é tão ruim que chego a lacrimejar, e o som fica mais alto. Acho que sei o que é. Minha cabeça dá voltas enquanto procuro a lanterninha na mochila. Depois de encontrá-la, eu a acendo e aponto para a escuridão.

É um gato numa gaiola pequena.

A gaiola está virada de lado e uma toalha rosa cobre seu chão. Eu a abro e solto o bichinho, que é do tamanho de uma bola de pelos macia. Tem olhos grandes e cinzentos, cheios de remela seca em volta, cabelos louros da mesma cor que os meus. Está cheirando a xixi de gato. Há dois pratinhos vazios dentro da gaiola, um deles tem o nome Cassie escrito em giz vermelho na lateral. Meu pensamento me leva de volta ao primeiro dia, quando o menino quis voltar à caminhonete, mas a mãe não deixou. Ele gritava como se tivesse esquecido algo importante. Agora sei o que foi.

— Oi, Cassie — digo a ela.

O som me surpreende. São as primeiras palavras que falo desde que mamãe foi embora. Devem ter surpreendido Cassie também, porque ela começa a miar sem parar. Um alarme dispara em meu cérebro, mas não ligo; eu a seguro perto de meu peito e faço carinho em seu pelo. Ela se acalma.

— Agora vamos dar um jeito de limpar você — digo baixinho. — Você está mais fedida que eu.

Levo a gata para onde eu estava deitada, derramo um pouco de água numa toalha e passo nela. Depois lhe dou uns golinhos da minha cerveja, que ela lambisca, mas continua me olhando como se pedisse mais.

— Acho que isso significa que você também está com fome.

Tiro uma lasca da mortadela. Ela a devora como se fosse um pedaço de carne de primeira.

Novamente o alarme dispara na minha cabeça. Eu adoraria ficar com ela, mas preciso ser esperta. Como diz mamãe, quem precisa de mais uma boca para alimentar? Dou a ela mais um pouquinho de cerveja, me prometendo que a primeira coisa que vou fazer amanhã será deixá-la sair. Por ora, ela precisa de companhia.

— Você é uma gatinha muito sortuda — sussurro.

Nós nos acomodamos no quentinho do meu saco de dormir. Ouço o zumbido contínuo da luz de segurança funcionando e me pergunto o quão escuro estaria sem essas luzes. Com certeza, não mais escuro que meu armário lá em casa.

E Cassie começa a ronronar. Pela primeira vez, não estou pensando no Encapuzado com seu canivete, não estou pensando nos ETs, nem na grande mancha escura. Nem mesmo na minha mãe. É boa a sensação de ter Cassie perto da minha pele.

Era nisso que eu estava pensando quando peguei no sono.

PROSSER, WASHINGTON

CLIQUE

É oficial: o cara é doido.

Primeiro a roupa suja, agora isso. Estamos enchendo todos os recipientes com água: jarros, canecas, garrafas, latas, tudo alinhado em fileiras no balcão da cozinha. Ele está lá em cima enchendo a banheira. Eu, aqui embaixo, enchendo com água (mal posso crer) saquinhos Ziplock. Parecem uma versão aumentada daqueles brindes cafonas que a gente ganha em feirinhas, mas sem o peixinho que morre em três dias.

O rompante de insanidade começou hoje de manhã, quando acabou a luz. Foram cerca de quinze minutos, depois a eletricidade voltou. Foi então que meu pai mobilizou nossa brigada da água. Tentei argumentar que aquilo era um exagero, mas ele não me deu ouvidos.

— Você não ouviu? É o fim do mundo — falei.

— É o fim de nosso desperdício de recursos, isso sim — respondeu meu pai.

— Mas o Homem do Megafone diz que devemos abraçar o Senhor e caminhar para a luz.

— Abrace isso aqui — disse ele, me entregando um pacote de sacos plásticos Ziplock. — Se pensar em mais alguma coisa que possa encher com água, encha.

Eu até pensei, mas achei melhor não dizer.

E então aqui estou eu, enchendo e fechando saquinhos plásticos com água. Por sorte só havia dez saquinhos na caixa. Fico pensando que podem ser uma excelente munição para quando as tropas invasoras alienígenas vierem arrombar nossa porta. Na verdade, acho que eles vão é derreter nossa porta. Seja como for, podemos acertá-los com esses balões d'água, depois o Dutch vai morder seus tentáculos e papai vai exterminá-los com o discurso sobre a Esfera de Influência. Cabum! Acabou-se a invasão. Fim da história.

A caixa já está vazia e não há mais espaço no balcão da cozinha, então é inútil pensar em outros recipientes a serem enchidos. Ouço barulho de água correndo lá em cima, o que significa que meu pai ainda está ocupado. Bom momento para fazer um lanchinho. Vou à despensa e a única opção é um saco aberto de biscoito cream cracker. Não seria minha primeira escolha, mas vai ter que ser esse mesmo. Eu me jogo preguiçosamente no sofá, diante da TV, que está fora da tomada, pego o controle e finjo que estou trocando os canais.

CNN: Morte e destruição. *Clique.*

ESPN: Ex-atletas que estão ficando carecas tagarelando sobre esteroides. *Clique.*

Fox News: Especialistas discutindo o aquecimento global. *Clique.*

CSPAN: *Clique.*

MTV: Um reality show de baixo nível. *Clique.*

NBC: Uma senhora cantando uma música sobre um purificador de ar sem cheiro. *Clique.*

Fox: *Os Simpsons.* É o episódio em que a família entra em um programa de proteção a testemunhas. Homer é interrogado por dois agentes do FBI.

Dou uma mordida no biscoito e assisto. Seria muito melhor se eu tivesse manteiga de amendoim para passar no cream cracker, mas infelizmente acabamos com ela ontem. E hoje o pote já está cheio d'água. Bocejo. O episódio é um clássico, mas já vi trezentas vezes.

DIA 6

Clique.

Deixo o controle de lado. Como de costume, não há nada na programação com que valha a pena gastar meu tempo.

Mastigo outro cream cracker sem manteiga de amendoim. É um sinal do que me aguarda. Parece que não era um bom momento para sermos invadidos. Meu pai estava esperando minha mãe voltar para irem fazer compras e reabastecer o estoque da despensa. Por isso não temos um monte de coisas que deveríamos ter. Como manteiga de amendoim. E ração de cachorro. Pizzas congeladas. Biscoitinhos de queijo. Refrigerante. Garrafas de água mineral. E aquelas barrinhas de cereal maravilhosas que vêm com uma camada de chocolate, confeitos de caramelo em cima e flocos de arroz no meio. Uma vez, eu e Alex detonamos duas caixas dessas belezuras enquanto assistíamos a *Duro de matar* pela terceira vez seguida. Mamãe e papai estavam no cinema ou no teatro. Eu e Alex concordamos que foi o melhor jantar de nossas vidas.

Alex.

Mal dá para acreditar que essa é a primeira vez que me lembro dele. Alex é simplesmente meu melhor amigo desde um mês depois que nos mudamos para esta aldeia, há seis anos. Essa é a palavra que ele costuma usar para falar da nossa cidadezinha. Foi o título mais simples e mais medieval que ele conseguiu encontrar. Também funciona porque tem um restaurante na estrada Wine Country que vende um prato chamado aldeia: cinco mini-hambúrgueres, por um dólar e cinquenta. Comemos lá pelo menos duas vezes por semana na hora do almoço.

Será que Alex ainda está vivo? Acho que sim. Ele costuma ir de ônibus para a escola ou pegar carona conosco, então há grandes chances de ele estar preso dentro de casa como nós. Mas seu pai pode não estar. Ele é desses caras malucos que saem para correr de madrugada. Sempre achei que correr às cinco da matina é uma coisa bem imbecil. Agora sei por quê.

Alex tem sorte. Vive num apartamento duplex perto dos prédios do outro lado da rua, o que significa que tem uma Pérola da Morte bem em cima de sua casa. Ou seja, ele tem sorte porque não pode vê-la. Já eu não tenho tanta sorte. Eu vejo PDMs toda vez que dou uma espiada pela vidraça da sala. Vejo também uma bicicleta caída, cercada de jornais prontos para serem entregues.

Alex foi um dos que me instigaram a chamar Lynn para sair. Ele passou duas semanas me convencendo de que as chances de ela aceitar eram maiores do que 50%. Também foi ele quem viveu comigo meus dias sombrios, quando, dentro de mim, eu tinha certeza de que a única maneira criativa de me expressar era tatuar uma aranha descendo da minha orelha esquerda até o meu pescoço, além de usar batom preto nos lábios e colocar piercings nas sobrancelhas. Ele disse que algumas pessoas podem virar góticas ou punks ou coisa parecida e fazer aquilo dar certo para elas. Como o Marilyn Manson. E Britney sei-lá-das-quantas, não lembro o nome dela nas chamadas da escola. E completou:

— Mas você, você só ficaria parecendo um idiota.

O Dutch está sentado à minha frente me vendo comer biscoitos de água e sal. Ele começa a acumular saliva no canto da boca. Um fio de baba goteja no chão. Ele estuda meus movimentos cuidadosamente como se eu estivesse comendo algo delicioso. É só um cream cracker sem graça. Ele lambe o focinho, um movimento bem típico do Dutch quando ele está implorando por algum petisco. Esse é um dos seus dois hábitos nojentos. O outro é lamber o próprio saco por horas a fio, como se fosse um picolé peludo. Eu não aguento sentir tanta culpa e lhe entrego o último biscoito. Suas mandíbulas são rápidas e lá se foi o cracker.

— Não acredito que você fez isso.

Quase pulo fora do corpo:

— Meu Deus, pai! Não se deve aparecer do nada assustando as pessoas quando há alienígenas logo ali na esquina!

— E não se deve dar nossa comida ao cachorro!

— Desculpa. Só dei esse último.

Meu pai está de costas para a parede, inspecionando a sala. Seus olhos focam na caixa vazia de biscoitos em cima da mesa.

— Você comeu a caixa inteira?

— Eu *terminei* a caixa. Já estava quase no fim.

— Nossa comida tem que durar, Josh.

— Eu sei disso.

— Você acha que eu gosto de encher saquinhos de água?

— Já pedi desculpas, pai!

Ele me encara como se eu fosse um caso sem solução. Acha que não estou levando o problema da comida a sério, mas eu estou. Nós só encaramos a situação de perspectivas diferentes. A opinião dele: Precisamos racionar, comer menos, fazer a comida durar. A minha: Se vamos morrer a qualquer momento, por que não viver numa boa? Por que passar fome? No meu ponto de vista, quanto mais comermos, menos vai sobrar para as tropas alienígenas.

— Acho que o cachorro devia voltar a dormir lá fora — diz ele.

Ah, agora o Dutch é "o cachorro". Inacreditável.

— Por quê? Não estou dando filés escondido para ele enquanto você dorme.

— Você deu alguns dos seus bacons para ele. — Eu pisco o olho, mas não digo nada. Isso está ficando assustador. — Ele precisa se acostumar a se virar sozinho — continua meu pai.

— Se virar sozinho? Você acha que ele vai caçar um esquilo ou qualquer coisa assim?

Meu pai balança a cabeça:

— Só obedeça, Josh. Estou cansado de ficar discutindo isso.

Ele sai da sala. Pego o controle remoto e aponto para onde ele estava dois segundos antes.

Clique.

LOS ANGELES, CALIFÓRNIA

Peixe seco

Corto o último pedaço de mortadela em três menores. Dois para mim, um para Cassie.

— Melhor você aproveitar seu café da manhã, porque depois só vai ter rato para você comer.

Enquanto ela come, eu planejo o dia. Gastei a primeira parte da manhã procurando a chave que abre a caixa de metal embaixo do banco do motorista. Já faz dois dias que estou vasculhando cada cantinho, cada esconderijo, mas sem sucesso. A mãe deve ter levado a chave. Mas o que quer que tenha ali, não interessa mais. É hora de voltar ao que realmente importa.

Primeiro, encontrar um novo lar para Cassie. Depois, arranjar mais comida e água para mim. Meu estômago ronca o tempo todo. Tudo indica que é hora de sair para uma expedição exploratória.

Isso, porém, pode se tornar um problema. Se eu sair dali e minha mãe voltar, ela pode achar que estou morta. E vai acabar indo embora sem sequer me ver. Eu poderia colocar um bilhete no para-brisa, mas e se o Encapuzado o encontrar antes dela? Ele saberia que estou por aqui. E provavelmente me daria uns socos no estômago também.

— O que você acha que devo fazer? Deixar o bilhete ou tentar a sorte? — pergunto para Cassie.

Ela me olha e depois volta para sua mortadela.

— O que você quer dizer com isso? Deixar um bilhete?

Então me ocorre outra coisa. Penso que, se mamãe encontrar meu bilhete, ela vai me esperar. E se o Encapuzado a encontrar antes de mim... não quero nem pensar nisso.

Decidido. Nada de bilhete.

— Agora vamos achar uma nova casa para você, mas você precisa ter cuidado. Não confie em ninguém, mesmo que pareça legal. Eles parecem ser seus amigos, até engolirem você.

Cassie acabou de comer. Ela se lambe com sua linguinha cor-de-rosa e dá uma olhada em volta, como se procurasse mais. Ofereço minha mão em concha com um pouco de água para ela, que lambe a água e depois minha mão.

— Sei bem do que você precisa — digo a ela, coçando atrás de uma de suas orelhas. — Você precisa de leite.

Cassie se enrosca, rolando no chão, e tenta pegar minha mão com a pata e suas garrinhas. Agora está com vontade de brincar. Eu brinco com ela por um minuto mais ou menos, mas então é tempo de partir para algo mais importante.

Coloco a mochila nas costas, caso eu encontre alguma comida, pego Cassie e a acomodo debaixo do meu braço. Seguimos pela ladeira que leva ao segundo andar da garagem. Antes de virarmos a curva da rampa, olho para trás, para o carro de minha mãe. Tenho a terrível impressão de estar cometendo um erro enorme.

Eu deveria ter deixado um bilhete.

»»»

O segundo andar está tão horrível quanto o primeiro. Há uma sequência de carros engavetados. Conto quinze. Alguns deles nem sequer saíram da vaga. Todos, batidos ou não, estão com janelas quebradas. Decido que não é um bom lugar para soltar Cassie. Subo ao terceiro piso.

Aqui não há tantos carros quanto lá embaixo. Concluo que não devo ir mais longe do que isso. Cassie começa a miar e não entendo o motivo, então vou até um carro e a coloco no capô. Ela se senta ali em cima e pisca para mim, como se eu pudesse ler sua mente. Ao menos parou de miar. Olho através da janela quebrada para ver o que sobrou. Quase nada. Pedaços de papel, um copo vazio do Starbucks e vidro quebrado por todo lado. Abro a porta e olho em volta e debaixo dos bancos. A pessoa devia gostar do McDonald's: encontro oito batatas fritas imprensadas entre os assentos e cinco sachês de ketchup num saquinho de plástico. Como as batatas assim que as encontro. Estão duras e frias, mas o gosto do sal é bom. Decido guardar o ketchup para o caso de encontrar algo tão ruim para comer que eu precise de algum outro sabor para ajudar a descer. Era o que eu fazia em casa quando mamãe cozinhava fígado.

Cassie volta a miar, e bem alto. A gente não precisava disso. Ela parece uma sirene avisando *Estamos aqui! Estamos aqui!* Eu poderia colocá-la dentro do carro e fechar a porta, mas isso me parecia bem maldoso.

— Está bem, entendi — disse a ela, murmurando. — Você está com fome. Adivinha só: eu também. Mas você não precisa anunciar para todo mundo na garagem. — Olho em volta para todos aqueles carros vazios. — Ok, não tem ninguém por aqui agora, mas isso pode mudar.

Minha fala só a atiça ainda mais.

O ketchup me dá uma ideia. Eu a pego, abro a porta, tiro o vidro do assento e a coloco no banco do carona. Rasgo um dos sachês e o espremo em cima do tecido bege, bem na frente dela. A cor me faz lembrar o sangue que vi no apoio de cabeça do assento da caminhonete.

— Está esperando o quê?

Surpreendentemente, Cassie cheira o ketchup, me olha e começa a lamber. Ela deve estar com fome mesmo. Fecho a porta e me afasto. Agora posso vasculhar os carros em paz.

Começo pela fileira de carros batidos. Cada um tem uma história para contar. O primeiro é de uma mulher que gosta de cozinhar. Está cheio de flores de plástico roxas e amarelas no painel e há no mínimo cinquenta receitas de cupcake datilografadas em fichas de papel-cartão esverdeado, unidas por um elástico. Deixo as receitas de lado. Elas só aumentam minha fome. Mas fico com o elástico. A dona do carro também deve ter um filho, provavelmente um menino, porque há um casaquinho vermelho no banco de trás, algumas cuecas e meias enroladas, além de uma calça cargo. A calça parece grande demais, mas e daí? Penso que aqueles bolsos todos podem ser úteis. Faço uma troca: a calça pelo meu casaco, rosa — ele vai gostar, tenho certeza.

Em seguida, vou para uma picape azul da Toyota com a frente bem amassada. Percebo que era de um homem alto e nervoso, com uma namorada bonitona. O assento do motorista está bem para trás, o cinzeiro está cheio de guimbas de cigarro sem marcas de batom e há, lá na frente, um cartão com uma imagem em preto e branco de uma mulher com muita maquiagem e peitos enormes. Ela está de biquíni, de pé, perto de um elefante e falando em um celular. A mensagem do cartão é: Não esqueça! E, depois, escrito a mão, com uma caligrafia bonita e inclinada: Ligue para mim quando chegar ao hotel: 947-0120. Mal posso esperar! Jen. Ainda há cheiro de perfume no cartão.

Em um encosto de braço, encontro dezesseis pipocas com queijo e meio chiclete de canela. Coloco tudo no saco plástico.

O próximo carro é um Jetta, da Volkswagen, com três janelas laterais de vidro escurecido, e uma quebrada. O carro está amassado como uma lata vazia de cerveja. Entendo que foi o sr. Nervosinho que o deixou assim. A placa caiu no chão: QI 0150. Em um adesivo da janela da frente se lê: OBEDEÇA À GRAVIDADE: É A LEI! Deve ser alguém que está na faculdade, provavelmente um cara.

Mas estou enganada.

Tem um corpo dentro do carro. É o de uma senhora no banco de trás. Ela ainda está com o cinto de segurança. Cabelos curtos, grisalhos, encaracolados como os pelos de um poodle. Primeiro penso que está viva, porque seus olhos estão abertos, mas logo percebo que não. Há uma linha grossa de sangue saindo de seu ouvido. Seu rosto está um pouco inchado e acinzentado. Sua boca está um pouco aberta, deixando à mostra a ponta da língua, cinza. Seus olhos estão bem abertos e com um olhar vítreo como o de um manequim de loja.

O cheiro me atinge.

É como encontrar um peixe morto e seco entre as rochas de um rio em um dia quente. Não sei por que eu não tinha notado o cheiro antes. Eu teria vomitado se tivesse mais do que oito batatas fritas no estômago.

Viro-me para ir embora, mas algo me faz parar. Ela está com um daqueles vestidos de senhora, floridos, longos e com bolsos enormes em que caberiam bolas de futebol americano. Um dos bolsos tem um relevo arredondado e penso que pode ser uma garrafa de água. Estico o braço pela janela quebrada e abro a porta do motorista. Prendo a respiração, subo no carro e sigo por entre os bancos. O braço esquerdo dela não me permite chegar ao bolso. Não tenho escolha: preciso movê-lo. Respiro fundo e toco sua mão. Está gelada.

As unhas são grandes e vermelhas, os dedos curvados estão como se ela segurasse um copo invisível. A pele tem uma textura estranha, quase de borracha, como a das bonecas. Os músculos estão duros, o que me deixa surpresa. Meu estômago se revira. Levanto sua mão devagar e a coloco no colo dela. Respiro fundo outra vez e enfio minha mão no bolso de seu vestido. Tiro a garrafa de água, quase cheia. Afundo a mão outra vez e encontro uma barra de chocolate pela metade. Faço nova tentativa e tiro de lá uma revista de palavras cruzadas com tema de novelas e uma caneta presa à capa.

Coloco a água, a caneta e o chocolate em meus bolsos. E já começo a ficar feliz com meu negócio. Deixo as palavras cruzadas. Depois me pergunto como ela vai terminá-las sem a caneta. Sei, é um pensamento bobo, mas devolvo a caneta.

Uma voz me diz que eu deveria fechar seus olhos. Já vi fazerem isso na televisão e estico o braço para fazê-lo, mas simplesmente não consigo. Meu cérebro não vai me deixar tocar aquela pele fria outra vez. Deixo seus olhos abertos encarando a mancha de sangue no encosto de cabeça.

— Obrigada pela água — digo, engatinhando para fora do carro.

Eu deveria continuar vasculhando os outros carros, mas meu corpo todo treme. Sinto como se aquele cheiro estivesse se entranhando em minha pele. Preciso fugir. É hora de voltar para meu saco de dormir no primeiro andar da garagem. Talvez mamãe esteja me esperando.

Ou talvez outra pessoa. Uma pessoa com uma faca.

Dou uma olhada em Cassie, que está enroladinha no banco, dormindo. Sei que tenho que fazer isso, então eu faço. Em silêncio, espremo outro sachê de ketchup no banco e deixo a porta um pouco aberta para que ela possa sair quando quiser.

Começo a me afastar. Vai ser bom ficar longe daquele olhar vítreo, daquele cheiro. Mas ainda estou no segundo andar quando sou obrigada a parar porque estou lacrimejando tanto que não consigo enxergar e não posso perder tanto líquido. A mesma voz interior, que eu tinha ouvido no carro, me diz que Cassie vai acordar e estará sozinha. Ela é pequena e medrosa demais para tomar conta de si mesma. E se o Encapuzado a encontrar? Vou deixá-la ir quando estiver um pouco mais velha. Então volto. Há comida e bebida suficientes para nós duas neste estacionamento.

Só tenho que sair e encontrar.

TANQUE CHEIO

Acabamos de jantar.

O cheiro de *chilli* enlatado, queimado como de costume, permanece no ar. A louça está limpa e empilhada. O balcão da cozinha foi esfregado com sabão bactericida, não sobrou nenhuma migalha nem germes. Papai está na cozinha fazendo o inventário da comida, checando cada item de sua lista de três páginas. É algo que faz duas vezes por dia agora que descobriu que seu filho é um marginal ladrão de cream cracker. Entre contar a comida, as naves espaciais e dobrar a roupa limpa, muito me espanta que ele tenha tempo para dormir.

Pego a chave do carro da mamãe no gancho perto da entrada e sigo sorrateiramente para a garagem. Entro no carro e me sento, puxo o banco um pouco para trás e coloco a chave na ignição. Viro-a sem ligar o carro, apenas para acender as luzes internas. O painel se ilumina. Vermelho e branco. Os medidores atingem a posição adequada. Eu sorrio. O tanque está cheio. Tento alcançar o botão que abre o portão da garagem, mas me dou conta de que isso faria muito barulho. Meu pai certamente iria ouvir. Pulo para fora do carro, puxo a alavanca que destrava o portão e o levanto devagar até que haja espaço suficiente para o carro passar. Está escuro lá fora, então não consigo ver a Pérola mais próxima daqui. Mas sei que está lá. Por mim, isso é bom o bastante.

Volto ao carro e coloco o cinto de segurança, para evitar que fique apitando. Dou uma checada no retrovisor, piso na embreagem, engato a marcha, a ré. Esse é o momento em que meu pai deveria vir correndo. A essa altura, deveria ter me ouvido e estar gritando para que eu saísse do carro. Só que ele está ocupado demais contando latas de extrato de tomate e potes de alcachofra em conserva. Coloco minha mão na chave, pronta para girá-la — e continuo ali.

O carro tem o cheiro da mamãe. Consigo senti-la, em seu aroma inconfundível de flores que deixa para trás quando passa por mim no corredor. Seu tapetinho de ioga está enrolado no banco de trás. Em um nicho do carro, há um vale-presente do Starbucks e outro de uma loja de departamentos — eu dei os dois como presente de Dia das Mães. Em um papelzinho amarelo grudado no retrovisor há um recado lembrando de fazer reserva na pizzaria para a minha festa. Fecho os olhos. Em cinco segundos, vou desaparecer. Meu pai vai levar horas, talvez dias até perceber que eu sumi.

Então os detalhes me vêm à mente: O que o papai faria? Sairia de casa ou ficaria lá dentro até morrer de fome? E o que aconteceria com o Dutch? E se... e se...? Todos esses detalhes começam a me cansar. Não estou com humor para pensar nesse monte de coisas. Tiro o pé da embreagem e a chave da ignição. Fecho a porta da garagem e volto sorrateiramente para dentro de casa, pendurando as chaves de volta no gancho.

Meu pai deve ter ouvido alguma coisa, porque me chama para ver o que ele encontrou. Está sentado à mesa da cozinha e, aos seus pés, tem uma pilha de pacotinhos vermelhos e brancos.

— Boa notícia, Josh — diz ele, segurando um dos pacotinhos como se fosse um prêmio. — Achei vinte e quatro embalagens de leite em pó!

— Incrível, pai.

Viro de costas e me dirijo para o meu quarto, enquanto ele diz algo sobre panquecas para amanhã, mas não ouço. Penso que o problema não são as PDMs e seus raios mortais, não é a geladeira vazia ou o cachorro que em breve vai morrer de fome, nem mesmo os saquinhos com água em cima do balcão da cozinha.

O problema é saber que hoje é meu aniversário, mamãe não está por perto e eu não posso checar meus e-mails. É isso o que está me matando.

LOS ANGELES, CALIFÓRNIA

Marretador

O som de uma porta batendo me acorda.

Dou uma olhada lá fora. Dois homens estão na garagem. Meu coração para por um segundo. Um deles é o Encapuzado, seu rosto ainda está na sombra, encoberto pelo capuz. O outro é o homem alto e magro, tatuado e de cabeça brilhante. Foi ele quem ajudou o Encapuzado a se livrar do homem-quebra-molas. No terceiro dia, eu o vi quebrando janelas com uma marreta grande. Ele nem vasculhava os carros, apenas estilhaçava as janelas. Naquele dia usava uma regata que deixava as tatuagens do braço à mostra. Hoje está de camisa social azul de manga comprida, que poderia ser um uniforme.

Os dois estão debaixo da luz no portão verde da saída. Encapuzado segura uma lanterna em uma das mãos e uma marreta na outra. Ele faz o feixe de luz percorrer a garagem. Aponta para o meu lado e depois para. Em seguida, aponta com a marreta para cá. O altão faz que sim com a cabeça e tosse. É uma tosse grossa, encorpada, como se ele fosse cuspir fora um pulmão. Quando termina, tira um cigarro do bolso da camisa e o acende.

Eles ziguezagueiam por entre o labirinto de carros, conversam e riem. O Encapuzado balança a marreta, arrebentando algumas lanternas traseiras quando passa. O som ecoa à minha volta e acorda Cassie. Ela deixa escapar um miado suave. Eu a aperto contra minha blusa. Se ela der mais um pio, vai para dentro do saco de dormir.

Agora os dois estão perto o suficiente para eu ouvir cada palavra.

O careca para, pigarreia e cospe. O outro balança a cabeça e faz uma cara de reprovação. Eles voltam a caminhar. É difícil dizer para onde vão, mas acabo percebendo que é para os carros mais perto da saída. Não estão tão destruídos quanto a caminhonete. O Marretador pergunta:

— Mas, então, Richie, vai me dizer o que você está procurando?

O Encapuzado tem um nome, então. Richie. E ele responde:

— Adivinha.

— Não é grana.

Um risinho e a resposta:

— Isso você acertou.

— Drogas?

Richie soca outra lanterna de carro. O próximo é o Nova da mamãe. E responde:

— Maravilha se achássemos drogas, mas não. Pensa comigo. Com os hóspedes tão descuidados como os daqui, o que de mais valioso podemos encontrar na nossa atual si-tu-ação?

— Para mim, seria cigarro, cara. Um maço de Lucky Strike deixaria minha semana mais feliz.

Richie chega ao carro de minha mãe. Quebra uma das lanternas de trás, depois a outra. Sinto cada pancada como se fosse em mim.

Ele chuta o vidro estilhaçado.

— Odeio esses Nova. Conheço um cara que tinha um. O carro bebe combustível pra caceta. Não conseguia vender esse lixo, então colocou fogo no carro e se mandou.

O Marretador continua:

— Se não é grana e não é droga... por que o dr. Hendricks nos mandaria para cá na calada da noite quando deveríamos estar dormindo?

Richie para e o encara. Por um segundo, parece que ele vai dar uma marretada no Marretador. Mas aí ele responde:

— Armas, seu careca burro de merda. Esse é o cálice sagrado!

— Mas já encontramos todas. Três pistolas e uma espingarda.

— Mas estamos nos Estados Unidos, meu camarada. Com uma garagem desse tamanho, a quantidade de armas que podemos encontrar aqui deve dar para encher um caminhão.

Vem um feixe da lanterna dele no vidro do carro em que estou. As sombras passam pelo teto e pela porta. Quietinha, como uma lontra em um rio, escorrego até o chão, no espaço entre os bancos de trás, e me enrolo numa bolinha. Cassie protesta com um mio. Suas garrinhas raspam meu tornozelo. Resisto ao impulso de enfurnar a cabeça no saco de dormir. Preciso ouvir o que eles estão dizendo.

— Já vi o Navigator. Tenho certeza de que não tem arma lá — fala o Marretador.

— Já eu tenho informações que *des*-dizem o que você diz.

O Navigator? Uma arma? Meu cérebro gira em falso... onde?

— Tipo o quê?

— A madame do Navigator precisava de remédio de asma para o filho. Ela trocou remédio por essa informação. Disse ao dr. Hendricks que tem uma arma do marido dela escondida dentro do carro.

— Onde?

— Debaixo do banco do motorista, num cofre.

Penso na caixa de metal que está apenas dois assentos à minha frente.

— Cofre, é? Ela deu a senha?

— É de chave. Ela disse que guarda uma chave extra na frente.

— E se a informação estiver errada?

— Bom, aí o remédio de asma vai faltar no mercado.

Os dois riem.

O Marretador volta a ter um acesso de tosse. Está tão perto que posso sentir a fumaça do cigarro. Ele cospe. Quando a cusparada bate no carro, parece que foi uma almôndega. O feixe de luz da lanterna escaneia o interior da caminhonete. Agora enfio a cabeça no saco de dormir, mas deixo uma parte descoberta para conseguir ouvir. Espero que eles só consigam ver um monte de farrapos. A maçaneta do passageiro se move. E se abre.

Richie pergunta:

— Você quebrou essa janela, né?

— No terceiro dia. Achei o máximo estourar um Navigator.

— Você tirou o vidro de cima do banco do carro?

— Por que eu faria isso?

— Bem, o vidro está todo no chão.

Eles batem a porta.

Em espremo Cassie com meu pé. Ela se mexe, mas só um pouco.

Sinto passos se dirigindo para a parte de trás do carro. A porta ao lado do banco traseiro se abre. E Richie continua:

— Você viu esse lixo todo aqui? Revistas em quadrinhos, um monte de roupa, e parece um saco de dormir ali no chão?

— Cara, eu roubei tanto carro aqui, que não consigo lembrar.

— O que se lembra desse carro?

— Um gato numa gaiola.

— O quê?

— Um gatinho lá atrás. Magrelinho. Fedendo a mijo.

— Você deixou ele lá?

— Tenho alergia a gato.

— Irmão, você é do-ente. E você diz que eu é que sou mau?

A porta bate de novo. Mais passos. Agora Richie diz:

— Tem uma gaiola, mas não tem gato. E sei lá, eu diria que alguém fez um ninhozinho.

Richie solta um grunhido. Entendo que ele está se espremendo entre a caminhonete e o carro que bateu nela. Os passos vêm na minha direção agora. Passam direto, vão para a porta do motorista e param ali.

Outro som. Uma voz que os chama à distância.

— Que que ele quer? — pergunta Richie.

— Está dizendo que acabou a água.

— E eu com isso?

— Sei lá, mas quer que a gente vá lá *agora*.

O Encapuzado responde:

— Ah, é? Pois eu estou ocupado.

A porta do carona é aberta e sinto que o carro abaixa um centímetro. Meu coração bate tão forte que minha cabeça lateja. Meus pulmões estão berrando por um pouco de ar, o que me faz ficar preocupada com Cassie. Se eu mal consigo respirar, imagine ela! Gostaria de lhe dar um cutucão com o dedo do pé, mas não faço isso. A voz de Richie vem da altura do chão:

— Bingo!

A caminhonete treme. Chacoalha mais. Richie solta um palavrão. E grita:

— Está trancado!

— Não dá para tirar o cofre daí?

— Não. É soldado no chão.

Silêncio. Ouço o clique de um canivete. Aquele ruído faz meu estômago se contrair. E Richie continua:

— Vai ficar aí parado feito um idiota? Ou vai me ajudar a procurar a chave?

Um deles abre a porta do passageiro. Os dois começam a revirar o carro. O som chega a mim como um furacão: caixas de CD estalando, tapetes sendo puxados, moedas caindo no chão. Até que o Marretador diz:

— Que p...

Vem um baque surdo. Ele geme. Acho que caiu no chão.

Outra voz, profunda como um trovão ribombando, diz:

— Volte para o hotel agora.

Só pode ser uma pessoa.

O Barba Negra.

A caminhonete sobe o centímetro que havia descido.

— Por que esse ataque de perereca? — pergunta Richie.

— O dr. Hendricks quer que os homens e as mulheres fiquem separados.

— Sério? Quem vai para onde?

— Os homens vão para o décimo andar.

— Dividir para conquistar — diz Richie. — É demais para uma grande família feliz.

Silêncio.

— Será que posso supervi-sio-nar as damas?

Silêncio.

— Foi mal. Isso incomodou você? — Ouço o clique do canivete de novo. — E aí? Agora está mais confortável?

Silêncio.

Richie continua:

— Sabe, meu irmão, você devia prestar mais atenção nos seus modos. Tentar se comu-nicar melhor. Do jeito que está, nunca vai ser eleito o Segurança do Mês.

Silêncio.

— Um diabo de crise atrás da outra — diz Richie de uma só vez.

A porta bate. Os passos se afastam rapidamente da caminhonete, e o som vai ficando cada vez mais longe.

Conto dois minutos. É só o que eu aguento. Tiro minha cabeça para fora do saco de dormir e dou uma grande e deliciosa inspirada. Ar fresco. Ouço. Só escuto a vibração da luz de emergência. Escalo até o banco, estico a mão para a outra ponta do saco de dormir, onde encontro uma bolinha de pelo quentinha. Ela se mexe e mia de forma suave.

— Cassie! — digo baixinho, puxando-a para cima e a segurando contra o meu peito. Sua máquina de ronronar já começou a funcionar. — Essa foi por pouco. Temos que ter mais cuidado.

Não sei quanto tempo vão demorar para voltar, então preciso agir rápido. E encontrar a tal chave. Nunca atirei, mas Zack já me deixou segurar a arma dele algumas vezes. Acho que eu conseguiria descobrir como usar. Cassie se enrosca no banco. Vou para o assento da frente e começo a procurar.

A situação é pior do que parecia pelo barulho. Os protetores de sol do para-brisa foram arrancados e estraçalhados. O estofado do teto foi rasgado com o canivete, e o rádio está pendurado por um fio. Até os painéis da porta foram desencaixados. Fizeram isso em menos de um minuto. Tento pensar nos lugares em que eles não procuraram, mas é difícil imaginar onde. Uso a caneta com lanterninha para olhar por trás e debaixo das coisas, mas me parece perda de tempo e de pilha. Estou prestes a desligá-la quando vejo a tampa preta do cinzeiro. Está de cabeça para baixo, perto dos pedais. Percebo uma protuberância na lateral, que deveria ser lisa e uniforme. Eu a pego. Tem uma fita adesiva preta cobrindo algo. Tiro a fita e sorrio.

Uma chave prateada.

Olho para a porta verde lá no fundo. Está fechada e, na garagem, tudo está muito quieto, mas por quanto tempo? É quase meia-noite. Talvez eles decidam dormir um pouco antes de voltar. Talvez não. Dou uma espiada debaixo do banco do motorista, coloco a chave na fechadura e giro. Puxo a gavetinha. Está forrada com uma camada fina de espuma preta. Há um bolo de notas de cinquenta dólares dobradas ao meio e enroladas em um elástico. Um celular. Uma caixinha preta de metal que parece a miniatura de uma maleta, com uma fechadura de senha de quatro dígitos. Retiro-a da gaveta. Pelo tamanho, pode muito bem ter uma arma dentro, pelo peso também. Deixo o dinheiro e o telefone, mas levo a maletinha. Fecho a gaveta e começo a trancá-la, mas vem à minha mente a imagem de Richie estourando as lanternas traseiras do Nova. Mamãe terá de consertá-las e não temos dinheiro algum. Lá se foi nosso supercafé da manhã. Com esse pensamento, tenho uma ideia. É boba, mas não consigo me segurar. Encontro um pedaço de papel e uso a caneta com lanterninha para escrever um bilhete:

Adivinha o que eu peguei.
Bang. Bang.

Deixo o bilhete embaixo do dinheiro, perto da gaveta, e guardo a chave em meu bolso.

Ouço um barulho vindo de trás da porta verde. Algo está acontecendo dentro do hotel. O som está abafado, mas acho que é um grito. Volto para perto de Cassie, carregando a maletinha em uma das mãos.

Pego Cassie, que está quentinha e molenga depois do cochilo no saco de dormir. Mas seus olhos estão abertos.

— Olha o que eu encontrei, Cassie — digo a ela, mostrando meu prêmio. — O cálice sagrado.

PROSSER, WASHINGTON

CONTATO

Estou observando o prédio do outro lado da rua. Faço isso por horas, com o binóculo grudado nos meus olhos, sentado na poltrona vermelha confortável, que arrastei até que ficasse bem de frente para a ampla janela da sala. Estou obcecado com isso desde o episódio do tiroteio. Não que eu seja um maluco psicótico esperando ver um assassinato ao vivo. Faço isso porque me distrai das outras coisas. Digo ao meu pai que estou procurando mudanças no padrão das Pérolas da Morte. Tenho até um caderninho em que faço anotações falsas, como: 14H17: OBJETO MUDA LEVEMENTE DE COR OU OBJETO SE MOVE 5 CINTÍMETROS PARA A ESQUERDA, DEPOIS SOLTA RAIO DE LUZ EM UMA SENHORA DE CHAPÉU VERMELHO. De vez em quando, papai dá uma olhada no caderno. O único comentário que fez até agora foi:

— Centímetro se escreve com "e".

Tenho um esquema. Começo pela janela embaixo à direita e vou ziguezagueando até chegar à mais acima à esquerda, no terceiro andar. Algumas têm cortinas, outras não. Uma olhada em todas as janelas me toma quinze minutos, a não ser que haja algo interessante acontecendo, e isso só aconteceu uma vez, tirando o episódio do cara gordo com os buracos de tiro. Vi uma mulher de vestido branco dançando. Ela passava para lá e para cá pela janela, rodando e rodopiando, algumas vezes requebrando para valer.

Eu gostei de ver como ela jogava a cabeça para trás e ria, seus cabelos louros e longos caindo pelas costas, depois esvoaçando em um de seus giros. Toda hora eu volto a olhar para lá, mas agora fecharam a cortina dessa janela. Mesmo que eu nunca a veja de novo, ainda assim posso dizer que meu tempo aqui valeu a pena.

Ouço meu pai se movendo atrás de mim. Baixo o binóculo, dou uma olhada no relógio, pego o caderno e anoto: 16H38: PDM REVERTE ROTAÇÃO E QUASE BATE.

Pego o binóculo e volto a observar. A terceira janela da esquerda para a direita no segundo andar está quebrada e sem a veneziana. Cinco anos atrás, esse prédio era novinho em folha, bonito, com uma pintura branca e portas verdes que combinavam com as cortinas das janelas. Agora está amarronzado e insosso, com o jardim da frente malcuidado, cheio de ervas daninhas e frequentemente com algum tipo de lixo trazido pelo vento. Vou para a direita. Nada, nada de novo e, depois, a senhora de lenço estampado. Antes, ela costumava varrer a calçada todas as manhãs. É casada com um cara francês, Henri, que no verão passado consertou minha bicicleta por vinte dólares. Acho que está regando as plantas. Ela se vira e sai dali. Eu sigo adiante.

Terceiro andar. Escaneio as janelas da direita para a esquerda. Parece que não vai dar em nada, até que: *Pá*!

Ela está na janela, olhando tudo com um binóculo. Eu a reconheço do ponto de ônibus. Cabelos curtos e louros, mochila amarela, óculos de aro fino. Está sempre no mundo da lua, o rosto enfiado em um livro. Acho que é do primeiro ano. Não sei seu nome, mas acho que é Amanda ou Aimée ou algo assim. Existe uma regra velada no ponto de ônibus: os jovens que moram em apartamentos fazem um grupinho, os que moram em casas, outro.

Acho que ela está me olhando. Levanto o braço e dou um tchau. Ela acena de volta. Depois se abaixa para pegar algo: um pedaço de papel.

Começa a escrever, a mão se move, desenhando arcos bem grandes. Depois vira o rosto para trás como se alguém tivesse lhe dito algo. E vai embora.

Dois segundos depois, aparece um camarada alto e magrelo, com uma barba falhada e sem camisa, e olha pela janela. Tem uns 20 e tantos anos, talvez uns 30. Novo demais para ser seu pai, com certeza. Já vi esse cara por aqui uma ou duas vezes. Acho que ele tem uma picape velha com uma bicicleta suja na caçamba. Ele abre a janela, cospe para fora, a fecha e sai.

Espero por alguns minutos. Ela não volta.

Deixo o binóculo no peitoril da janela e esfrego os olhos. Estou com dor de cabeça. Por que será? Talvez porque eu esteja sorrindo. Por alguns instantes, eu consegui me comunicar com outro ser humano, um ser humano que não está obcecado por dobrar roupas limpas.

LOS ANGELES, CALIFÓRNIA

Poeira, mossas e fita adesiva

Deixo a maletinha no banco e respiro fundo. O que devo fazer? Devo continuar tentando abri-la, para ver se realmente tem uma arma dentro, ou devo ir para outro carro para, *aí sim*, me preocupar com a arma? O metal é grosso, tentei forçá-lo com uma chave de fenda, mas não funcionou. O mesmo aconteceu quando tentei quebrar a tranca.

Olho para Cassie, como se ela fosse me brindar com palavras de impressionante sabedoria. Mas ela apenas me observa com os olhos arregalados de filhote de gato. Olhos famintos, tenho certeza disso.

— É, eu sei, você acha que devo me mudar para outro carro, arranjar algo para comer e só depois me preocupar com a maleta.

Parece um bom plano. Richie vai voltar e não quero estar por aqui quando ele chegar. Em parte, quero me esconder bem perto para poder ver sua cara quando abrir a gaveta. Mas isso seria ainda mais idiota do que ter deixado o recado.

— Você é uma gatinha esperta. Está na hora de acharmos um novo lar para nós.

Então me vem uma dor no coração. Lembro-me de mamãe dizendo exatamente essas palavras: *acharmos um novo lar para nós.*

Quando foi? Semana passada? Parece ter sido ano passado. Cheguei da escola e o carro dela estava na saída da garagem de casa. Soou um pequeno alarme na minha cabeça. Ela costumava sair do trabalho só depois da hora do jantar. Olhei pela janela. A caixa de gelo vermelha estava no chão do porta-malas e, no banco de trás, havia um monte de roupas, minhas e dela, além de uma sacola de papelão cheia de petiscos. O banco do carona tinha dois travesseiros e uma pilha de mapas.

Quando entrei em casa, mamãe estava me esperando. O ar da sala estava denso, com muita fumaça de cigarro. Seus olhos estavam vermelhos e cheios de água, e sua maquiagem, manchada. Mas o que quer que a tivesse feito chorar já havia se tornado outra coisa. Algo irreversível.

— Está na hora de acharmos um novo lar para nós — disse ela com voz firme.

Falou que eu tinha quinze minutos para fazer minha mala, que estava em cima da cama, e depois iríamos embora.

— Só pegue as coisas que você realmente precisar. Não pergunte nada, depois a gente vai ter tempo para isso. E não fique parada aí de boca aberta. Apenas obedeça!

Entrei em meu quarto sem saber muito bem o que pensar. Estávamos fugindo do Zack, isso eu sabia. Mas para onde? E por que justo agora? A mala estava aberta em cima da cama, esperando. Olhei em volta tentando pensar por onde começar, quais partes da minha vida levar comigo e quais deixar para trás. Lá pelas tantas, mamãe gritou:

— Três minutos!

Minhas mãos tremiam e minha cabeça girava. *Calma*, eu disse a mim mesma, *pense*. Meus cadernos de anotações, levar. Coala empalhado que o Zack me deu, deixar. Pôster de um Mustang 57, deixar.

Enquanto eu escolhia alguns livros, o telefone tocou. *Ilha do tesouro*, levar. *Ponte para Terabithia*, levar. Ouço minha mãe falar primeiro devagar, depois com pressa. O telefone se espatifa no chão, os pedaços se espalham. Segundos depois, ela aparece no meu quarto:

— Não dá mais tempo, Megs. Deixe tudo aí. Temos que sair *agora*!

Peguei a mochila e saí correndo. Três minutos depois, estávamos na estrada, saindo da cidade e seguindo para o leste. Passamos por uma placa de CHICAGO A 350KM. Só aí mamãe relaxou.

— Não se preocupe, Megs — disse ela acendendo um cigarro e inclinando um pouco seu assento. — Vai ficar tudo bem.

»»»

E é o que penso enquanto guardo na minha mochila os tesouros encontrados na caminhonete. *Vai ficar tudo bem*. Do céu, bolas espaciais estão atirando relâmpagos mortais. Só tenho mais cinco pipocas e um sachê de ketchup para comer. Beberei o restinho da cerveja antes de sair. E ainda tenho uma gatinha faminta. Como fui me meter nessa situação? Richie vai voltar a qualquer minuto e acha que vai encontrar uma arma no cofre. Uma arma que eu não quero que chegue às mãos dele. Em vez disso, vai encontrar um bilhete bem carinhoso. Ainda assim, enquanto enrolo e guardo o saco de dormir e o amarro à minha mochila, eu murmuro para mim mesma que *vai ficar tudo bem*.

Coloco a mochila nas costas e dou um passo para fora do carro, indo em direção a sabe-se lá onde. Com certeza vou subir, porque descer não é uma opção. Olho por cima de meu ombro para o carro de minha mãe, todo coberto de poeira, cheio de mossas e de fita adesiva na lataria. As lanternas traseiras estão quebradas, os pedaços de plástico vermelho se misturam com a sujeira no chão de concreto. Caminho pelas sombras da garagem, com a gatinha amarela em uma das mãos e a maleta na outra.

Mamãe tem razão. A loucura é um traço da nossa família.

PROSSER, WASHINGTON

APAGÃO

– Eu não faria isso. Você está deixando muitas casas em aberto – diz ele.

– Você não faria isso porque você não quer correr riscos. Já eu, eu não tenho medo – respondo.

É claro que ele consegue o três nos dois dados, chega às casas que deixei em aberto e tira as peças do tabuleiro. É um golpe certeiro.

– Este jogo depende de um delicado equilíbrio entre paciência e riscos calculados.

Eu pego os dados e digo:

– É só um jogo idiota de sorte. Pura e simples.

Estamos no quarto de jogos, jogando um dos que eu menos gosto: gamão. Meu pai manda muito bem no gamão. Ontem foi Banco Imobiliário e Palavras Cruzadas de tabuleiro, que eu domino. Agora supostamente estamos nos domínios dele. Ele já até jogou gamão on-line, nos dias pPDMs, pré-Pérolas da Morte. Essa deve ser nossa milésima partida. Tive uma sucessão de vitórias essa manhã, mas agora ele está em um de seus momentos de sorte.

Agito os dados na mão e digo:

– Se você quer um jogo com estratégia e riscos de verdade, a escolha certa seria ser Halo.

– Halo?

— É o que eu e Alex jogamos quando ele vem aqui.

— Ah, o video game?

— É mais do que video game — digo, soltando os dados. — É um jog...

As luzes se apagam. Nem piscam antes, simplesmente se apagam.

A luz tem falhado nos últimos dias, mas sempre volta, às vezes em segundos, às vezes em minutos. Desta vez é diferente. Tenho a terrível sensação no estômago de que esse é um problema totalmente novo.

Estamos sentados no escuro. Venta lá fora. A casa range. À minha direita, em algum lugar, ouço um baque. Meu cérebro fica tentando classificar o som. É lá em cima, talvez os alienígenas estejam no telhado, talvez não. O mais provável é que seja um galho de árvore roçando a casa.

E me vem a imensa necessidade de ouvir algo além da minha mente gritando.

— Olha — digo sem enxergar nada —, tirei dois seis!

— Shhh! — Meu pai se levanta e caminha até o pátio e, com isso, o chão range. — A cidade toda está na escuridão.

Olho para fora da janela. Nunca vi o mundo tão escuro. Sem estrelas, sem lua. Pelo que sabemos, as PDMs aterrissaram e tropas invasoras de olhos esbugalhados estão se esgueirando pela vizinhança. Eu queria que o Dutch fosse um rottweiler, não um cachorro doméstico de pequeno porte com artrite nos quadris. Quando os alienígenas chegarem, ele vai abanar o rabo e lamber seus tentáculos.

Cinco minutos dessa espera-pelo-fim-do-mundo e meu cérebro começa a soltar faíscas.

— Não dá para a gente acender umas velas pelo menos?

— Pode ser — diz meu pai.

As velas já estavam estrategicamente posicionadas, então é só questão de andar pelo cômodo com um acendedor. Por sorte, mamãe é muito fã de velas. A casa já estava começando a ficar bem malcheirosa. E o aroma frutado das velas traz algum alívio. De algum jeito, me faz lembrar de outra vida, agora distante.

Papai volta, dá uma olhada no tabuleiro e diz:

— É sua vez.

Ele ainda quer jogar.

— Está falando sério?

— Você tirou dois e três.

— Você está doido.

— Não. Estou é ganhando. Quer jogar o dado de novo?

Eu o encaro com medo do que pode sair da minha boca se eu começar a falar. Ele respira fundo, reflexivo.

Por favor, *não! Não me venha com o discurso da Esfera de Influência!*

— Olha, a gente precisa deixar tudo o mais normal possível, então...

— Normal? *Normal?!* — Ele começa a dizer algo, mas eu o interrompo. Agora abri as comportas, vou despejar tudo. — Tem uma espaçonave gigante em cima da casa do meu melhor amigo. Estamos presos aqui como animais em gaiolas, morrendo de fome! E agora acabou a luz. Acho que essa porcaria de história de *normal* está fora de cogitação.

— As coisas são como são, Josh. — A voz dele é calma, como se ele fosse o terapeuta, e eu, o psicótico. — E ficar preocupado com isso não vai resolver nada.

Ficar preocupado? E tenho que ouvir isso do inventor do conceito de preocupação.

Dou um chute no tabuleiro de gamão, que bate na parede e se quebra ao meio, espalhando as peças marrons e brancas por todo o tapete. Por um segundo, eu me sinto muito bem com isso.

Ele começa a catar as peças. Sua sombra se alonga na luz da vela e parece um desenho animado bruxuleando na parede.

Minha voz treme e digo:

— O que você acha de eu ir lá fora? Dar uma voltinha. Talvez fazer uma visita aos nossos vizinhos tão amigáveis, os Conrad. Ver como as coisas estão normais por aí?

De quatro e olhando para o chão, ele diz:

— Se você fizer isso, Josh, eu estarei bem atrás de você.

• • •

Mais tarde, me esforço para conseguir pegar no sono. Papai está lá embaixo tocando piano. Ele só sabe tocar uma música, "Blowing in the wind". De resto, tudo o que toca são notas que de vez em quando lembram algo familiar. Uma vez ele tocou essa música seguidas vezes durante duas horas. Foi depois que ele e mamãe tiveram uma briga épica. Meu pai sempre fala em aulas de piano, mas — novidade — ele esperou demais para começar a estudar.

Leio a revista *People* com uma lanterna. É de duas semanas atrás. Mel Gibson está na capa. Ele fez mais um filme de guerra que estrearia este mês. Britney Spears está grávida de novo, ou talvez esteja só engordando. Vou folheando a revista, mas não consigo me concentrar. A culpa fervilha em meu cérebro. Eu não devia ter chutado o tabuleiro de gamão. E depois ainda ameacei sair porta afora. Meu Deus! Foi tão imbecil tudo o que eu fiz! E papai morreria se soubesse que estou aqui gastando as pilhas da lanterna com uma revista idiota dessas.

Desligo a lanterna e puxo as cobertas no escuro, o vento passando com força lá fora. Penso em Lynn. Gostaria de tê-la beijado aquela noite depois do show de jazz. Ela estava me dando vários sinais: apertava minha mão, pressionava a perna dela contra a minha, me olhava de canto de olho com os lábios entreabertos. Gostaria de ter dito a ela que gosto do cheiro de seus cabelos ou colocado sua mão em meu coração para que ela sentisse como bate forte quando ela está por perto. Mas esperei tempo demais. Então tem mais essa. Fecho os olhos, tento lembrar os seus lábios e aquele sorriso fatal no canto da boca. Espero que essas sejam as últimas imagens em minha mente antes de eu pegar no sono.

Mas não são. Lynn se metamorfoseia na garota do apartamento da frente com aqueles olhos negros que mal consigo ver daqui. Em vez de um conjunto de moletom, ela usa um vestido branco incrível, diáfano, quase transparente à luz do sol. Ela me manda um beijo longo e demorado, e sinto seu calor tocando minha pele. É isso que meu cérebro registra quando finalmente apago.

LOS ANGELES, CALIFÓRNIA

A queda

Estou no topo do meu mundo. Sétimo andar. Há ainda o oitavo, mas é o terraço. Tenho certeza de que todos os carros que estavam lá foram atingidos pelos raios mortais, então se pode dizer que o próximo andar é na lua. Isso significa sete andares de vidros quebrados, para-choques amassados, fluidos vazando e cheiro ruim. Encontrei outro corpo no quinto pavimento, um homem de barba bem-aparada e cabelos curtos e grisalhos. Está de jeans e uma camisa de pijama. Suas pernas foram amassadas entre dois carros. Na poeira do vidro da picape a sua frente ele escreveu AMO VOCÊ, MARY. Seus olhos estavam abertos como os da vovó que eu encontrara antes. Dessa vez, porém, subi no capô, prendi a respiração e o alcancei para fechar seus olhos. As pálpebras estavam frias e duras, e foi difícil movê-las no início. Encontrei uma caixa fechada de Tic Tac nos bolsos de sua calça. Sabor hortelã.

Baixei a maleta. Minha mochila está um pouco mais pesada do que quando saí porque encontrei alguns tesouros no segundo andar. Gostaria de tirá-la e descansar meus ombros, que doem à beça, mas talvez eu tenha que sair correndo, então continuo com ela. Cassie está dormindo. Eu a aninho em meus braços enquanto dou uma olhada em volta. Meu mundo não tem janelas ou paredes de verdade, apenas paredões de concreto que vão à altura do meu peito. Daqui até lá embaixo é um longo caminho e sem nada em que cair a não ser sujeira e o concreto duro do chão. Talvez alguns pequenos arbustos se eu tiver sorte. Se eu pulasse, me espatifaria feito um ovo.

O sol começa a subir no céu azul e laranja com nuvens finas se arrastando da esquerda para a direita. Ouvi cães latindo mais cedo essa manhã, mas já faz tempo que se foram. O único barulho que ouço é o som alto de duas gaivotas acima de um prédio próximo. As ruas e calçadas estão vazias. Fecho os olhos e imagino o ruído de ônibus e carros, as buzinas de táxis e o burburinho de pessoas enchendo as calçadas, caminhando com seus copos de café do Starbucks, entrando e saindo de lojas e falando em celulares. Abro os olhos — e nada. Deve estar ventando lá fora, mas não sinto. Há pedaços de papel rodopiando no ar numa esquina escura, como se estivessem numa dança espiralada, subindo e subindo até que voltem a cair ou sejam soprados para longe. Onde estou, o ar é fresco e parado, e cheira a gasolina.

E, claro, há as bolas do espaço.

Além de fazer as pessoas desaparecerem com seus raios, não fazem nada. Estão esperando o quê? O que aconteceu com nossa Força Aérea? Com o Exército? Onde está nossa arma secreta? É como se tivéssemos desistido. Eu gostava bastante do filme *Independence Day*. Will Smith é o máximo e é lindo. Agora eu odeio os dois.

Conto quatro naves. Duas enormes e redondas, uma meio escondida atrás de um prédio alto, outra bem ao longe, um pontinho. À luz do dia, parecem mais acinzentadas e não negras como eu havia imaginado. O sol está fazendo a mais próxima brilhar, deixando-a com a aparência de um mármore negro bem-polido gigante. Talvez esteja girando, mas não tenho certeza. O estranho é que hoje as bolas não estão me dando medo. Elas quase não soltam mais seus clarões. Talvez eu esteja ficando acostumada. Ou talvez eu esteja só com fome e cansada demais para me preocupar.

Tenho que encontrar um lugar onde me esconder. Há cadáveres no terceiro e no quinto andares: estão fora de cogitação. Aqui no sétimo há alguns carros, e até uma van de limpeza de carpetes, que teria muito espaço interno, mas não tenho muitas opções. Richie me encontraria facilmente. Sem falar que, se eu me escondesse aqui e precisasse sair correndo, a única direção possível seria para baixo. Seria muito fácil me pegar. A decisão está feita: o sexto andar será meu novo lar. Jogo um Tic Tac na boca, abaixo para pegar a maleta e...

Alguém tosse. Eu congelo.

Uma tosse longa, alta, chegando mais perto. O Marretador! E onde quer que esteja o Marretador, lá também estará Richie. Então ouço sua voz grave, o que me dá um frio na espinha:

— Tapa esse lixo dessa boca quando fizer isso! Por Deus, você não tem modos na frente de uma dama!... Se cuspir assim virado para mim, eu mato você!

Agarro a maleta e corro até o carro mais próximo. Não dá tempo de entrar, tenho que me esconder debaixo dele. Mas paro por um segundo — não é um bom lugar. Eles conseguiriam me ver quando subissem pela rampa. Seria melhor me esconder na van, mas está longe demais. Não tenho escolha. Cassie está acordada e mia loucamente. Puxo a maleta para baixo do carro, coloco-a sob minha barriga e me arrasto feito um lagarto para as sombras. Minha mochila prende em alguma coisa e sou obrigada a soltar Cassie para poder tirar do braço as alças da mochila.

— *Fique aqui!* — sussurro.

Estão bem perto, Richie ri de algo que o Marretador diz. Tiro as duas alças, rolo e engatinho para trás em busca de uma sombra debaixo do carro. Consigo puxar a mochila enquanto Richie se aproxima. Logo atrás dele, vem o Marretador e alguém que nunca vou esquecer, a mulher que vi no primeiro dia com os dois filhos. A que dirigia a caminhonete grande que foi imprensada. Cassie começa a miar sem parar. Eu rolo de novo e abafo os mios prendendo-a debaixo do meu braço. Primeiro ela tenta sair, depois se acalma.

— Eu gostaria de acreditar, mas não acredito — diz Richie.

— Meu marido deixa uma arma na...

— Eu sei, eu sei, você já disse, madame, num cofre debaixo do banco do motorista.

— Então por que estamos aqui em cima? — pergunta a mulher.

— Eu gosto da vista. — responde Richie.

Eles param bem diante de mim, tão perto que vejo cada camada de poeira debaixo das botas de couro de cobra, estilo caubói, de Richie. O Marretador está de tênis Nike preto com furos nos dedões. Na altura do calcanhar, entre a calça e o tênis, consigo ver uma tatuagem que sobe pela perna. Acho que é um dragão. A mulher está usando sandálias. Suas unhas são de um vermelho vivo, mas estão descascadas, como se ela costumasse mantê-las sempre bem-cuidadas, mas não mais. Mamãe sempre pintava as unhas dos pés de cores surreais. Preto era a sua favorita. Cassie se remexe debaixo de mim. Seguro a maleta e prendo a respiração.

— Veja bem, o problema é que arrombei o compartimento hoje e, adivinha... Não tinha arma nenhuma lá — diz Richie.

— Mas ele sempre a deixa guardada ali.

— Só achei isso.

— Um celular? — diz ela. — Estranho, porque ele sempre deixa dinheiro também.

— Dinheiro? Quanto? — pergunta o Marretador.

— Mil dólares.

— Mil? Você está me sacaneando, Richie?

E Richie responde:

— Que inferno! Eu tenho sempre que repetir tudo o que digo? Voltei ao Navigator, perdi duas horas da minha manhã com um martelo e um formão estourando a tranca. E toda a recompensa que tive pelo trabalho foi isso. — Ele deixa o celular cair e o esmigalha contra o chão de concreto com o salto da bota. — Nada de chave, nada de dinheiro, nada de arma.

— Por que ele guardaria só um celular num cofre? Não faz sentido — diz o Marretador.

Uma pausa. As botas dão um passo em direção ao Marretador.

— O que não faz sentido é você desconfiar da minha integridade. Porque, se estiver desconfiando de mim, meu camarada, aí é outra con-versa.

Ouço um clique. A mulher respira fundo, como se algo gelado tivesse encostado nela.

— Não esquenta, madame. Isso me relaxa. É uma técnica que aprendi na aula de controle de raiva, durante minha re-abilitação.

Ninguém diz nada.

Depois Richie continua:

— Meu avô que me deu isso quando eu tinha 16 anos. Deve ter estripado uns quinhentos alces. O cabo genu-íno de osso de veado, um que valeria muito na contagem de pontos da caça, entalhado e tudo, pelo meu próprio avô. Chamo esse movimento de... fatiar e cortar em cubinhos.

— Você já cortou o dedo fazendo isso? — pergunta o Marretador.

— Já cortei alguns dedos, nunca os meus.

Novo clique.

— Está bem, estou me sentindo melhor — diz Richie. — Onde a gente estava mesmo? Ah, sim, na história da mentira. Se não sou eu quem está mentindo, nem é ele... então quem será?

— Eu... eu já falei — responde a mulher —, não é minha culpa se não estava lá.

A voz dela falha pela primeira vez, está tentando não chorar, mas não está conseguindo evitar. E eu sei por quê. Ela vê algo que eu não consigo ver, os olhos de Richie debaixo das sombras do capuz.

— Tente explicar isso ao dr. Hendricks... — comenta o Marretador.

Será que devo sair daqui? Devo dizer quem é que está mentindo de verdade? Jogo a maleta no Richie e saio correndo? Não, ainda não...

— Então isso é o melhor que a madame pode fazer? — ameaça Richie.

— Vocês não encontraram uma gatinha numa gaiola? Devia estar debaixo de uma toalha, no porta-malas.

— Um cofre sem arma, uma gaiola sem gato. Está virando o padrão da madame.

— Posso por favor voltar para os meus filhos? — pede ela.

— Claro que pode. Mas antes temos que esclarecer isso aí. Precisamos de outras pers-pectivas — fala Richie e anda um pouco, está atrás de mim agora, não consigo ver suas botas.

— A madame deveria ver a vista daqui de cima.

— Prefiro não ver, tenho medo de altura — responde ela depois de inspirar profundamente.

Seguro a alça da maleta com tanta força que os nós dos meus dedos ficam esbranquiçados.

— Tinha uma cafeteria que vendia os melhores bolinhos de mirtilo. Era logo ali na rua Wilshire. Duas vezes por dia, fresquinhos, direto do forno. Era fácil saber quando estavam prontos, porque se formava uma fila na porta. Mirtilos autênticos, colhidos do Vale de Willamette no Oregon. Tenho saudade de pequenos tesouros como esse.

As sandálias não se mexem.

— Venha... — diz Richie com malemolência —, vamos dar uma olhadinha na cidade, eu e você. Ver as naves espaciais, tão bonitas, pensar um pouquinho e encontrar uma so-lução para esse problema em comum.

Ela continua parada.

Richie suspira e diz:

— Estou pedindo *numa boa.*

Ela segue na direção dele, mas eu estou voltada para o outro lado. Se eu virar para o lado certo, vou fazer muito barulho, então fico só ouvindo as sandálias se arrastando pelo chão. Parece que seus pés estão pesados demais para levantar. O som para. Minhas pernas estão dormentes de ficar deitada no concreto gelado, e meu abdome dói porque o contraio para não esmagar Cassie. A mulher diz:

— Não... não estou gostando disso.

— Ah, não é tão ruim... — fala Richie. — Agora olha ali, dois quarteirões adiante, a placa verde grande do restaurante Jake Java Joint...

— Não consigo ver...

— Você tem que se inclinar um pouco mais... Assim. — Uma pausa. — Está vendo melhor agora?

Ouço um grunhido de leve.

— *Não!* Não...

Um grito, um clarão. Três segundos e acabou. Fecho os olhos, como se não quisesse ver o que acabei de ouvir. Cinco segundos de silêncio. Sinto uma onda de raiva me subir pelo corpo. Eu poderia ter impedido! Eu poderia ter salvado aquela mulher. E não fiz nada. Se eu soubesse como abrir a maleta, tiraria a arma agora e a apontaria para o meio daquele capuz...

— Viu, meu camarada, o que eu falei? Nem chegou no chão. Eles nunca erram. Nem uma vezinha!

— Por que você fez isso? — fala o Marretador.

Richie caminha de volta para perto do outro:

— Simples: mentiu, morreu. Esse é meu lema.

O Marretador ri, o que acaba virando outro acesso de tosse, um dos piores.

Quando ele termina de tossir, Richie diz:

— Esqueci só de comentar uma coisinha: isso aqui também estava no cofre.

Depois de alguns segundos, o Marretador comenta:

— Bang. Bang? Quem escreveu isso?

— Quem quer que tenha chegado ao cofre antes da gente.

— Então a madame não estava mentindo.

— Ela disse que tinha uma arma e não tinha. Isso é praticamente mentir. — Faz-se um silêncio. — Por que você está me olhando assim?

— É só que parece uma triste perda, só isso.

— Ué, alguém tem que alimentar os alienígenas. Ou então vão descer para buscar comida. Do meu ponto de vista, eu só fiz um favor à humanidade.

— Você mostrou o bilhete ao dr. Hendricks?

— Mostrei.

— E aí? O que ele disse?

— Encontre a arma.

— Só isso?

— Mais ou menos isso. Ele não quer nenhum dos hóspedes armado. Isso ele deixou bem claro.

— Você acha que está no hotel?

— Não. Você lembra que parecia que alguém tinha feito um ninho no Navigator? Bem, tudo aquilo, o saco de dormir, a mochila amarela, as roupas, tudo sumiu, não tem mais nada disso lá.

— O que você acha?

— Que tem um pirata co-abitando a garagem.

— Um pirata armado.

— Sim, pelo recado, sim.

— Trouxe a .45?

— Eu não saio de casa sem ela.

— E aí?

— E aí que vamos sair numa caça ao tesouro. Vamos procurar um saco de dormir e um gato.

Começam a caminhar.

As vozes vão se afastando, mas ouço o Marretador dizer:

— A madame disse que tinha mil pratas no cofre. Você viu a cor do dinheiro?

E Richie responde:

— O pirata deve ter levado.

»»»

Esperei até ter certeza de que estavam no sexto andar. Saio debaixo do carro engatinhando, deixando a mochila e a maleta lá embaixo. Deixo Cassie no banco de trás — esse era um bom momento para ela dormir. Não é a hora de me preocupar com uma gatinha faminta. Richie com um canivete já era problema suficiente para mim. Agora sei que ele tem uma arma de fogo. Caminho até uma parede, enfio a mão no bolso e pesco a chave do cofre. Em minha mente, vejo a mulher, suas sandálias, as unhas pintadas, os dois filhos no hotel. Por que deixei aquele bilhete? O que eu tinha na cabeça? Jogo longe a chave, que some no meio da rua vazia lá embaixo. Espero alguns segundos e volto para o carro.

Um plano, que espero que não seja tão ruim quanto a ideia de deixar o bilhete no carro, está se formando na minha mente.

Desço sorrateiramente pela rampa, me espremendo contra a parede e me esgueirando pelas sombras, tentando me manter escondida o máximo possível. Um metro adiante e chego a uma pilastra por trás da qual posso me esconder para vigiar o Marretador e o Encapuzado enquanto caçam o tesouro. Richie, armado com a .45, dá cobertura ao Marretador, que, com uma barra de metal, arromba os porta-malas dos carros, um a um. Quando acabam de revistar um carro, largam a mala aberta e vão para o próximo. Há um carro azul perto da parede mais distante, um Volvo de quatro portas cuja mala não se mantém aberta. Depois de algumas tentativas, o Encapuzado diz "Que se dane" e segue para o próximo. Fazem isso até terminarem de arrombar todos os carros do andar, pelo menos vinte, tirando tudo de dentro das malas, roubando algumas coisas, revirando e jogando outras no chão.

— Não tem sentido deixar nada de útil para nosso amigo pirata — fala Richie.

Finalmente descem para o andar de baixo. Volto para buscar minha mochila e a maleta. E Cassie, claro, que deve estar sentindo minha falta.

— Vamos dar uma olhada em nossa nova casa — digo a ela, enquanto lambe minha barriga. — É da minha cor favorita. Azul.

PROSSER, WASHINGTON

KRA SINISTRO

— Acabou a água.

Procuro o relógio ao lado da cama. Também está desligado. Ah, sim, acabou a luz. Isso explica por que meu pai está me encarando, seu rosto iluminado por uma vela. Cubro o meu com um travesseiro, que ele puxa para longe de mim.

— Acabou o banho, acabou a descarga — diz. — Vamos urinar no balde verde na garagem e defecar no marrom, e depois jogar fora o conteúdo pela porta lateral da garagem.

Eu o encaro. Ele disse "defecar" mesmo?

— Então nosso jardim virou o banheiro, é isso? — pergunto, me sentando na cama.

— Não temos escolha.

— Você me acordou para dizer isso?

— Eu tinha que pegá-lo antes de você entrar no banheiro.

Não sei nem que horas são, mas é cedo demais para ouvir a palavra "defecar" ou essa história de balde de bosta colorido ou como chegamos ao fundo do poço. Eu rolo na cama e fico com a cara virada para a parede:

— Vou voltar a dormir.

Ele continua lá, posso sentir sua presença no quarto. Depois de um tempinho, ele fala:

— Tenho mais uma coisa a dizer.

— Não dá para esperar o sol aparecer?

— Não.

— Está bem, então diz logo.

— Sabe aquela regra a respeito da mamãe? — pergunta ele.

— Que a gente não pode falar dela?

— É uma regra idiota.

— Você poderia repetir isso — digo, ainda encarando a parede.

Graças a Deus, a porta se fecha, ele foi embora.

• • •

O relógio em cima do piano funciona com pilha, então é um dos elos que temos com o tempo pPDMs. Meu relógio de pulso está no meu escaninho na escola. Meu pai tem um digital sempre no pulso, mas passa cada vez mais tempo sozinho no quarto. Os relógios dos aparelhos que ficavam em stand-by (o micro-ondas e a caixinha da TV a cabo) são inúteis — o que não me impede de ir lá checar as horas umas cinquenta vezes por dias. Se o tempo voa quando nos divertimos, ele parece um bicho-preguiça quando não estamos achando graça em nada.

O relógio do piano anuncia 14h30. Tenho tentado encontrar a garota do apartamento da frente praticamente sem parar desde o café da manhã. Mas não vejo nada a não ser as pessoas de sempre coçando a bunda. Pego o binóculo, sento na cadeira, ponho os pés para cima e observo o terceiro andar.

Agora, sim! Lá está ela, de pé na janela.

Ela segura um pedaço de papel contra a vidraça. Em letras pretas grossas, se lê:

Oi. Td bem? Sou Amanda.

É uma mensagem de texto: *Td* significa *Tudo*. Faço sinal para que ela espere e saio correndo para pegar um calhamaço de papéis da impressora antiga de meu pai e um pilot na gaveta de material de escritório. Mas estava sem a tampa, então a tinta secou. Sigo, esbaforido, abrindo e fechando gavetas, acordando o Dutch e atraindo o olhar de sobrancelhas franzidas do meu pai. Encontro milhares de canetinhas, mas são todas muito finas. Ela jamais conseguiria ler. Finalmente encontro um pilot grosso no armário, com o material para embrulhar presentes. Esse funciona. Então corro de volta até a janela. Amanda está lá esperando, mas parece ansiosa, olhando para trás por cima dos ombros. Escrevo em letras grandes para perguntar se ela está bem.

Eu: Td bem? Sou Josh

Ela baixa o binóculo e escreve: Morrendo de fome.

Estará mesmo morrendo de fome ou é só maneira de dizer? Difícil avaliar com a roupa larga que ela usa. Não estou prestes a morrer de fome, tipo pele e osso, mas a geladeira está vazia e só estamos comendo enlatados. Quero responder *Eu também. Vamos pedir pizza.*

Eu: Eu tb. Bora pedir pizza

Ela: Kkk. Vc ta c/ medo?

Ela riu e quer saber se estou com medo. Bem, sim, estou apavorado o tempo todo, a não ser enquanto estou aqui escrevendo para ela. Ou dormindo. Eu me pergunto se ela sabe que tem uma Pérola bem em cima do prédio dela. Logo me questiono se não pode haver uma em cima da nossa casa também. Respondo, brincando: *Medo de quê?*

Eu: Medo d q? Brink

Ela: Tá sozinho?

Eu: N. C/ pai e cachorro. Vc?

Ela: N. Queria ser vc

Ela preferia estar com meu pai e meu cachorro? Isso é o que *ela* pensa — ela não conhece meu pai. Mas imagino que seja por causa do cara magrelo.

Eu: Pq?

Ela: Roubou nossa comida, água e cerveja :(

Eu: Qm?

Ela: Kra sinistro c/ arma

Um cara sinistro com uma arma. Acho que sinistro, nesse caso, significa perigoso. Afinal, o cara roubou a comida dela e está armado. Vem à minha memória um flash do homem da calçada: os furos pelo corpo, de onde saíam fluidos vermelhos. O magrelo tem que ir embora. O pilot treme nas minhas mãos enquanto escrevo.

Eu: Kd ele?

Ela: Zzz

Dormindo. Onde estarão os pais dela?

Eu: Kd seus pais?

Ela: Morreram

Mortos? Pelas PDMs ou pelo magrelo? Escolho a resposta mais simples

Eu: :(

Ela: Irmazinha doente.

A irmãzinha dela está doente, o que é péssimo. Digo *Que merda. Pede ajuda. Liga para a polícia.*

Eu: Q m... Pede SOS. Liga190

Ela: Kkk. Vc eh sprt d+ p mim

Ela ri e diz que sou algo para ela. Mas o que é esse algo? Esse sprt d+? Algo demais... Ah, sim! Esperto demais! *Você é esperto demais para mim.* Olho para ela, que está segurando outro pedaço de papel, olhando novamente por cima do ombro. Parece que o monstro está acordando.

Ela: Tenho q ir. Tchau

Ela tem que ir embora. Embola os papéis, me joga um beijo e se manda.

Ela me mandou um beijo, como no meu sonho! Minha cabeça gira. Quero correr até lá e chutar a bunda daquele babaca magrelo. Mas não posso fazer isso. Então me sento na poltrona, com os pés em um banquinho e resisto ao ímpeto de atirar o binóculo pela janela.

•••

Devo ter pegado no sono. Está escuro lá fora. São 19h23, no visor do relógio. Eu me levanto, me alongo e ando pela cozinha. Papai está sentado na mesa da sala de jantar, à luz de velas, dedilhando números numa calculadora. O caderninho de anotações de Pérolas da Morte está aberto. Sei que ele trabalha em outro gráfico. Sei que já jantou porque o cheiro de algo apimentado me é levemente familiar. O balcão da cozinha está imaculado. Eu me pergunto se ele teria usado um pouco de nossa preciosa água para limpá-lo.

Papai tira os óculos e diz:

— Bem, alguém teve um dia e tanto. — E sorri, como se esperasse mais.

Dou de ombros e falo:

— Toda essa confusão me cansa.

— Você virou do avesso todas as gavetas da casa e esse é o máximo de explicação que eu consigo? — questiona.

Pego uma caneta e escrevo em seu caderno: Nm pnc q vo t cntr. *Nem pense que vou te contar.*

— Se descobrir o que escrevi, eu conto.

Ele põe os óculos, estuda a página. Eu me sento com ele à mesa, seus lábios estão se mexendo, murmurando coisas, sua cabeça está maquinando a frase. Ele rabisca algumas palavras, mas passa longe. Depois de um minuto, pede:

— Não ganho uma dica?

— Ah, pense aí!

Agora é ele quem dá de ombros e pergunta:

— Está com fome?

— Eu comeria.

— Bom, o menu da noite é lata de *chilli* ou de sopa de mariscos. Recomendo *chilli*. A outra precisaria de leite.

A opção é fácil. Odeio mariscos.

— Acho que *chilli*.

— Quer quente? — pergunta ele. — Posso esquentar no fogão de camping.

— Não, obrigado. Gosto dele frio ou congelado.

— Ok — diz ele, indo à despensa.

— Espere. Deixe que eu faça. Pode ficar aí sentado trabalhando no enigma.

Ele volta à mesa. Cato uma lata de *chilli* pronto, abro e derramo o conteúdo numa tigela. A comida fica ali, uma mistureba marrom e vermelha. Agora reconheço o cheiro misterioso. Os feijões e a pimenta *chilli* queimam minhas narinas. O Dutch não está nem aí, está brincando com meus pés.

Papai volta e tenta:

— *Nem pense que você tem controle?*

Eu o ouço, mas não presto atenção. Encaro a tigela e penso: *Não acredito que disse a ela para ligar para o 190. Eu sou um idiota!* Bato com o fundo da colher na maçaroca do *chilli* e, quando a puxo de volta, ela faz um som de sucção que me faz lembrar uma função orgânica. Se eu ainda tinha algum apetite, ele agora passou de vez.

E aí o balde marrom me chama.

— Você está parecendo meio verde... Quer um saquinho de água?

— Como depois — digo, sabendo que isso não vai acontecer. — Nesse momento, preciso fazer minha contribuição ao projeto de embelezamento da vizinhança.

Diante dos eventos do dia, é o que me parece mais apropriado.

LOS ANGELES, CALIFÓRNIA

Meu novo endereço

Eis meu novo endereço:

> *Megs Moran*
> *Sexto andar, laranja*
> *Fileira J, vaga 12*
> *Los Angeles, Califórnia*

Como chegar: Pegue o sexto andar, laranja — cada andar tem uma cor. Se tiver filhos, evite o terceiro e o quinto andares, há mortos lá. O cheiro é tão ruim que as crianças podem vomitar. Chegue à fileira J — não dá para não perceber, é a que tem um Toyota marrom na primeira vaga, com pneus gigantes, que Richie esvaziou. Vá até a vaga 12, a dois carros do fim da fileira. Se passar do lugar certo, vai dar de cara com três bolas espaciais imensas. Minha vaga fica perto de um Ford Focus branco com espelhos retrovisores pendurados (cuidado para não pisar nos vidros quebrados — tem bastante no chão). Bata três vezes no capô do Volvo azul. Eu pulo fora como um passarinho e digo *Que bom ver você!*, a não ser que você seja Richie ou o Marretador; nesse caso, eu vou gritar a plenos pulmões. Como fiz há uma hora, quando acordei de um pesadelo em que Richie serrava o capô.

Gosto da minha nova casa. Tem um cheiro bom, de couro e perfume. Uma luzinha fraca do sol da manhã passa por uma janela quebrada. O assento da frente é minha sala de jantar, ou seria; eu me sentaria ali se tivesse alguma comida. Os bancos de trás são minha sala de estar. É onde me alongo e onde leio, pela quinquagésima vez, a história em quadrinhos *Alien X Predador* ou brinco com Cassie quando ela tem ânimo. O porta-malas é meu quarto, onde eu durmo. Lá atrás é bem escuro. O quarto tem duas saídas: uma para os bancos de trás do carro, que dobram para a frente, e outra pela porta do porta-malas, que o Marretador estourou com sua barra de metal. Fico nos assentos traseiros, quer dizer, na sala de estar, e fujo para dentro do porta-malas como um esquilo em um tronco sempre que ouço algum barulho. E isso acontece o tempo todo. Amarrei uma cordinha no banco de trás, para que eu possa fechá-lo de dentro da mala. Posso baixá-lo ou subi-lo em cinco segundos. Richie não tem como saber que estou aqui.

Depois do pesadelo não consegui mais dormir. Já é a segunda noite seguida que não consigo dormir e isso está me esgotando. Tenho tanta sede que não consigo nem lamber os lábios. Acabei de acabar com a água, dois golinhos para mim e um para Cassie. Não adiantou nada. Meu estômago se retorce, e meu cheiro está começando a ficar parecido com o dos cadáveres. Olho no retrovisor e um animal selvagem me olha de volta. Cara suja de óleo de motor, olhos vermelhos de zumbi, cabelos que mais parecem um ninho de passarinho. Se mamãe me visse agora, ou ela correria ou ia cair dura no chão. É oficial: virei um homem das cavernas.

Para me animar, eu abro a mochila e coloco meus tesouros em cima do banco. Mamãe adorava registrar coisas por escrito, então faço uma lista.

<u>O que eu tenho</u>

2 chaves de fenda: 1 phillips, 1 normal
1 saco de dormir
1 par de óculos esmigalhados
1 isqueiro
1 caneta com lanterninha
1 canivete com lâmina meio quebrada
2 pacotes de cigarro praticamente vazios
1 caixinha com 18 comprimidos (azitromialguma-coisa)
1 espelhinho de maquiar
2 batons vermelhos
1 escova de cabelo
3 revistinhas em quadrinhos: 2 do Homem-Aranha, 1 do Alien X Predador
2 garrafas de água mineral totalmente vazias
2 clipes
1 agulha
1 troço de linha amarela
2 pedacinhos de chocolate (graças à vovó cadáver)
1 gatinha
1 maletinha
1 arma (eu acho)

Então faço outra lista.

<u>Do que preciso</u>

Comida e água
Papel higiênico

Escova e pasta de dentes
Um chuveiro
Shampoo e condicionador
Mais chocolate
(É que eu gosto muito, muito de chocolate)

Mas, então, e agora? Tento abrir a maletinha, mas não consigo arrebentar a fechadura com a chave de fenda. Decido que não é seguro deixar a maleta no carro, então eu a escondo debaixo de uma lata de lixo perto da porta verde. Posso tentar me esgueirar até o hotel, mas não gosto da ideia. Só saem pessoas medonhas daquelas portas verdes. Prefiro me arriscar aqui mesmo. Mas preciso fazer alguma coisa. A comida que tenho não dá para nada. Ouvi falar que o corpo aguenta sobreviver sem comida por dias, talvez até semanas, mas não sei bem como é sem água. *Parece* que é menos, bem menos. Acho que Cassie também está faminta. Sinto apenas seus ossos debaixo da pele quando faço carinho nela, que mal tem vontade de brincar agora. Sei que eu deveria ir buscar mantimentos, mas não consigo fazer isso. Tenho essa sensação tenebrosa de que Richie preparou uma armadilha para mim. Deve estar me esperando em algum canto, se escondendo atrás de um carro. E, quando me encontrar, vai pegar a maletinha de metal e vai fazer de mim comida de ET. Toda vez que fecho meus olhos, vejo suas botas de couro de cobra e ouço a mulher gritando *Não!* logo antes do raio. Então prefiro não fazer nada.

É como se eu fosse uma galinha de pescoço longo, sentada quietinha em minha nova casa, esperando o machado do fazendeiro.

PROSSER, WASHINGTON

LUZ AZUL

Novo guincho, desta vez no meio da noite. Deitado na cama, eu me retorço como uma minhoca no anzol, depois puxo os joelhos para perto do peito e espero pelo fim do barulho. Ou espero até morrer. O que vier primeiro.

Então para.

Uma luz azul entra pelo meu quarto. Primeiro é só uma curiosidade, talvez reflexo de algo. Mas, em poucos segundos, percebo que se trata de algo maior. A luz enche meu quarto e é tão intensa que, mesmo de olhos fechados, eu ainda a enxergo; minhas pálpebras não a bloqueiam. Minhas mãos — eu consigo ver as veias das mãos, como se eu estivesse me tornando uma água-viva translúcida. Só podia ser uma coisa. Pulo da cama e vou à janela. As Pérolas da Morte brilham, cada uma tão brilhante quanto um sol azul. Chega a doer olhar para elas, mesmo que por um segundo.

Papai se atira no meu quarto. Está sem camisa. Posso ver sob sua pele as sombras de seus órgãos. Fígado, rins, um coração pulsando. Sua cabeça é um crânio que grita.

— Não olhe para elas, Josh! Não olhe!

A luz se apaga. Durou quanto tempo? Quinze, vinte segundos? Mais dez segundos da tortura cerebral do guincho e tudo somado deve ter durado meio minuto. Trinta segundos de alienígenas nos enchendo o saco até não poder mais. Do comandante das PDMs se divertindo, nos chacoalhando em nossas prisões, certificando-se de que os humanos não se sintam confortáveis demais nem suficientemente seguros. Agora meu quarto está um breu total, a não ser pelas bolinhas azuis que ainda vejo quando fecho os olhos.

Meu pai, agora com o cérebro invisível sob a pele, pergunta:

— Cadê sua lanterna?

— Na mesa de cabeceira.

Vou tateando em volta e a encontro, aciono o botão de ligar, mas não funciona.

— Ué — digo —, estava funcionando quando fui deitar.

— Vou pegar a do armário do corredor — diz meu pai.

Ele caminha com a mão deslizando pela parede. Olho pela janela outra vez. As PDMs voltaram ao normal, o que significa que mal posso vê-las. Numa noite sem lua, elas são buracos negros em um céu cheio de estrelas. Ao longe, um coiote uiva, depois mais coiotes uivam em resposta. Vai ver também não gostaram do show, ou então gostaram.

Papai entra no meu quarto com uma vela acesa.

— Não achou a outra lanterna?

— Também não funcionou.

Ele fica ao meu lado na janela e eu tenho um *déjà vu*. Nós dois de pé na janela tentando entender o que está acontecendo. Sinto um calafrio.

— Parece que nossos convidados voltaram a dormir — diz ele.

Essa é a mais nova palavra do meu pai para designá-los: convidados. E nós que somos os anfitriões. Como se eles fossem tio Charlie, tia El e suas gêmeas insuportáveis vindos de East Lansing. Eu disse a ele que era mais como Caça aos Patos, e adivinha quem nós somos...

Ele respondeu:

— Para citar uma das expressões preferidas da sua geração: "E daí?"

— Eles nunca dormem — digo.

Meu pai balança a cabeça, concordando.

— Que horas são? — pergunto.

Ele olha o relógio e diz:

— Que estranho.

— O quê?

— O visor apagou — diz girando o pulso, olhando-o com o cenho franzido, apertando botões.

— Vou pegar meu celular.

Dá para ver as horas nele, ou dava da última vez que tentei. Tive a séria impressão de que as coisas estavam diferentes agora. Eu o tiro de uma gaveta da cômoda e a sensação é confirmada: nada.

Meu pai me entrega a vela, vai até a mesa e puxa a cadeira até o centro do quarto. Então sobe nela e aperta o botão de teste dos detectores de fumaça para combate de incêndio. Estão ligados à energia da casa, mas também têm uma bateria independente. Meu pai troca as baterias religiosamente quatro vezes ao ano, então elas estão novinhas. Deveríamos ouvir uma campainha irritante por três segundos, um cantar de passarinhos se comparada ao guincho dos alienígenas. Mas nada acontece.

— Deve ter sido alguma pulsação eletromagnética — diz ele.

Ou talvez eles estejam se preparando para nos dar um chute na bunda.

— Foi muito louco, pai. Eu consegui ver seu coração batendo.

— E você não tinha globos oculares.

Isso era algo que eu preferia nem imaginar.

Ficamos ali alguns segundos sem dizer nada. Até ele interromper o silêncio:

— Parece que o show terminou. — Então virou as costas para sair.

— E agora?

— Vou descer para checar algumas coisas.

— Fazer anotações no seu caderninho?

— Sim, também — diz ele, sorrindo.

Que doideira. Semana passada ele se sentia no alerta vermelho, correndo de um lado ao outro para fechar janelas, pregando tábuas de madeira. Agora está tranquilão, como se uma luz azul que transforma todos nós em esqueletos falantes não fosse nada de especial. Tem algo errado aí.

— Acho que vou ficar por aqui um pouquinho — digo, sem ânimo para recontar as latas de sopa de cogumelo na despensa. — Se perceber algum problema com o Dutch, pode me chamar.

— Mas, Josh, você sabe que, como o detector de fumaça não está funcionando, talvez seja melhor...

— Eu sei, eu sei, não ficar com a vela acesa no quarto porque posso dormir e queimar a casa toda.

— Eu também vou seguir essa regra — diz ele.

— Segurança em primeiro lugar! — digo, já ouvindo seus passos se distanciando.

Ele vai embora e eu sopro minha vela. Vou até a cama, puxo as cobertas e fico pensando nessa nova realidade. Mesmo quando a eletricidade tinha acabado, ainda tínhamos as baterias. A casa tinha alguma pulsação. Agora parece morta. Uma verdade me acerta como uma tijolada: tenho quinze mil músicas no meu iPod e talvez eu nunca mais ouça uma sequer.

• • •

Meu pai traz as novidades no café da manhã. A tal pulsação eletromagnética, ou seja lá o que for, é provavelmente permanente. Nada funciona, nem a luzinha do chaveiro da mamãe.

Estávamos dividindo uma lata de salsichas quando, do nada, ele solta:

— Sabe o que mais funciona à bateria?

Penso um pouco, coço a cabeça.

— Não! — digo, fingindo pigarrear. — Não é o controle remoto da TV, é?

Ele sorri, mas percebo que precisou se esforçar para isso, como quando alguém quer tirar uma foto e pede para dizermos "X" e sorrimos, mas o que mais queríamos, na verdade, era arrancar o olho da pessoa fora. Outros comentários sabichões me vieram à mente, mas eu não os fiz. Pego a última salsicha, afundo-a no pote de mostarda já quase no fim e a jogo dentro da minha boca. Sei que está vindo... e vai ser um comentário dos bons. Sei que ele vai falar de algo bem útil, como a bateria do GPS, as pilhas do seu barbeador. O suspense me mata...

— Meu marca-passo — diz ele, olhando bem fundo nos meus olhos.

LOS ANGELES, CALIFÓRNIA

Cega pela luz

Estou no porta-malas. Mantenho o banco de trás um pouquinho aberto para que eu possa respirar. Não consigo deixá-lo totalmente fechado porque senão fico com a sensação de dormir em um caixão. Estou fazendo algo que eu não deveria: lendo quadrinhos com a lanterninha da caneta. Eu não deveria desperdiçar as baterias em algo tão inútil quanto *Alien X Predador*; mas, com o estômago gritando tanto que não me deixa dormir, pensar em outra coisa sempre ajuda. Mesmo que sejam criaturas assassinas vindas do espaço, com sangue ácido, e guerreiros com cara de aranha que caçam humanos e penduram as cabeças cortadas em árvores como troféus. Murmuro uma promessa para a bolinha de pelos que dorme aos meus pés:

— Uma página, só mais uma página e eu desligo a luz.

Mas não dá tempo.

Os berros dos demônios voltam. É o mesmo som terrível que explodiu em minha cabeça logo antes de começarem os ataques das bolas espaciais. Olho para Cassie, ela ainda dorme. Como é possível? Eu mal consigo respirar. Preciso de mais ar. Mas talvez, se eu abrir o banco, o som fique mais alto. Decido que não importa se eu morrer, preciso respirar. Seguro a lanterninha entre os dentes, empurro as costas do banco para a frente e engatinho para fora. Não faz diferença. Os demônios não estão do lado de fora. Eles estão gritando dentro da minha cabeça.

De repente, param.

A garagem está escura a não ser pela luz fraquinha da lanterna da caneta. Eu pisco e respiro profundamente. Uma luz azulada e suave vem de cima do muro da garagem, vai ficando cada vez mais forte e brilhante. Então tudo fica azul. Sei que foram as bolas espaciais que fizeram isso. Alcanço a maçaneta do carro e fico com um grito engasgado na garganta. Minhas mãos... posso ver através delas, quase vejo os ossos. É como se eu estivesse desaparecendo! Meus olhos parecem estar em chamas. Volto para o porta-malas e puxo as costas do banco de volta para trás, mas meu saco de dormir prende no assento e não consigo fechá-lo inteiramente. Chuto o banco para baixá-lo de vez, o que deixa mais luz entrar. Cassie silva para mim.

Ela parece normal. Por que Cassie não está transparente como eu?

Então as luzes se apagam.

Mas não apenas a luz azul. Todas as luzes. Em toda parte. Mesmo minha patética lanterninha de caneta. Não faz diferença abrir ou fechar os olhos. Será que estou cega?

Só consigo pensar nos alienígenas, eles estão vindo. Usaram os demônios para nos acordar, depois a luz azul para nos deixar cegos. E agora vão atacar. Tento pensar em algum lugar para me esconder, mas por quê? Não consigo ir a lugar algum porque não enxergo nada. Tenho que ficar onde estou. Com as mãos, procuro Cassie e a encontro. Ela mia de mansinho quando a trago para mais perto. Eu enfio minha cabeça no saco de dormir — nós duas sozinhas naquela escuridão que nos engole. Esperando que os monstros nos encontrem, que seus tentáculos venham se esgueirando pelas janelas, se enrosquem no saco de dormir e me puxem, aos berros, para fora do carro. Queria que fosse um pesadelo, mas sei que não é.

A arma! Se ao menos eu pudesse usar a arma!

Então penso: Como se isso fosse ajudar em alguma coisa... Uma garota cega dando tiros no escuro, tentando acertar tentáculos viscosos que poderiam esmagar o carro. Brilhante! Meus ouvidos ficam atentos a qualquer ruído. Cada tique, cada clique ou o menor murmúrio farfalhante do vento. No meio disso tudo, Cassie começa a ronronar. Ganho uma lambida, sinto sua língua, pequenina como uma unha e áspera como uma lixa. Percebo que estou chorando.

— Pare com esse barulho! Os ETs vão ouvir!

Mas Cassie não está nem aí para os monstros gosmentos. Não se importa com os caninos arreganhados ou os olhos amarelos brilhando perto do carro. Tudo o que quer é lamber as lágrimas que descem pelo meu rosto. Inspiro com força e solto o ar, uso o ritmo do motorzinho interno de Cassie para me acalmar. Depois de um ou dois segundos, penso em algo que me faz sorrir.

— Quem sabe? Os extraterrestres podem ser alérgicos a gatos.

PROSSER, WASHINGTON 

DIA 14

O SORRISO DO CORINGA

Amanda: E aih?

Que tal "Estou ocupado para cacete"?

Eu: To ocupado p kct...

Ela: Kkkkkk! Fofuxo

Hum, estou gostando disso.

Eu: Contigo? Td bem?

Ela: Akbou papel

Papel? Papel higiênico? Vou dar uma boa resposta.

Eu: Usa $

Amanda: Argh!!!

Ela está de bom humor. Não fica olhando por cima do ombro toda hora. Está com um moletom roxo da Universidade de Washington. Está meio grande, mas fica bom nela.

Eu: Vc tah feliz hj?

Ela: Sim! Sinistro ta mrt

Morto? O magrelo? Beleza! Bem feito, digo a mim mesmo. Eu me pergunto se foi ela quem o matou.

Eu: Vc?

Ela: O Coringa

Alguém com o sorriso do Coringa? Ela pega outra folha de papel. Eu espero.

Ela: 2 kras levaram ele

E outra folha:

Ela: Trouxeram comida, água e remédios

Eu: Uau! Q bom!

Amanda sorri. Ou melhor, ela irradia alegria. Bate palmas e rodopia. Parece até que um rei goblin morreu.

Ela: Vlw. Vc? Td bem?

Valeu. E com você? Tudo bem? Nada de novo, eu diria. A não ser a notícia do marca-passo do meu pai. Decido não estragar a felicidade dela. Sem falar que, como eu poderia abreviar marca-passo?

Eu: MMdO

Ela fica com ar intrigado.

Ela: O q?

Ela não sabe o que é MMdO? Meu pai entra na sala. Ele fica de pé na janela, olhando para o prédio do outro lado da rua. Talvez ele consiga vê-la, mas acho que não. Ele enfia a mão por dentro da calça e, sem perceber, coça o saco. *Céus!* Olho de volta para Amanda. Ela está escrevendo e balançando a cabeça.

Ela: Eca! Pai?

Talvez, na verdade ela tenha pensado *Pervertido?* Ah, se ela soubesse. E não parece que o coçador de saco vai sair tão cedo da sala, então escrevo.

Eu: Tchau

Ela: Teh +

Até mais tarde. Ela dá um até logo com a mão e vai embora. O quê? Nem um beijo? Que saco.

Papai pega a folha de papel no chão com o MMdO. Pergunta o que quer dizer.

— Pode chutar, bem longe.

– Meu Mundo de Origem.

– Tente outra vez.

– Mesma Merda de Ontem – diz ele.

Fico boquiaberto. Ele ri, me devolve o papel e sai da sala.

LOS ANGELES, CALIFÓRNIA

Dia de sorte

Boa notícia: Não estou cega.

Má notícia: Estou totalmente zerada. Não tenho nenhuma gota de água, nenhuma migalha de comida. Não dá mais para ficar sentada no carro esperando por nada. Tenho duas bocas famintas para alimentar. Mas antes preciso pensar no sonho que tive essa noite. Era tão bom que não posso deixá-lo ir embora fácil assim.

Eu e mamãe estávamos a caminho da praia. Ela dirigia. Estávamos numa BMW, acho, conversível e vermelha. A capota estava abaixada. O sol brilhava quentinho e bem amarelo no céu azul límpido. Não havia bolas espaciais. O rádio tocava "Little Surfer Girl", e eu e ela cantávamos. Na verdade, eu não sei a letra, mas no sonho eu sabia, então cantava. Nossos cabelos voavam para trás e eu usava um óculos cafona mas muito maneiro em forma de coração. Mamãe apontou para um monte de pontos no céu, que eu achei que eram bolas espaciais, mas depois vi que eram pipas com rabiolas vermelhas muito longas. Mamãe diz que estamos perto e que logo logo iríamos vê-lo, o oceano. Na vida real, eu nunca vi o mar, nunca pulei uma onda. Então fico de pé, com as mãos segurando o para-brisa e o vento batendo no rosto — como era um sonho, eu podia fazer isso —, e procuro e procuro com os olhos, mas não está ao alcance da vista. Sinto o cheiro e o gosto do mar, do sal, do cachorro-quente vendido na praia, do bronzeador. Mamãe grita contra o vento que vamos andar de patins e comprar limonadas geladinhas. Vamos nos besuntar de óleo de coco e ficar bronzeadas como estrelas do cinema! Então alguém do carro a nossa frente joga uma lata de refrigerante pela janela e mamãe grita: "Megs, cuidado!" Mas eu apenas sorrio e não faço nada. Mesmo vindo em câmera lenta, a lata me acerta em cheio na cabeça.

Foi o que me acordou — bati a cabeça na tampa do porta-malas. Fiquei com um machucado na testa, mas isso me faz lembrar o sonho, então nem me importo. Tive uma dor de cabeça também, mas agora passou.

Já há sol suficiente lá fora para eu conseguir enxergar o que há ao redor, mas ainda há muitas sombras onde me esconder. Penso que será melhor não levar a maleta comigo, então a deixo escondida embaixo de uma lata de lixo. Guardo meus tesouros em um esconderijo dentro do porta-malas, um nicho debaixo do tapete, junto do estepe. Cassie está enroscada em cima do saco de dormir. Já fez xixi ali pelo menos duas vezes, mas e daí? Só eu sinto o cheiro. Enfio as garrafas vazias na mochila, passo as alças pelos ombros e começo minha caminhada. Destino: primeiro andar. Vou refazer meus passos até aqui.

No meio do caminho, me lembro de ter deixado a revistinha do *Alien X Predador* no banco da frente. Não tenho forças para subir tudo de volta, então digo a mim mesma que não tem problema. Richie não vai nem perceber. Todo o resto está bem-escondido no porta-malas que ele mesmo já vasculhou.

O primeiro andar está terrível. Fedendo, um cheiro nojento, parece papel higiênico usado. Logo entendo de onde vem. A porta verde se abre, eu me escondo atrás de um carro e vejo uma mulher e uma garotinha caminhando até a garagem. A mulher traz um balde e um pano. Ela fica diante da menina, que abaixa as calças e se agacha sobre o balde. Quando termina, a garotinha se limpa com o pano. Então a mulher prende a respiração, pega o balde e o leva até o latão de lixo, virando-o lá dentro, onde também deixa o pano. Ela bate na porta verde, que se abre e as duas entram. Então o primeiro andar ganhou um novo nome: Esgoto.

Chego a engasgar quando entro em nosso antigo carro. Está imundo, empoeirado. O relógio que mamãe comprou em um Wal-Mart no estado de Nebraska em nosso segundo dia de viagem está no chão. Olho para o relógio e me lembro de nós duas fugindo de Zack e começando nossa grande aventura. Foi divertido. Tenebroso, mas divertido. Dou uma olhada em volta, procurando algum recado dela, mas não há nada além de poeira.

Volto ao meu segundo lar: a caminhonete. Show de horrores. Alguém ou *algo* retalhou os bancos. Hum... quem terá sido? Parece ter sido atacada por tigres e motosserras. O tecido dos bancos e do teto está todo cortado. Tenho memórias demais desse carro. A gaiola de Cassie está no chão, virada de lado e quebrada. Prometo a mim mesma não voltar mais a esse lugar. Nunca mais.

»»»

Se o primeiro andar foi um fracasso, o segundo era uma mina de ouro. Com todos os porta-malas abertos, foi mais fácil procurar nos cantinhos escondidos; os lugares em que Richie e o Marretador não procuraram porque são burros ou preguiçosos demais. Encontro uma embalagem de pistache dentro de um tênis e um tubo pequeno de Pringles debaixo de cabos de bateria de carro. Mas o espetáculo estava em um velho Suburban, uma caminhonete grande com a parte traseira fechada que apanhou tanto de Richie e sua gangue que mais parece que veio de uma guerra. O estepe foi todo retalhado — parece que Richie gosta de acabar com pneus — e fica preso do lado de fora do porta-malas, que está destrancado. Está vazio, a não ser pelos cabos de bateria e umas garrafas de óleo. Estou quase desistindo quando percebo que, bem no meio do tapete do porta-malas, tem uma costura que está meio frouxa em um ponto mais ao fundo; então dou um puxão. A costura, na verdade, escondia um velcro, que se abre mais e mais, até eu ver uma portinha de madeira escura. Abro a porta, que parece ser de um compartimento para estepe maior do que o normal. Mas, nesse tipo de carro, o estepe fica do lado de fora. Afundo a mão ali e então percebo que encontrei meu pote de ouro.

Parece uma pequena gruta. Não é tão alto quanto o porta-malas do Volvo. Quando me enfio lá dentro, o forro da parte de cima fica a dois dedos do meu nariz. Mas é amplo o suficiente para caberem duas de mim com as pernas praticamente esticadas lá dentro. Tem uma camada fina de espuma no chão, que fede a cerveja, e o teto tem buraquinhos que servem de passagem para o ar. Mas a cereja do bolo estava escondida lá no fundo, embrulhada em uma manta grande e fedorenta, do tipo que se usa para proteger os cavalos do frio. Lá dentro, encontro três pacotes de cigarro, cinco bastões de iluminação de emergência, um kit de primeiros socorros com cinco barrinhas de cereal, mapas da Califórnia, do Oregon e de Washington, além de um frasco pequeno de spray de pimenta. Cavando mais ainda, encontro dez notas de vinte dólares enroladas, duas revistas sobre motos (ambas em espanhol), um pacote aberto de petiscos de carne picante e, finalmente, mas não menos importante, dois saquinhos plásticos cheios de maconha. Ou, como Zack chamava, erva.

Sei reconhecer a droga quando a vejo. Zack me levava com ele quando ia comprar de um cara chamado Cal, atrás de uma pet shop. Ele dizia que levar uma criança o tornava menos suspeito aos olhos da polícia. Também dizia que, se eu contasse à mamãe o que fazíamos de verdade nas nossas "excursões à pet shop", eu desejaria jamais ter tido língua. Então ele sorria e comprava sorvete para mim no caminho de volta para casa. Zack faria loucuras e se rasgaria do avesso por esse saquinho fedido com as folhas secas.

Empurro o que roubei para dentro da mochila, mas nem tudo. Deixo no esconderijo as barrinhas de cereal, o pistache, as batatas Pringles e um dos bastões de iluminação. Ah, e a erva. Afinal, o que eu faria com aquilo? Fecho a portinhola de madeira e o carpete; e minha gruta está escondida. Eu sonhava com isso quando Zack estava bêbado, ter uma caverna escondida, um esconderijo em que eu pudesse desaparecer. *Bem...*, penso com meus botões, *agora tenho.*

Mas ainda não tenho o item de que mais preciso.

Água.

»»»

Caminho todo o percurso de volta para a o sexto andar. Fico tentada a cair de boca no petisco de carne, mas sei que me deixará com mais sede. Daqui posso ver o Volvo azul. Tudo parece estar bem, então continuo minha caminhada até o sétimo. Não vasculhei esses carros e ainda me lembro de uma van de serviço de limpeza que pode ter algo útil. Até agora nem sinal de Richie. Hoje acabou virando meu dia de sorte.

Mas há uma memória desagradável no sétimo andar, no lugar em que Richie matou a mulher de sandálias. Não vi seu rosto, mas me lembro dela do primeiro dia. Penso em seus filhos. Sei que não devia fazer isso, mas vou até a mureta e olho lá embaixo. É tão alto que me deixa tonta. Essa foi a última visão dela. Se eu não fosse tão idiota, talvez ela ainda estivesse viva. Bom, pelo menos, ela não chegou até o chão. Talvez isso seja uma coisa boa. Vejo a placa do Jake Java Joint. É verde, exatamente como disse Richie.

Os carros desse andar não ajudam muito. Richie e o Marretador fizeram uma limpa por aqui. Todos estão mais ou menos parecidos: uma migalha aqui, uma casca de algo ali. Tudo praticamente vazio. Encontro chiclete mastigado colado em um lenço, já está duro como pedra. Tento mastigá-lo, mas não consigo amolecê-lo, estou quase sem saliva, então o coloco no bolso. Dentro da caminhonete embaixo da qual me escondi, vejo uma garrafa térmica no assento. Como será que Richie deixou isso escapar? Eu a chacoalho. Tem algo líquido lá dentro! Quando finalmente consigo abrir a tampa, um fedor exala, tão horrível que quase vomito. Acho que deixaram aquilo de propósito, caso eu estivesse tão desesperada que bebesse de qualquer jeito e vomitasse minhas tripas até morrer.

A última esperança é a van. Na porta, formando um círculo em grandes letras vermelhas e pretas, está pintado: LIMPEZA DE TAPETE SOBRE AS ONDAS. Dentro do círculo, tem o desenho do cara que faz a limpeza de tapetes em cima de uma prancha de surf dizendo: PEGUE A ONDA CERTA E ECONOMIZE. A porta está levemente aberta. Eu a deslizo até o fim e subo na van. Fico totalmente desapontada. Três máquinas de limpar tapete, várias mangueiras e cabos elétricos misturados no chão, dois baldes grandes cor de laranja e algumas garrafinhas azuis em que se lê REMOVEDOR ou PRODUTO DE LIMPEZA. Abro uma das garrafinhas e o fedor é pior do que nas garrafas térmicas. Meus olhos começam a lacrimejar, creio que por conta do cheiro forte, mas, logo que meus ombros começam a tremer e minhas pernas a bambear, percebo o que está acontecendo: estou chorando. Eu me sento entre baldes cor de laranja, panos, escovões e me permito chorar. Há muito tempo isso não acontecia.

Depois de alguns minutos, estou satisfeita. Realmente satisfeita.

Sou um fracasso. Todos esses carros e não consigo encontrar nada para beber. Não quero entrar no hotel, mas agora essa parece ser minha única opção. Fico de pé, saio da van e começo a caminhar. Lembro-me de mamãe dizendo, depois de uma briga com Zack, "não vale o esforço". Eu não entendi muito bem na época, mas agora, sim. Todo esse trabalho. Para quê? Só para terminar sozinha, dormindo em porta-malas que fazem meus cabelos federem a estepe e óleo de carro? Talvez, se eu entrasse no hotel, eu pudesse dormir numa cama de verdade. Talvez mamãe esteja lá e Richie não a esteja deixando sair. Poderia ser, mas duvido. E quem é esse tal dr. Hendricks? Por que o Marretador e o Richie têm tanto medo dele?

Eu chuto um pedaço de vidro, erro a mira — e paro. Pensar na mamãe me fez lembrar algo. Uma vez ela alugou uma máquina de limpeza de tapete, e eu li as instruções do manual enquanto ela preparava tudo. Lembro que tinha dois recipientes ou reservatórios, um para sabão e outro para água. Talvez as máquinas da van também sejam assim.

Volto correndo. Duas máquinas estão vazias, mas a terceira está com o tanque cheio de algum líquido transparente. Desconecto uma mangueira do reservatório e cheiro lá dentro. Não é ótimo, mas também não é péssimo. Molho o dedo no líquido e provo. É água! Água maravilhosa, em temperatura ambiente. Eu trato de encher duas garrafas e meia.

Depois de me refestelar na meia garrafa, abro os pacotes de petiscos de carne e dou uma bela dentada num pedaço apimentado. Minha boca queima, mas o gosto é tão delicioso que parece carne de primeira. Enxáguo a boca com um gole enorme da água deliciosa. Eu poderia comer o pacote todo, mas não. Cassie está me esperando em casa e preciso dividir com ela. Preciso fazer render. Coloco a cabeça para fora da van, para ter certeza de que Richie não está por perto, depois saio e desço em direção ao sexto andar. Na descida, fico pensando em Cassie bebendo água na minha mão.

»»»

Algo está errado. Paro e, por trás de uma pilastra de concreto, espio o Volvo do outro lado da garagem. Tenho a impressão de que o porta-malas está mais aberto do que deixei. E o retrovisor lateral não estava quebrado e pendurado pelos fios. A lata de lixo perto da porta verde parece intacta. Não vejo ninguém ao redor, não ouço ninguém, nenhuma respiração, mas também não quero correr riscos. Eu me abaixo atrás da pilastra e fico de olho. Esperando.

Está escuro agora, a não ser por uma suave luz prateada da lua que começa a aparecer. O ar está frio e começa a ventar. Meu corpo está doendo de ficar sentada no chão duro e meus dentes começam a bater. Preciso voltar até Cassie e me certificar de que ela está bem. Não dá mais para esperar. É hora de me enroscar no meu saco de dormir e jantar alguma coisa. Gosto do som dessa palavra: jantar. Onde quer que Richie esteja, não é aqui.

Eu me movo lentamente pelas sombras e vou me escondendo a cada dois ou três carros. Não há som algum além da minha respiração e de um *crec* quando piso em um grande caco de vidro. Leva um tempo, mas chego ao Volvo. Abro a porta de trás — e grito.

Não consigo me conter. Afundo o rosto na manga da camisa e espero que abafe o som que se esvai de mim, como se fosse dor líquida. Os assentos foram retalhados, o estofamento foi puxado para fora e a espuma está espalhada por toda parte. Mergulho no porta-malas, minhas mãos tateando tudo, como um bicho selvagem fuçando o escuro. Meu saco de dormir sumiu. Meu caderninho de anotações está todo rasgado.

E Cassie — Cassie desapareceu.

Há um recado no painel. Mal consigo ler entre lágrimas e à luz da lua.

QUERIDO PIRATA DA GARAGEM,

VOCÊ ESTÁ COM ALGO QUE ME PERTENCE. TRAGA A ARMA E FAREMOS UMA TROCA.

BATA NA PORTA DO PRIMEIRO ANDAR E PERGUNTE POR MIM.

VOCÊ SABE QUEM EU SOU.

BEIJOS E ABRAÇOS,

R.

PS: ADIVINHA O QUE EU PEGUEI. MIAU, MIAU!

MASCARADOS

O guincho de novo. Isso está começando a parecer aqueles exercícios de treinamento contra incêndio. Com uma pequena diferença. Nos velhos tempos, tipo *duas semanas atrás*, a gente tinha que sair de casa quando as sirenes de incêndio tocavam. Hoje, se você sai de casa, vira comida de alienígena. E, claro, esse treinamento contra incêndio acontece no meio da madrugada, ou bem cedinho, sem hora certa, vai saber. Então não tenho a menor ideia do que está acontecendo. Ontem a lua estava cheia, mas o céu devia estar com muitas nuvens, porque parecia que tinham colocado um cobertor sobre a casa. Às vezes vejo algum tipo de clarão, bem baixo, como se fosse uma câmera filmando da altura do chão. Vamos ver o que o comandante das Pérolas da Morte nos reserva para hoje. Mal posso esperar.

Ficamos sabendo assim que o sol aparece. Neblina. E não é aquela neblinazinha corriqueira, do tipo não-dá-para-ver-a-casa-do-vizinho. É um troço alienígena estranho que mete medo para cacete. É tão densa que mal dá para ver além da janela. Eu e meu pai ficamos diante da porta do quintal, olhando a fumaça se enrolar e enroscar em si mesma, pulsando com pequenos raios internos, mexendo-se como se estivesse viva. Por algum motivo estranho, o Dutch quer ir lá fora. Até parece que eu vou deixar.

Papai diz para não sair daqui, que ele já volta. Assisto ao show de horrores e me pergunto *Que diabos? O que mais poderia acontecer?* Estamos sem água, sem eletricidade, sem carro e agora não conseguimos sequer enxergar do outro lado da janela. Depois penso: sem conversas com Amanda. Estou prestes a socar a porta quando ouço uma voz abafada dizendo:

— *Cooca* isso no *osto.*

Meu pai está usando uma máscara, daquelas que ele usa quando pinta a casa ou trabalha com marcenaria na garagem espalhando poeira de madeira por todo canto. Ele me entrega uma igual à dele.

— Por quê?

— Obedece.

— Só depois de você me explicar.

— Talvez *não* seja neblina.

— Ah, é?

Ele suspira dentro da máscara:

— Pode ser... pode ser um agente neurotóxico.

Meu coração dispara a mil.

— Você quer dizer gás? Eles podem estar tentando nos matar *com gás?*

— É uma possibilidade.

Pego a máscara e a coloco sobre o nariz e a boca, puxando a fita elástica por trás da cabeça.

— Sente os dedos dormentes? — ele pergunta.

— Não. E você?

— Ainda não. Tem sangue saindo das minhas orelhas?

Ele me mostra uma, depois a outra.

— Não.

Ele examina as minhas:

— Nada ainda. — Então tira os óculos. — Tem sangue escorrendo dos meus olhos?

— Não, pai! Meu Deus, você está maluco?

— Um dos primeiros sinais do gás é sangue escorrendo pelos orifícios.

— Bom, se você estava querendo me deixar em pânico, a porcaria da missão foi cumprida!

Ele cala a boca. Ficamos ali olhando para a neblina cinza e rodopiante, dois seres humanos presos em casa usando máscaras fajutas compradas no Wal-Mart por US$ 1,25. Se isso for mesmo gás neurotóxico, precisamos é de uma roupa espacial. O que me faz pensar que, se essas máscaras ridículas funcionarem mesmo, então é porque as Pérolas da Morte mandaram muito mal dessa vez.

O Dutch pressiona o focinho contra o vidro da porta. Solta um ganido longo que não ouço há muito tempo. Ele realmente quer passear lá fora. E me pergunto se papai teria uma máscara para ele.

Um passarinho pousa no encosto de uma cadeira do quintal. Está a pouco mais de meio metro de nós, uma mancha marrom naquele mar cinzento. Três segundos depois ele voa para longe.

— Acho que não é gás *passarinhotóxico* — digo.

— Vai ver é específico para humanos. Eles estão claramente deixando os animais fora disso.

Aponto para o Dutch:

— Então você acha que podemos deixá-lo sair no meio desse troço?

— Por quê?

— Você quer que ele mije no seu pé?

— Deixar ele sair significaria abrir a porta.

— Pai, o que temos a perder? — Vejo ele apertar os olhos para mim. — Quer dizer, se for específico para humanos, mais cedo ou mais tarde nós dois vamos morrer aqui de qualquer jeito. Podíamos pelo menos poupar o Dutch da vergonha de fazer xixi no carpete.

— Tudo bem — diz ele, o que me surpreende. — Mas abra rápido e prenda a respiração.

— Devo pegar a corda? — A gente estava amarrando o Dutch numa corda comprida esses últimos dias para que ele não fosse longe demais.

— Não. Senão não conseguimos fechar a porta.

— Tem razão.

Envolvo a maçaneta com os dedos, destranco a porta. O Dutch levanta a orelha, fica de pé e balança o rabo. Está pensando que vamos dar uma volta. É sim, até parece. Conto até três e abro uma fresta da porta, apenas o suficiente para o velho labrador gordão sair balançando o traseiro.

Duas coisas acontecem.

Primeiro, o Dutch é engolido pela neblina, que o envolve por completo e transforma-o em uma sombra escura acinzentada. Depois, aparecem pequenos estalos de eletricidade que sobem e descem pelo corpo dele, como se o escaneassem.

Em dez segundos, tudo está terminado. O Dutch nem se dá conta. E desaparece no cinza.

Eu e meu pai nos entreolhamos. Do nada, meus olhos se reviram, eu agarro meu pescoço e caio no chão. Tiro a máscara fazendo força para respirar, minhas pernas têm espasmos e chuto o ar como se sofresse uma convulsão mortal.

Meu pai se ajoelha ao meu lado e, com as mãos, pressiona meus ombros contra o chão, gritando:

— Josh, Josh! Calma. Relaxe. Tente respirar. Ai, meu Deus do céu!

Há tanta, tanta dor na sua voz que tenho que parar. Afinal ele usa um marca-passo com as baterias fracas. Eu não devia ter feito isso com ele. Eu me sento e digo:

— Eu estava apenas zoando você, pai. Estou bem.

Ele arranca a máscara da cara. Juro que o olhar que me lançou poderia derreter chumbo. Por um segundo penso que ele vai me pegar e me bater. De repente, ele sorri, e o sorriso se transforma em uma gargalhada. Então começo a rir com ele. As lágrimas escorrem por meu rosto de tanto rir. E ficamos nessa loucura por alguns instantes, nós dois no chão, rindo até a barriga doer. Mas então, como uma nuvem que passa em frente ao sol, o riso vai embora. Ficamos de pé.

— Obrigado, eu precisava disso — diz ele.

— De nada.

— Mas nunca mais faça isso.

— Tudo bem, mas foi você quem começou a me assustar.

O Dutch se materializa vindo do cinza. Raspa a porta com a pata. Eu rio, sabendo que em algum lugar há um belo monte de cocô aguardando a pisada do comandante de uma das Pérolas.

Abro a porta para deixar o Dutch entrar. Por algum motivo, ele apenas continua ali sentado. A neblina começa a entrar. Meu pai grita para que eu feche a porta. Pequenos dedos acinzentados giram no batente, depois recuam. Sem pensar, eu enfio a mão na nuvem cinza e puxo o Dutch pela coleira. A neblina está em mim. Meus braços começam a formigar. Meu pai grita:

— Deixe para lá, deixe ele aí!

Mas eu não consigo fazer isso. Prendo bem os dedos na tira de couro. Minha mão começa a desaparecer. A escuridão nubla minha visão; depois, em uma fração de segundo, um clarão explode como uma labareda em minha cabeça. O Dutch se levanta e entra em casa.

Papai bate e tranca a porta.

— Você está bem? — pergunta, me encarando como se eu tivesse acabado de quase ser atropelado por um trem.

Estou tremendo. Olho minha mão. Graças a Deus continua ali. O formigamento sobe e desce em meu braço, mas está diminuindo rápido. E o clarão — aquilo foi bizarro. Mas de que adiantaria lhe contar isso? Só ia servir para ele se cagar todo.

— Estou bem — digo, mostrando minha mão. — Continuo com os cinco dedos aqui, sadios como novos.

Ele me examina com os olhos:

— Tem certeza?

— Tenho.

— O que você tinha na cabeça?

— Pareceu a coisa certa a fazer — disse eu, dando de ombros.

O ar estava com um cheiro peculiar, parecia de terra e de laranja. Dei uma fungada no meu braço. O cheiro vinha de lá, era fraco, mas estava no braço. Eu me inclinei para cheirar o Dutch também. Ele estava cheio daquilo. Talvez seja o cheiro do planeta das PDMs. Um calafrio me percorreu dos pés à cabeça.

— Você tem certeza de que está bem?

— Fora um desejo estranho de comer seu fígado, tudo bem.

Ele franze a testa:

— Tudo bem, então. Vou preparar o café da manhã, mas nada de fígado para você.

Papai caminha até a cozinha. Eu observo a neblina mais uma vez. O sol começa a aparecer, o que deixa aquilo tudo um ou dois tons mais claro. Mas a neblina continua espessa. A maneira como se move me faz lembrar o gás lacrimogêneo que aparece nos filmes de ação, antes de os caras da SWAT invadirem algum ônibus.

Isso me dá uma ideia que talvez fosse melhor não ter. Talvez seja o momento de invadir esse ônibus.

Sigo para a sala de jantar com o braço ainda formigando.

LOS ANGELES, CALIFÓRNIA

O plano da pirata

Como eu pude ser tão burra?

Fiquei olhando para o recado como se, me concentrando bastante nas letras, eu pudesse encontrar Richie e apunhalar aquele coração diabólico dele. *Adivinha o que eu peguei.* Só de imaginá-lo levando Cassie, sinto meu sangue ferver. Tenho que pegá-la de volta. E agora que o sol nasceu, posso fazer algo a respeito.

Passei a noite de ontem debaixo de uma caminhonete no quarto andar. Não ia dormir de jeito nenhum no Volvo azul. Fui até o segundo pavimento e peguei a manta de cavalo no carro do traficante. Então encontrei esse cantinho e tentei dormir, mas não deu. Foi a noite mais longa da minha vida. O cobertor não é tão quente quanto meu saco de dormir e tem um cheiro muito pior. Cheguei a encontrar outras roupas e tentei empilhá-las em cima de mim, mas elas caíam toda vez que eu me mexia. Não importava o que eu fizesse, parecia que o frio sempre conseguia me encontrar. Quando finalmente peguei no sono, o guincho horrível começou de novo. Não tinha como eu voltar a dormir depois disso, então fiquei apenas tremendo no escuro e pensando no que tinha que fazer e em como iria fazer.

Engatinho para longe da caminhonete, com os ossos doendo de frio. Respiro fundo e olho para o dia que amanhece. O ar está com um cheiro esquisito, não consigo descobrir o que é, parece uma mistura de flores e sujeira. Melhor do que gasolina e líquido de radiador, com certeza. A neblina lá fora está fria e tem uma cor estranha, cinza com umas manchas azuis-amareladas. É tão densa que mal consigo ver as bolas espaciais que estão logo ali. Isso é um ponto positivo. De certa forma, é divertido olhar a neblina, a forma como ela se move e rodopia do lado de fora da garagem, sem entrar. Talvez seja neblina alienígena ou talvez as coisas sejam assim mesmo numa cidade que não respira mais. Tem uma vassoura na caçamba da caminhonete e decido fazer uma experiência. Estico o cabo na neblina, e rapidinho as nuvens o envolvem, então uma eletricidade vai e vem ao longo dele, como se fossem minirrelâmpagos. Fico morrendo de medo e largo a vassoura. Os rodopios da neblina descem, seguindo seu movimento de queda. Eu a ouço cair, mas não consigo ver onde. Fim da experiência. Definitivamente é neblina extraterrestre. E seja lá o que as bolas espaciais estejam querendo, eu não vou perder meu tempo pensando nisso.

Eles têm a lista de afazeres deles e eu tenho a minha.

Primeiro passo: *pegar a arma*. Vou até o sexto andar e me escondo atrás da lata de lixo por um tempinho. Depois de noventa e seis minutos, tenho certeza de que Richie não está por perto. Corro, tiro a tampa do latão, afundo a mão no lixo, alcanço a alça da maleta e saio dali. Mergulho debaixo do carro mais próximo e conto cada segundo durante oito minutos. Tudo limpo. Corro até o Volvo para verificar se meus tesouros ainda estão no compartimento secreto junto ao estepe. Estão. Eu os enfio na mochila. Desço para o quarto andar. Cada vez que pego a maleta, parece que fica mais pesada.

A cada andar, paro na entrada e fico escutando. Acabo de alcançar a placa que indica o terceiro andar quando ouço um barulho atrás de mim, uma espécie de clique. Eu me enfio debaixo de um carro e no meio do caminho bato com a cabeça no cano de descarga, meio pendurado por um arame. Espero doze minutos vendo gotas de sangue pintarem pontinhos vermelhos no concreto manchado de óleo. Algumas gotas se juntam e criam uma poça maior. Isso não é nada bom.

Conto mais noventa segundos. Nada. O que quer que tenha feito aquele som, não foi Richie.

»»»

Agora estou na caminhonete em que passei a noite. Estou com uma dor de cabeça animal e um corte no supercílio esquerdo. Uso o espelhinho de maquiagem para ver o que é o quê. Tem pedaço de pele solto, deve ter uns sete centímetros. O ferimento ultrapassa a sobrancelha esquerda e está cheio de pedaços de ferrugem do escapamento do carro. O minúsculo pedaço do meu rosto que consigo ver está coberto de sujeira e sangue seco. Meus cabelos eram louros, agora estão pegajosos e com cor de lama. *Essa sou eu?* Deixei de ser um zumbi e me tornei uma das vítimas dos filmes de terror de Zack. Abro o kit de primeiros socorros, tiro um lencinho com álcool e o pressiono contra o ferimento. Arde como fogo. Meus olhos ficam cheios de água e quase grito. Até que a dor finalmente diminui e o latejar fica mais leve. Então veio o curativo. Mamãe me ensinou a usar um curativo fininho para fechar cortes, e faço isso, mas o curativo não fica firme no meu supercílio; então tenho que usar um pedaço de gaze tão grande que cobre todo o meu olho. Coloco um esparadrapo e espero que o resultado fique bom. Última olhada no espelho. Ah! Até que pareço um pirata mesmo! Penso em tomar um dos comprimidos de azitromialguma-coisa, mas, como não sei bem para o que servem, fico com o que conheço: aspirina. Tiro dois comprimidos do pote e os engulo a seco. Com ou sem dor de cabeça, estou pronta para partir.

Mas para onde? A pergunta de um zilhão de dólares. Será que devo ir bater à porta e dizer "E aí, Richie, aqui está o que você quer, então me entregue o que eu quero"? O que aconteceria depois disso? Será que ele me daria minhas coisas? Será que me devolveria Cassie e nos deixaria voltar para nosso mundo da garagem? E me daria água e comida? Talvez nos convidasse para ficar lá dentro no quentinho, onde eles comem hambúrguer no jantar e bebem chocolate quente antes de dormir. Balanço a cabeça. *Até parece!* Faz mais sentido que ele fique com a arma e com Cassie. Isso se Cassie ainda estiver viva. Tenho que encarar os fatos. Não dá para confiar em pessoas como Richie. Basta dar uma arma a elas para ver como são vis e não valem nada. Como mamãe dizia, gente assim vai nos fazer mal a cada oportunidade que tiver.

E ainda tem o dr. Hendricks. Se ele é o chefão de gente como Richie e o Marretador, encontrá-lo deve ser como entrar em um quarto cheio de abelhas furiosas.

O que significa que preciso entrar no hotel sem ser percebida. Mas como? Ouvi Richie dizer que eles têm guardas em todas as portas. Vi alguns tubos de ventilação que talvez sirvam de passagem, mas são altos demais. E, mesmo que eu conseguisse entrar em algum, como tiraria a grade que o cobre por dentro e depois desceria até o chão? Nos filmes funciona, mas estou na vida real. A vida real faz umas pegadinhas com a gente, nos leva a tomar atitudes estúpidas e depois nos faz pagar por todas elas.

Passo o dedo pelo curativo em meu olho, então me pergunto: O que um pirata faria? Um pirata encontraria um túnel, o mais escuro e medonho da ilha, passaria escondido pelos guardas idiotas que estariam roncando perto da fogueira e roubaria o tesouro. Não dá para saber se os guardas do hotel são idiotas, mas há um túnel escuro e medonho. O acesso é por escadas, e está escrito: ENTRADA DE SERVIÇO — APENAS PESSOAL AUTORIZADO NO 1º ANDAR. É escuro e definitivamente assustador, e talvez não haja guarda algum.

Se eu tiver sorte.

PROSSER, WASHINGTON

LAMPEJO

Estou me sentindo... estranho.

Estou assim desde que acordei. Acho que foi por causa de um sonho que me torturou a noite toda – sonhei que a neblina descobria como abrir as portas, infiltrava-se pela casa e se arrastava escada acima. Lá pelas tantas, consegui finalmente voltar a dormir, mas só depois de repetir a mim mesmo milhares de vezes que era fisicamente impossível que uma névoa conseguisse abrir portas (a não ser que fosse feita em Hollywood).

Estamos comendo de café da manhã os últimos biscoitos de água e sal e meu pai está lendo em voz alta *My Side of the Mountain*, que, quando era criança, era seu livro preferido de sobrevivência na selva. Até parece interessante, mas eu não consigo me concentrar. A sensação estranha fica mais forte a cada segundo. Parece que estou naquela primeira subida de uma montanha-russa, quando o carrinho anda bem devagar. Sinto como se estivesse quase no topo, prestes a despencar, naquele segundo em suspenso, logo antes de a gravidade tentar espremer seu coração para fora dos olhos. Isso está me deixando inquieto, no limite.

Papai interrompe uma frase no meio e pergunta:

– Você está bem?

Eu balanço a cabeça afirmativamente, mas é uma mentira deslavada. Minha mão direita está formigando.

Ele espera um segundo, fica de pé e leva seu prato para a cozinha.

O formigamento vem em ondas da ponta dos dedos até o cotovelo. É exatamente como aconteceu ontem quando entrei na neblina. No mesmo braço, no mesmo lugar. O biscoito cai por entre meus dedos. Meu pai está de costas e guarda seu prato no armário.

Há um apagão momentâneo, como um obturador fechando rapidamente a lente de uma câmera.

E aí, *pá*! Outro raio. Meu corpo estremece. Segundos depois, estou bem. A sensação de quase cair foi embora. Se não tivesse sido tão tenebroso, eu diria até que estou superbem.

Meu pai volta à mesa.

— Por que você está com essa cara? — pergunta ele enquanto me observa de rabo de olho.

— Que cara?

— A que você faz quando está tentando não sorrir.

Seguro o biscoito com a mão direita e o admiro como se fosse uma obra de arte.

— Pai, sem dúvida, esse foi o melhor café da manhã que você já fez na vida.

• • •

Estou sentado na cadeira em que ficava para observar Amanda, olhando fixamente para a sopa de nuvem rodopiante. Está mais espessa do que nunca. Parece quase furiosa. O comandante de uma Pérola da Morte pode estar a cinco centímetros da janela e eu não seria capaz de vê-lo, ou vê-la. Está tudo tão completamente cinza que me pergunto se ainda existe alguma coisa lá fora. Será que as cercas, os escorregas, os banheiros públicos e as placas de trânsito foram dissolvidos? Será que somos os últimos seres humanos na última estrutura feita por homens ainda de pé no planeta, um planeta que logo será renomeado como Pérola da Morte II?

Papai ainda está nervoso por causa do meu "contato" de ontem e vem checar se estou bem de quinze em quinze minutos. Estou com o binóculo no colo. É um disfarce para o meu pai. Não tenho esperança alguma de ver Amanda ou qualquer coisa além da janela. Estou disposto apenas a tentar entender o que diabos está acontecendo. Não senti mais nenhum episódio de apagão desde de manhã. Acho que isso é bom. Estive prestes a contar tudo ao meu pai, mas no último segundo uma voz dentro da minha cabeça me alertou de que talvez não fosse uma boa ideia. Seguro a onda por enquanto. Se eu fosse contar, diria apenas uma coisa.

De todas as coisas imbecis que eu fiz ou disse desde que as Pérolas da Morte apareceram, ter saído para a neblina foi, de longe, a maior de todas.

LOS ANGELES, CALIFÓRNIA

Saindo do forno

Eis meu plano:

PARTE 1: ENTRAR.

Esconder gás de pimenta na mão direita.

Bater na porta.

Quando o guarda abrir, perguntar por Richie.

Entrar e fingir escorregar no chão.

Fingir chorar (ser bem convincente).

Quando o guarda se inclinar para ver o que está acontecendo, encher a cara dele de spray de pimenta.

Sair correndo feito uma maluca.

E me esconder.

PARTE 2: ROUBAR O TESOURO.

Encontrar o tesouro (Cassie).

Ficar escondida até que todos durmam.

Roubar o tesouro.

PARTE 3: SAIR.

Usar a rota de fuga.

Ficar escondida na caverna até que a barra esteja limpa.

Viver na garagem até que a comida acabe ou as bolas espaciais finalmente ataquem.

É claro que o plano tem problemas. Por exemplo: E se eu não encontrar um esconderijo? Ou se me esconder e eles me acharem? Ou se errar a mira do spray de pimenta? Ou se a comida acabar antes de eu encontrar Cassie? E se eu nem sequer conseguir encontrá-la ou se minha rota de fuga estiver bloqueada? Tudo pode dar errado. Aprendi que, quando se planeja algo, é bom ter um plano B à mão caso o primeiro não dê certo. Tenho um plano B também: Aceitar a troca de Richie. Se ele quer tanto assim a arma, pode ficar com ela. A única coisa que me importa é ter Cassie de volta.

Eu me escondo na caverna e guardo metade da água e o que sobrou do petisco de carne. Então, de volta ao primeiro andar, encho a mochila com as ferramentas necessárias: duas chaves de fenda, o espelho de maquiagem (para ver além dos corredores), o canivete suíço quebrado, o esparadrapo do kit de primeiros socorros, três barrinhas de cereal, um pedaço de arame de um cabide e metade de uma garrafa d'água. Besunto meu rosto, até o curativo do olho, com óleo de motor. Envolvo a cabeça com um lenço preto e enfio os bastões de iluminação em meu cinto. A maleta de metal ainda está enfiada debaixo do assento de trás do carro mais ferro-velho de toda a garagem — o Nova modelo 1978 da mamãe. Ninguém a encontrará aqui. Repasso o plano na cabeça e então dou uma última olhada no meu mundo.

Lá fora continua uma névoa azul-amarelada. Se eu encará-la por bastante tempo, consigo ver pequenos clarões que surgem às vezes dentro das nuvens, como as luzes usadas para matar mosquitos nas noites quentes de verão. A neblina é tão densa que parece que o resto do mundo não está mais lá. Parte de mim quer saber por que a nuvem não invade a garagem. A outra parte se pergunta se haveria motivos para ela querer entrar. Carros detonados, vidros quebrados, bichos de pelúcia rasgados, roupas muito grandes ou pequenas demais, jornais velhos e todo tipo de resquícios das vidas das pessoas que elas, assustadas, deixaram para trás. Ah, e uma mancha escura e comprida no chão. Sinto um peso recair sobre meus ossos. Talvez seja a neblina, talvez seja alguma outra coisa.

Mas não tenho tempo para pensar nisso. Chacoalho meu cérebro até que as coisas fiquem claras. Respiro fundo. Peito aberto, ombros para trás. Ok.

Sigo para as escadas.

»»»

Três batidas na porta. Ninguém responde. Bato outra vez. Nada acontece. Tento girar a maçaneta. Trancada. Puxo a porta. Parece que cedeu um pouco, então puxo mais forte. Ela se abre e volta pesadamente na minha direção, quase me atropelando. Talvez o trinco estivesse cheio de poeira ou algo estivesse emperrando a porta. Talvez seja uma armadilha. E talvez, quem sabe, eu esteja experimentando um pouquinho de sorte. Não vejo ninguém lá dentro. Por algum motivo. coloco o spray de pimenta no bolso e caminho para dentro.

A luz de lá de fora se espalha no ambiente, que não é muito maior que o quartinho de ferramentas lá de casa. Há dois painéis de eletricidade na parede, com dois adesivos inúteis em amarelo e preto dizendo Perigo — Alta voltagem, além de um calendário ainda na página de janeiro, com a foto de um cara num *snowboard* fazendo alguma acrobacia de cabeça para baixo e, num canto, uma escada pequena de abrir e fechar. Há um buraco para ar-condicionado na parede em cima da escada — está todo coberto de teias de aranha. Um pouco mais à direita há uma mesa de metal, uma cadeira de metal com um casaco de lã pendurado no encosto, uma calculadora, uma luminária de mesa, um copo do Starbucks, um esfregão e dois baldes. E mais meio metro à direita, outra porta. A sala tem um cheiro azedo terrível, que não consigo distinguir. Mas sei que não é de cadáver. Nunca me esquecerei daquele cheiro.

Chegou a hora da verdade.

Vou na ponta dos pés até a porta e fecho os dedos em volta da maçaneta, que gira. Empurro um pouco, abrindo só uma frestinha. Rangendo. Fecho a porta. Outro rangido, dessa vez alto o suficiente para alguém ouvir. Corro de volta para a primeira porta, a do lado de fora, que ainda está aberta, e espero. Meu coração bate forte em meu peito. Estou preparada para correr como uma lebre se a porta abrir. Faço meu cronômetro cerebral contar cinco minutos. Nada acontece. Fecho a primeira porta e testo para ver se ainda abre. Está um pouco emperrada, mas ainda abre. Ok. Rota de fuga segura. Agora a saleta está completamente escura. Pego um dos bastões de iluminação, mas não, ainda não, preciso economizá-los. Fecho meu único olho bom e imagino o ambiente como era. Estico os braços e as mãos e caminho como um zumbi até tocar a parede do outro lado, chegando lentamente para a direita até alcançar a mesa, a luminária e o copo de café, que cai no chão, fazendo barulho e respingando. Agora sei de onde vinha o cheiro. Espero mais alguns segundos, meu coração acelerado, e vou tateando meu caminho até a maçaneta da segunda porta. Giro, empurro, ouço o rangido, espero.

Empurro, ouço o rangido, espero. Empurro mais um pouco. Passo minha cabeça pela abertura. Mais escuridão, mais silêncio. Dou um passo para dentro...

Um corredor, acho. Ou, pelo menos, *parece* um corredor. Meço a largura do lugar com meus pés. Vinte passos de um lado a outro e sabe-se lá quantos de profundidade. Quase fecho a porta quando gelo ao perceber que está trancada pelo lado de dentro do corredor. Não há nenhum botão para destrancar do outro lado da maçaneta. Se eu fechar essa porta, que é uma daquelas saídas de incêndio super-resistentes de metal, lá se foi minha rota de fuga. Adeus Parte 3 do plano. Burra, burra, burra! Tiro a mochila, encontro uma fita adesiva no meio da bagunça, corto um pedaço e coloco na lingueta da fechadura. Nota mental: Não seja burra!

Agora para a segunda parte: Encontrar o tesouro.

»»»

Enquanto desço o corredor, lembro-me de uma vez em que eu e mamãe estávamos sentadas no sofá vendo TV, e eu vi um rato debaixo da poltrona do Zack. Corremos atrás do rato, mas ele conseguiu fugir. No dia seguinte, vi outro rato, ou talvez o mesmo, na cozinha. De novo o perseguimos, mas não conseguimos pegá-lo. Então, de uma hora para outra, tínhamos esse problema. Mamãe queria usar ratoeiras, mas Zack disse que não, que usássemos veneno. Depois de uma semana, não vimos mais ratos. Duas semanas depois, o gato do vizinho morreu, e o veterinário falou que foi porque tinha comido um rato envenenado. Zack disse a mamãe que, se um gato era suficientemente estúpido para comer um rato envenenado, ele merecia mesmo morrer. Minha mãe me contou no carro, enquanto enfrentávamos uma tempestade no Colorado, que foi naquela época que ela começou a planejar nossa fuga. Naquela época e quando ele mostrou a ela uma arma, dizendo que havia uma bala com o nome dela, caso tentasse fugir dele. Seja como for, o que quero dizer é que aprendi que os ratos sempre caminham bem perto das paredes. Então assim eu me deslocaria naquele corredor escuro: bem perto da parede e discreta como um ratinho.

Havia cinco outras portas ao longo do corredor, todas trancadas. Encostei num extintor de incêndio perto da terceira porta e quase tropecei numa lata de lixo entre a quarta e a quinta. *Calma, Megs.* Chego ao fim do corredor, que faz uma curva para a esquerda. Lá longe, há uma frestinha estreita de luz. Outra porta? Ao chegar mais perto, ouço vozes. Gente falando. Conversas! Isso é algo que deveria parecer tão normal quanto levantar da cama, mas naquele momento me deu arrepios. Encosto na porta e procuro a maçaneta.

Trancada. Em cima da porta, tem uma passagem de ventilação. Luz e pedaços da conversa do outro lado passam por ali. A abertura fica no alto e eu não consigo alcançá-la para olhar por ela, mas tenho uma ideia — a escada daquela primeira salinha. Volto e pego a escada, carregando-a com cuidado para não chutar a lata de lixo do corredor nem bater contra as paredes.

De volta à porta, abro a escada e subo até o topo. Está meio bamba, então tenho que usar a porta para me equilibrar. Olhando pela abertura, vejo três degraus que sobem para um cômodo maior, de teto alto e cheio de janelas. Provavelmente o saguão principal e a recepção do hotel. Do outro lado, há um balcão de madeira lustroso com uma pintura atrás dele e um letreiro HOTEL EXCELSIOR. O chão branco está salpicado de tapetes pretos e há uma fileira de janelas altas de um lado do balcão. Com a neblina que se vê do lado de fora das vidraças, parece que o hotel foi construído sobre as nuvens. Do outro lado do balcão, há uma porta de vidro fumê. No vidro se lê pintado Restaurante Bruma.

Conto vinte pessoas, mas deve haver mais. Algumas estão sentadas em cadeiras reclináveis, lendo revistas. Outras estão andando ou de pé conversando num canto, mas a maior parte está numa fila que não sei onde vai dar. Vejo três crianças, dois meninos e uma menina, na fila perto de uma mulher. Seu olhar é vítreo como o dos cadáveres. O garoto deve ter a minha idade, as meninas são mais novas, gêmeas e ruivas. O garoto segura um celular e finge conversar com os extraterrestres. Ele pede que soltem um raio nas duas irmãzinhas chatas e feias. Isso atiça as meninas, que tentam tirar o telefone de suas mãos. A mulher sai do transe em que estava, pega o braço do menino e lhe diz algo no ouvido. Ele não dá atenção, então a mulher se abaixa e pega o telefone das mãos dele, quebrando ao meio. Ela dá uma metade para cada menina. O garoto a encara com a boca aberta, como um alçapão quebrado.

Meus olhos se focam em coisas mais importantes. Há três homens na sala. O Marretador está de pé à direita da porta do restaurante, limpando uma arma com a manga da camisa. A cada tossida, cospe num vaso de planta ao lado dele. O cara do outro lado da porta está largado numa cadeira e tenho certeza de que vejo uma arma despontando do cós da calça dele. Parece dormir, mas de vez em quando vira um pouco a cabeça, apenas o suficiente para eu saber que é o Barba Negra. Ele definitivamente não está dormindo. O terceiro guarda está de pé sobre o degrau mais alto, a menos de dois metros de onde eu me equilibro na escada bamba. Não consigo ver seu rosto porque está de costas e usa um casaco com capuz, mas vejo suas botas.

Couro de cobra.

Uma mulher vai até Richie. Seus olhos tristes são sublinhados pelas olheiras e ela manca de uma perna. Segura um bebê mal-enrolado em um cobertor azul. A criança respira rápido e com um chiado, e seu rostinho está bem vermelho. A mulher pede a Richie para ver o chefe o quanto antes, é uma emergência. Ele a ignora. Atrás deles há uma mulher sentada em um sofá. Ela lia uma revista, mas agora presta atenção na conversa.

— Por favor, meu bebê precisa de alguma coisa para abaixar a febre — pede a mãe.

— E você acha que eu ligo para isso? — diz Richie apontando para a fila. — Ninguém vai furar a fila, vá para lá e espere sua vez como todo mundo.

As pessoas não prestam muita atenção e ficam ali na fila dando um passinho à frente de vez em quando. Mas a mulher no sofá olha para o lado de cá. Ela é baixa e magra, provavelmente não pesa muito mais que eu. Os seus movimentos, leves e suaves como os de uma dançarina, me fazem lembrar uma das pessoas de quem eu mais gosto: tia Janet. Ela fazia ginástica olímpica na escola e ainda hoje consegue dar um salto mortal para trás se quiser.

A mãe fica paralisada, seus ombros começam a tremer, ela abaixa a cabeça e se vira.

Tia Janet diz a ela:

— Espere. — E então se vira para Richie: — Qual é seu problema, não está vendo que é uma emergência médica?

— Claro que estou vendo, e muito bem — responde ele se voltando para ela.

— Estou cansada da maneira como você trata as pessoas.

— Ah, é?

— Só porque você tem...

Ele escorrega a mão rápido para dentro do bolso, tira o canivete e o abre com um golpe, apontando-o para tia Janet:

— Só porque eu tenho isso?

Ela para de falar e olha para lâmina que está a centímetros de sua garganta.

Richie continua:

— Prestem atenção, porque não vou dizer de novo. — O canivete começa a descer como se fosse mel escorrendo pelos dedos. — Não estou nem aí se a cabeça do neném estiver a ponto de explodir, ouviram? Não dou a mínima se seus cabelos estiverem pegando fogo ou se abelhas forem sair da bunda dele. Esse troço tem que ficar na fila igualzinho a todo mundo.

— É um bebê, não um troço — responde tia Janet.

O canivete para e Richie diz:

— Para mim parece mais uma lesma.

— Por favor, eu... eu posso ficar esperando na fila — choraminga a mãe.

— Gente como você não devia ter permissão para viver depois que a idade da pedra acabou... — reclama tia Janet.

— E você, eu não vou nem comentar — responde Richie.

Ele faz um novo golpe com as mãos e, num piscar de olhos, o canivete está fechado.

A mãe segue para o fim da fila.

Tia Janet volta para o sofá, o corpo rígido, como se ela estivesse paralisada da cintura para cima, e se senta. Ela pega a revista outra vez, mas seus olhos não saem de Richie.

Ele começa a assobiar uma musiquinha acelerada com aquelas botas de couro de cobra batendo no chão no mesmo ritmo.

PROSSER, WASHINGTON

SURPRESA

São sabe-se lá que horas da tarde. Estou deitado na minha cama assistindo a um espetáculo interessantíssimo: Dutch lambendo o próprio saco. Está fazendo isso há uma meia hora pelo menos. Suas bolas devem ser o que há de mais limpo nessa casa ultimamente. Acho que é uma coisa que ele faz para se acalmar, uma versão canina da meditação. Fecho os olhos e o som parece o de ondas marulhando no litoral.

Ao pensar em meditação me lembro de mamãe e suas aulas de ioga. É uma das coisas que ela mais gosta de fazer. Então me vem à memória uma briga imbecil que tive com ela mês passado. Minha mãe precisava do carro para ir à aula e eu para encontrar Alex no cinema do shopping. Perguntei se ela podia faltar à aula, só daquela vez. Ela estava um pouco estranha e disse que não – "sobretudo hoje" – como se a aula daquele dia fosse uma questão de vida ou morte. E, como andava meio nervosa e chorando por qualquer motivo, eu sabia que não venceria a discussão. Mas mesmo assim eu acabei gritando alguma coisa idiota, do tipo "É só uma aula ridícula de alongamento, você pode fazer isso em casa!" Eu acabei pegando o ônibus e perdendo os vinte primeiros minutos do filme. Fiquei sem falar com ela por três dias. E o filme ainda era uma droga.

Isso me leva a pensar em Alex e em como ele não é uma boa companhia de cinema porque comer pipocas – algo a que ele não consegue resistir

– faz com que se torne uma usina de gás. Uma nuvem tóxica começa a se formar em volta dele minutos depois da primeira porção de pipoca que mastiga e é assim o tempo todo. O lado bom é que já estou imune a isso, mas as pessoas até quatro cadeiras de distância já começam a mudar de lugar, o que garante que eu tenha uma ótima visão da tela e um descanso de braço inteiro para mim.

Bom, mas aí, no meio dessa sessão de lambidas e nostalgia, acontece de novo. Dura só cinco segundos. O formigamento não me incomoda, mas o apagão instantâneo, sim. Tem algo nesse apagão que me dá arrepios. Mas depois que passa, *aí sim*, fico com uma sensação de que eu poderia me acostumar com isso. Estou tentando acreditar que sim quando percebo que meu quarto está ficando mais iluminado bem rápido. A neblina, que estava nos espreitando constantemente nos últimos dois dias, finalmente está indo embora. Talvez dissolvendo seja uma palavra melhor. Como se fosse sal na água quente depois de umas mexidas. Todos aqueles pequenos redemoinhos cinza medonhos e os minirrelâmpagos se foram em menos de um minuto. Se eu não estivesse prestando atenção, eu teria perdido. O sol começa a raiar num céu azul sem nuvens, mas todo pintado de Pérolas da Morte. Mas, pensando bem, o sal continua ali, certo? A gente não vê, mas ele está lá, dá para sentir o gosto. Penso que talvez o comandante das PDMs tenha dito: "Está na hora de pegar a colher e dar uma mexida."

Só então me dou conta: Sem neblina, dá para ver do outro lado da rua! Pulo da cama e desço as escadas.

Amanda está me esperando na janela. Usa os cabelos puxados para trás, em um rabo de cavalo apertado e o mesmo moletom da Universidade de Washington, que agora parece diferente, parece dois números mais largo. Por um segundo eu me pergunto se as minhas roupas, que são meio folgadas, ficam com aquela aparência em mim. Ela coloca uma mensagem na janela.

Amanda: Faço 15 hj

O aniversário dela é perto do meu. Muito legal. O que mais nós temos em comum? A neblina foi embora e agora isso. Sinto boas vibrações, apesar da bicicleta detonada de Jamie que continua na minha rua e do comandante da Pérola da Morte em cima do prédio de Amanda fazendo anotações. Coloco minha resposta:

Eu: Feliz niver p/ vc

Ela sorri, mas no sorriso falta algo, como... a felicidade? Então me joga um beijo... e vai embora! A mensagem dela ainda está encostada na janela. Mas acaba caindo. Eu espero.

E espero.

E espero.

E espero.

Ela não volta. Todos esses dias de neblina, eu me perguntando a todo tempo se ainda a veria de novo e é só isso? "Faço 15 hj". Tudo bem que ela me mandou um beijo, mas e aí? É aniversário dela! Então penso: *Ah, é aniversário dela...* E me lembro de quando meu pai esqueceu meu aniversário, e eu fiquei dentro do carro na garagem pensando em dar a partida e sair enquanto ele contava o quanto de comida ainda tínhamos na cozinha. Agora entendi o sorriso dela.

Estou inquieto e nervoso, então fico perambulando pela casa abrindo e fechando portas, vagando de um quarto a outro como o fantasma que sou mesmo. Meu pai está dormindo e roncando no sofá da sala. O Dutch já parou de meditar e está enrolado no tapete perto da minha cama. Os banheiros se transformaram em relíquias históricas com tronos inúteis de porcelana. O armário tem toalhas dobradas em retângulos perfeitos e empilhadas lado a lado em colunas organizadas por cor. Elas aguardam um banho que nunca acontecerá. A casa está silenciosa e calma a não ser pelo homem que ronca. O sol quente de primavera entra pelas janelas e claraboias.

Eu deveria me sentir em paz, mas não me sinto. Estou à flor da pele, como se houvesse um ninho de lacraias debaixo dela. Está tudo calmo, é verdade, mas é como se diz dos filmes, o monstro do pântano ataca justamente quando tudo está quieto *demais*. Por isso eu não paro de andar para lá e para cá, e então percebo um buraco na minha meia do pé esquerdo. Vejo a unha do dedão sair pelo buraco. Se Alex visse isso, ia dizer: "Cara, saca aí o cortador de unha antes que você mate alguém."

Estamos começando a ficar sem algumas coisas. Coisinhas pequenas como cotonetes e desodorante. E coisas importantes como papel higiênico, que acabou hoje, o combustível do fogão de camping, que terminou ontem. Agora, se quisermos comida quente, teremos de aquecê-la na lareira, usando os móveis como lenha. Com o machado, meu pai já cortou a cabeceira da cama e a cômoda do quarto de hóspedes. Os pedaços estão empilhados na sala de estar, prontos para serem usados.

Vou à despensa e... Que diabos?! Arregalo os olhos, não pelo pouco que resta, mas por como tudo está *arrumado*. Temos quatro prateleiras, e cada uma tem uma, duas, três, sim, quatro latas, a não ser pela última, que tem duas latas, um pote pequeno de alcachofra em conserva e uma embalagem plástica de molho de pizza. Quatro envelopes de leite em pó estão de pé encostados na parede, os potes exatamente no meio das prateleiras alinhados do maior ao menor, como se fossem soldados no exército das latas. Há ainda outro critério de ordenação aqui, mas levo um tempo para entendê-lo. Os rótulos estão exatamente no mesmo ângulo, virados um pouco para o lado, talvez dez graus no sentido horário. Vejo, então, uma folha de caderno pregada com fita adesiva no lado de dentro da porta, mostrando uma tabela com linhas e colunas bem-desenhadas onde as informações estão escritas muito nitidamente: dias e quantidades detalhadas até demais.

Não é mais uma despensa, é o santuário da comida.

O impulso é irresistível: troco uma lata de feijão vermelho que estava do lado esquerdo da prateleira de cima pela lata de creme de milho que ficava no centro da última prateleira. Giro a lata do molho de pizza dez graus para o outro lado, então fecho e porta e saio dali.

A cozinha tem duas histórias, uma antes e outra depois. Tínhamos uma cozinha "normal", um pouco zoneada, mas ainda assim bastante limpa. Às vezes deixávamos pratos sujos na pia entre uma refeição e outra. Agora ela brilha, literalmente. Consigo ver meu reflexo distorcido no fundo da pia de alumínio. Não há nada acumulado no balcão branco no meio da cozinha. Passo minha mão sobre ele: um mármore polido e liso, sem migalhas, sem poeira. Meus dedos ficam com um leve cheiro de desinfetante.

Também tem a história da água. Pensei que tínhamos mais. Bem mais, por sinal. Aquele monte de recipientes e sacolas já está vazio. Restam apenas oito sacos, alguns vazaram. Alguém (mais conhecido como eu) esqueceu de fechá-los direito. Mas a banheira está cheia. Meu pai calcula que, se formos comedidos, pode durar um mês, talvez até dois. Tivemos um *déjà vu* com isso, em que eu dizia: "Beleza, teremos água, mas nenhuma comida." E ele: "Não fomos cautelosos com o consumo de nossos recursos e temos de parar com isso." Eu: "Por que nos preocupar?" "Porque sim", responde ele. "E isso faz algum sentido?" E ele: "Faz sentido porque a outra alternativa é inaceitável."

Blá-blá-blá.

Ah, e ainda tem o lambedor de saco. Uma bomba está prestes a estourar. O saco de ração do Dutch está a dois dias de terminar. E depois? Nós o deixamos sair amarrado à corda na esperança de que ele beba água do pântano. Mas o Dutch não entendeu isso. Ele acha que a água simplesmente vai aparecer no seu pratinho por um passe de mágica. Ele o empurra com o focinho, olha para mim com aqueles olhos chorosos e então se senta na grama seca esperando que a magia aconteça. Só que meu pai já disse que ele não vai ganhar mais água nenhuma de nós, nem mesmo a da privada, que está praticamente vazia. Meu pai diz que, se "o cachorro" sentir sede de verdade, ele vai entender o que tem que fazer. Certo... E vai começar a caçar coelhos também, talvez até nos traga um esquilo.

Fico diante da porta dos fundos e olho meio vesgo para o sol. Os passarinhos estão cantarolando loucamente, voando para lá e para cá, perseguindo uns aos outros e aproveitando a liberdade que têm. Eu penso "que se dane" e abro a porta. Um ar morno vem lá de fora, uns dezoito ou dezenove graus. Definitivamente um dia agradável para essa época do ano. É tentador, eu gostaria de dar um pulinho lá fora, sentir a grama sob os meus pés...

Inspiro profundamente, dou um belo suspiro. Estou cansado de ficar confinado em uma casa com dois homens e um cachorro, todos precisando de um banho e de desodorante. O ar lá fora tem um cheiro bom. Não é perfeito — ainda há um resquício da neblina alienígena, mas é bem discreto. O que eu quero dizer é que, se eu não soubesse do nevoeiro e respirasse aquele ar, acharia que havia caído uma tempestade, nada mais.

Percebo um movimento nos arbustos nos limites do nosso quintal. Seja lá o que for, essa coisa está realmente mexendo os galhos. Um cachorro grande, talvez, como um cão dinamarquês, ou um minipônei. Então a coisa sai dali para a grama e mal posso acreditar no que vejo.

Um veado — um cervo de verdade, adulto, feito o Bambi. Depois surge outro, ainda maior e com chifres, quer dizer, galhada. Eles mascam os arbustos, ou ruminam, o que quer que os veados costumem fazer. Os dois estão tão perto que posso ver os pelos dos seus narizes. É algo inédito na nossa vizinhança. Quero gritar para chamar papai; mas, por algum motivo estranho, tenho medo de os afugentar. Então fico observando o casal feliz; eles torcem as orelhas sob o sol, pastam vagarosamente até o pântano, depois passam por uma colina e desaparecem. Um pouco depois, com meu binóculo, eu os vejo caminhando na sombra de uma Pérola da Morte.

Naquele momento, ouço uma tosse e um resmungo na sala. Meu pai está acordando. Que bom. Temos assunto para conversar.

Ele está sentado no sofá, esfregando os olhos e bocejando. Ainda não me acostumei a vê-lo com tanta barba no rosto. Já eu só tenho uns pelinhos novos e patéticos espalhados. Ele parece um prisioneiro barbudo de Alcatraz.

Eu me sento à mesa e pergunto:

— Boa soneca?

— Nem tanto. Esse sofá não faz bem para as minhas costas.

— Percebeu algo diferente?

Ele olha em volta. Seus olhos vão de sonolentos a focados.

— Acabou a neblina.

— Ponto para o paizão.

— Quando isso aconteceu?

Olho para o pulso onde eu costumava usar o relógio:

— Hum... às duas e trinta e sete...?

Ele enruga a testa.

— Uma hora atrás mais ou menos. Simplesmente se dissolveu.

Ele balança a cabeça positivamente, como se aquilo fizesse todo o sentido. Então, em pânico, comenta:

— Que cheiro é esse? A porta está aberta?

— Há uma meia hora, sim. O fedor daqui de dentro é mais tóxico do que a fumaça alienígena da morte.

Meu pai se levanta e eu o sigo até a outra sala. Ele fica de pé diante da porta e inspira com atenção:

— Ozônio.

— A neblina cheira a isso, é?

— O ozônio se forma quando moléculas instáveis de oxigênio que estão livres, isto é, moléculas de O, se recombinam com oxigênio molecular, ou seja, O_2, criando O_3, que é o ozônio.

— Nossa, eu adoro quando você fala sobre química. Você devia falar mais.

Ainda olhando para fora ele pergunta:

— Mas, então, o que você andou fazendo?

Seu tom de voz dá a entender que ele está querendo saber se eu já me comuniquei com a menina da janela. É um assunto sobre o qual prefiro não conversar com ele.

— Adivinha o que eu vi enquanto você roncava? — Assim que termino a pergunta, tenho uma sensação de que eu não deveria ter perguntado. Não sei por quê.

— O seu Conrad?

— Não...

— Alguém foi abduzido?

— Não...

— Não sei mais o que chutar. — Ele estala os dedos e diz: — Já sei! Quando a neblina baixou, você viu Elvis!

— Mais impressionante que isso — disse eu, apontando para a grama. — Dois veados, bem ali. Depois subiram a colina.

— Veados no nosso quintal?

— Bambi e seu par.

— Perto assim?

— É. A menos de três metros de onde estamos.

Ele balança a cabeça e solta um suspiro, desapontado.

— É uma má notícia.

— Por quê? — pergunto, sem conseguir conceber como isso poderia ser ruim.

— Um desses cervos poderia nos servir de comida por um mês.

É isso aí, pessoal. Eu vejo o Bambi, ele vê filé de cervo na panela.

Era por *isso* que eu não queria contar a ele.

LOS ANGELES, CALIFÓRNIA 

Apresentação

Estou em cima da escada olhando pelo buraco de ventilação com meu único olho bom. O outro, o que está com curativo, parece emitir alfinetadas de uma dor quente, em brasa, perfurando minha cabeça toda vez que o toco ou esbarro nele sem querer. E é exatamente o que acontece sempre que minhas pernas cansam do esforço de ficar na ponta dos pés. Hoje é meu segundo dia no hotel, e não tenho a menor ideia de onde esteja Cassie, nem sei se está viva. Richie entrou no restaurante há uma hora mais ou menos. Deve estar comendo sanduíche e bebendo cerveja.

Mamãe gritaria como um macaco se soubesse o que estou fazendo e os meus motivos; mesmo assim, continuo fazendo. Não é à toa que ela me chamava de Megs Doidinha. Ficarei aqui mais um dia, só mais um, depois volto para a garagem. Volto para os carros esmagados, as migalhas mofadas e os cadáveres fedidos.

A porta do restaurante se abre e de lá saem dois homens, um atrás do outro. O da frente é Richie. Ainda encapuzado. Fico me perguntando qual é a desse capuz. Por que será que ele nunca o tira? Pelo que vejo, ele parece mais cruel do que nunca. O outro eu nunca vi.

É mais alto que Richie, tem ombros largos e o rosto quadrado e grande. Enquanto todos parecem cansados e esfarrapados, ele parece ter acabado de sair do banho, com seus cabelos pretos lambidos para trás. Está de camisa branca, calça social bege e uma jaqueta azul, dessas de time esportivo. Tem alguma logomarca no casaco, talvez seja algum tipo de uniforme. Ele poderia ser ator de novela ou o ex-presidiário que vendeu a porcaria do Nova para minha mãe. Seja lá quem for, quando ele entrou no saguão principal do hotel, ficou tudo tão silencioso que daria para ouvir a respiração de um ratinho que estivesse por ali. Levanta o braço e diz:

— Peço desculpas, mas alguns eventos indesejados me obrigam a interromper o silêncio do dia. Fui informado do roubo de duas garrafas de álcool medicinal e algumas aspirinas que estavam com meu pessoal. Isso me deixa sinceramente decepcionado, porque o material estava sendo usado para melhorar o conforto dos hóspedes em necessidade. Quando alguém rouba de um de nós, rouba de todos nós.

Enquanto fala, ele anda vagarosamente em círculos, parando para olhar para os rostos das pessoas, como se estivesse em um museu de cera e todos fossem estátuas. Às vezes ele ri, às vezes não. Uma ou outra vez, quando a jaqueta ficou folgada, consegui ver algo marrom debaixo de seu braço. Acho que pode ser uma arma no coldre.

— Só há uma pessoa encarregada de decidir o que cada um recebe e quando. E essa pessoa sou eu. Não há *qualquer exceção* para essa regra.

A voz dele se eleva de tal forma que me assusta. Sem querer, esbarro no olho com o curativo e imediatamente sinto uma onda de dor alucinante. Meu olho bom lacrimeja.

O homem respira profundamente e continua:

— Na condição de diretor de segurança deste hotel, é minha obrigação manter a ordem e a segurança. Temos de encontrar o ladrão e resolver rapidamente esse problema. Ofereço uma garrafa de água e cinco cigarros a quem entregar o ladrão. A cooperação de vocês será totalmente confidencial. Se eu não obtiver uma resposta a esse mesmo horário no dia de amanhã, pularemos um dia de água, o que tenho certeza de que seria muito ruim para o pessoal do décimo andar. Se eu não tiver uma resposta em dois dias, bom, não queremos que isso aconteça, não é, sr. Smith? — E se vira para Richie.

— Claro que não, dr. Hendricks. Certamente não queremos — diz, com um sorrisinho malicioso.

— Ótimo. Então, se me permitem, tenho de voltar aos meus compromissos. A sra. Solomon está com problemas nos tornozelos.

O dr. Hendricks levanta o braço e acena para as pessoas, como se estivesse tudo bem, mas todos sabem que não está. Vejo novamente algo marrom: definitivamente é uma arma no coldre. Ele entra no restaurante e fecha a porta.

Leva alguns instantes até que as pessoas voltem a respirar ali, e mais alguns minutos para que comecem a sussurrar uns com os outros, em grupos de dois ou três, balançando a cabeça. Richie e o Marretador voltam a seus postos. Bem diante de mim, uma fila se forma. Antes eles conversavam, agora todos apenas olham para a frente, paralisados e em silêncio.

Olho através das janelas do saguão. É um dia ensolarado.

Ninguém além de mim parece perceber: a neblina se foi.

RESPOSTA FINAL

Estou a postos em frente à janela da sala, binóculo em mãos, esperando Amanda dar o ar de sua graça. Estou como o Dutch antigamente. Ele ficava bem aqui esperando por mim na volta da escola, descansando o focinho no parapeito da janela. Ainda há uma mancha de baba na madeira que não saiu até hoje. Sou patético, eu sei, mas o que posso dizer a meu favor? Aqui não é o lugar mais animado do mundo. Já chequei a despensa, e as latas voltaram às posições originais, a não ser pelo milho e a alcachofra em conserva que comemos de café da manhã.

Um pensamento me vem à cabeça e não é a primeira vez que ele me ocorre: Por que a bicicleta ainda está ali?

Quer dizer, o comandante das Pérolas levou tudo: carros, caminhonetes, aviões, tudo. Mas a bicicleta continua lá. Será um lembrete, para garantir que eu não esqueça quem é que manda aqui? Se for, é um golpe de mestre, está funcionando muito bem. Não consigo olhar para lá sem ver Jamie desaparecendo, bem diante dos meus olhos, a menos de dez passos de distância, quando aquele par de braços peludos não me deixou ajudá-la. Por causa desses braços, não paro de vê-la, seus olhos arregalados num misto de medo e esperança e...

— Quer jogar palavras cruzadas?

E por falar no Monstro das Pérolas... lá vem ele, entrando na sala com passos barulhentos.

Torturá-lo ganhando dele com palavras complicadas é divertido, mas não está na minha lista de preferências agora. Tenho coisas melhores a fazer; por exemplo, ficar olhando o fim da nossa rua, a bicicleta que continua por lá, as Pérolas da Morte que não se mexem e nunca dormem, a garota que deveria estar à janela, mas não está... Por isso, em vez de dizer "sim", abaixo o binóculo e pergunto:

— O que faremos quando nossa comida acabar?

— Uau! Por essa eu não esperava. — Ele se senta no chão me encarando, depois se inclina para trás e se apoia sobre os cotovelos.

— Mas e aí? Qual é o seu plano?

— É uma pergunta complicada.

— Não é, não. Ou você tem um plano ou não tem. E você sempre tem um plano.

— Tudo bem, é verdade, eu tenho um plano. Mas falta... aperfeiçoá-lo. Melhor não falarmos disso agora.

— Prefere jogar palavras cruzadas?

— Prefiro.

— Do que falar sobre o futuro?

— Palavras cruzadas são mais divertidas.

— Aí está você de novo, pai, fugindo da dura realidade da vida.

Ele sorri.

— Quer saber o que eu acho? — pergunto.

— Sempre.

— Eu acho que só temos duas opções.

Em resposta à minha frase, ele balança a cabeça em silêncio. *Odeio* quando faz isso.

— Opção 1: morremos de fome — digo. — Opção 2: somos deletados.

— O que você prefere?

— Uma pergunta antes: Morrer de fome dói?

— Por um tempo, sim. Mas ouvi dizer que, depois de certo ponto, os órgãos encerram as atividades e não se sente mais dor. É pacífico.

— Como um afogamento?

— Em uma visão romântica, sim.

Ele estava sentado e agora se inclina mais, deitando com a cabeça escorada nos dedos e olhando para o teto. Temos uma bela coleção de teias de aranha ali. Como agora meu pai as viu, acredito que amanhã já não as teremos mais. Nesse momento, enquanto deveria estar contemplando as implicações morais da escolha entre morrer pela ação de uma Pérola ou da inanição, percebo que não sei nem que dia é hoje. Segunda, quarta, domingo? E mais uma vez: que diferença faz? O tempo já não é mais medido nessas unidades, é apenas um espaço indefinido entre se levantar e ir dormir. Mais cedo ou mais tarde isso não vai ter nenhuma importância porque...

— E então...?

— Ahn... deletado. É definitivamente o melhor jeito de partir.

— Resposta final?

Parece que ele estava esperando que eu escolhesse a Opção 1 e eu escolhi a 2.

— Deletado. Resposta final.

— Por quê?

— É bem rápido, provavelmente sem dor e talvez não sejamos realmente mortos, de repente os raios nos levem a algum lugar.

— Tipo o céu?

— Não descarto a possibilidade, mas pode ser outro lugar, outro planeta, por exemplo, ou outra dimensão, como um jardim florido onde borboletas cantarolantes pousem nas costas de unicórnios.

— Também pode ser um lugar em que você seja forçado a trabalhar nas minas alienígenas debaixo da terra de algum asteroide árido, cavando com os próprios dedos cheios de bolhas em busca de combustível tóxico. Ou talvez fique em alguma baia para ser alimentado como as vacas que vimos em Seattle.

Ninguém é tão estraga-prazeres quanto meu pai.

— Pode ser... mas eu ainda prefiro a ideia da porcaria dos unicórnios.

Ele se levanta. Sempre que digo "porcaria", ele sai de onde estamos. A palavra, para ele, é equivalente a um peido. Decido encerrar o assunto, perguntando:

— O que você escolheria?

Ele coça os pelos do rosto e diz:

— Deixo minha resposta para depois. Pode haver outras opções.

— Evitando a realidade de novo?

— É a minha prerrogativa, como líder, já que sou o mais velho.

— Bom, é melhor você pensar rápido, porque os feijões estão acabando — digo, pegando o binóculo e me virando para a janela.

• • •

Mais tarde naquela noite um vento uivante começou a soprar. Isso parece estar acontecendo com muita frequência, bem mais do que na época pPDMs. Hoje aconteceu logo depois de eu ir para a cama, balançando a janela e me tirando de um sono profundo e sem sonhos. Tento voltar para aquele lugar, aquele vazio que faz bem, mas não consigo. Estou com sede, preciso beber água. Só um golinho, algo que me ajude a desgrudar minha língua do céu da boca. Meu pai não vai saber. Escorrego para fora da cama. O Dutch balança o rabo para lá e para cá e volta a dormir.

Enquanto tateio no escuro e começo a descer as escadas, percebo uma luz trêmula lá embaixo. Será que alguém se esqueceu de apagar uma vela?

O Chefe dos Bombeiros chamado Papai não aprovaria isso! Desço mais alguns degraus e ouço um som, ritmado, constante, misturado com certa respiração ofegante. Será que é *ele*?

Estou no pé da escada, já no carpete e sigo até a cozinha. Da entrada dá para ver a porta dos fundos. Pelo vidro, vejo o reflexo do meu pai. Está na cozinha, com uma vela acesa a seu lado, em cima do balcão. Há uma lata branca de spray e algo que parece um copo de água. Ele esfrega o balcão com um pano esfarrapado em movimentos lentos, círculos meticulosos. Está bem inclinado para a frente, concentrado, como se ali houvesse alguma mancha que não sai. Depois de algum tempo, ele pega o spray, aciona o jato algumas vezes em outro ponto e volta ao trabalho. Depois pega uma colher, afunda no copo e a passa no lugar em que jogou o spray. Esfrega com um pano diferente. Pega, então, a lata do spray, mexendo-a um pouco para a direita...

Já vi o suficiente. Viro as costas e subo de volta para o meu quarto.

De porta fechada, completamente envolvido pela escuridão, contemplo esse novo rasgo no tecido da minha vida. E o Dutch começa a lamber suas bolas. Perfeito.

Mulheres sussurrando

Acho que meu olho infeccionou. Antes ficava dolorido quando eu tocava nele, mas agora é uma dor palpitante e persistente que nunca passa. Também sinto uma dor de cabeça chegando. Não dá mais para eu continuar com esse negócio de ficar espiando da escada. Tenho que encontrar Cassie antes que seja tarde demais, para ela e para mim. Posso fazer isso de dois jeitos. Um é ir direto até Richie e dizer a ele que entrego a arma se ele me devolver Cassie. O segundo é bem mais difícil e começo a suar só de pensar nele; mas, se significa evitar Richie e o dr. Hendricks, então estou disposta a tentar.

Fecho a escada e a devolvo àquela primeira salinha de equipamentos. Foi onde dormi nas duas últimas noites. Estava um frio congelante, mas graças a Deus quem trabalhava lá antes deixou um casaco para trás, então eu não precisei voltar para os carros. Na segunda noite eu fiquei com medo porque ouvi barulhos e estava muito escuro, mais escuro até do que o porta-malas do Volvo, então cedi e usei um dos bastões de iluminação. Ele apagou essa manhã. Agora só restam mais três. Foi burrice da minha parte.

Enquanto caminho, vou contando as portas e penso sobre os fatos. Vi três guardas: Richie, o Marretador e o Barba Negra. Os três têm armas. Eles se revezam para tomar conta das portas, mesmo à noite, quando todo mundo está dormindo. Não sei bem o que eles estão guardando nem por quê; afinal, ninguém usa a porta principal — as bolas espaciais garantem que ninguém saia ou entre por ali. A porta verde que dá para a garagem só é aberta quando alguém pega um balde para usar o esgoto. E a única saída que conheço além dessas duas é a que uso, minha entrada secreta, a salinha de equipamentos.

Há uma porta que leva até a escada que sobe para o décimo andar. Não consigo vê-la pelo buraco de ventilação, mas eu a ouço abrir e fechar o dia todo. Não acho que tenha alguém guardando essa porta, mas há pelo menos mais três outros guardas no décimo andar. Já ouvi Richie falar de "Jamie, Myles e aquele russo imprestável." Também já vi o Marretador subir lá. Então, são seis no total, além do dr. Hendricks.

Chego à sétima porta da esquerda e a empurro para abrir. A fita ainda está na lingueta da fechadura. Deslizo para dentro da salinha, fecho a porta atrás de mim e caminho em direção à outra, que dá acesso à garagem, abrindo apenas uma fresta. Há pouca luz lá fora, mas é o suficiente para eu enxergar o que estou fazendo.

Tiro da mochila as ferramentas de que preciso e as coloco no bolso: canivete quebrado, spray de pimenta, espelho de maquiagem, arame, fita adesiva, chave de fenda, barrinhas de cereal e os três bastões de iluminação que ainda tenho. Guardo o saquinho de erva na gaveta do meio de uma mesinha e escondo a mochila dentro de um balde. Com os bolsos estufados, subo a escada até o buraco de ventilação do ar-condicionado e uso minha chave de fenda para soltar os parafusos. Tiro a grade, liberando a passagem, que é bem estreita. Mas, sem a mochila, vou dar um jeito.

Eu me arrasto como uma minhoca.

Logo, todos os filmes de terror que já vi invadem a minha mente. Acendo um bastão de iluminação e o seguro entre os dentes, enquanto sigo me arrastando com a barriga virada para baixo e os braços esticados para a frente. O túnel é pequeno, empoeirado e feito de metal, e faz eco quando bato com a cabeça no teto, o que acontece a cada cinco segundos. Teias de aranha grudam no meu rosto, nos meus cabelos, nos meus lábios e umas coisas marrons nojentas são esmagadas debaixo dos meus cotovelos. Tenho quase certeza de que é cocô de rato.

E essa não é a pior parte. Enquanto me esforço para seguir caminho por esse túnel estreito, com desvios que vão dar em lugares escuros e medonhos, me dou conta de que não há espaço suficiente para me virar e voltar. Quando quiser retornar, terei que engatinhar de costas, o que significa que não conseguirei ver para onde estarei indo. Se acabar a luz do bastão e eu me perder, com certeza vou virar comida de aranha. A próxima pessoa que se aventurasse por esses túneis (como se isso fosse acontecer algum dia!) encontraria o esqueleto ressequido de uma menina de 12 anos com um bastãozinho de plástico fincado entre os dentes e um curativo em volta do buraco vazio do olho.

Viro primeiro em um entroncamento em forma de T, que leva ou para esquerda ou para a direita. Escolho a direita, porque acredito que estou em cima do saguão e aquela parece a direção da porta de onde observei tudo antes. Esse provavelmente seria o melhor lugar por onde começar. Mas, antes de virar, tenho uma ideia. Pego um pedaço de fita adesiva e marco o corredor em que estou com um V. Com essas marcas e a trilha que devo estar deixando na poeira, devo conseguir encontrar meu caminho de volta para a salinha de equipamentos.

Faço duas curvas erradas, que me levam a quartos escuros e silenciosos. Fico esperando e tentando ouvir, mas nada parece acontecer, então engatinho para trás, encontro as marcações nos entroncamentos e pego o outro caminho seguindo pelo túnel que batizei de LTT, ou seja, Longo Túnel da Tortura. Chego a um novo cruzamento e escolho a esquerda. Há uma luz no fim desse caminho. Tenho que atravessar uma imensa teia de aranha para ver o que tem lá.

É o saguão principal do hotel, mas dessa vez estou no nível do chão, de cara para uma parede com pinturas e espelhos. O balcão está à minha direita e não à minha frente, como antes. Tem uma planta tampando a saída de ventilação, então não consigo enxergar direito, mas dá para ver o suficiente. É bom respirar um ar que não está infestado do cheiro de cocô de rato e olhar para um espaço aberto. Dou uma mordiscada em uma barrinha de cereal e me preparo para uma longa tarde de observação. Sorrio ao pensar que, pelo menos, agora sei como é ser um ratinho atrás das paredes.

Algumas pessoas passam por ali, mas só de vez em quando, e consigo apenas ouvir alguns pedaços de conversa quando passam. Leva décadas, mas consigo descobrir algumas coisas.

Duas mulheres estão bravas porque hoje seria dia de distribuição de água, mas, graças ao ladrão, ninguém recebeu nada.

— Quanto mais tempo demorar, pior será para todos nós — diz a segunda.

— Já me hospedei nesse hotel antes, e o sr. Hendricks era gentil naquela época — responde a primeira. — Mas o poder lhe subiu à cabeça. Nunca se sabe quando esses seguranças ex-policiais vão perder a paciência. É melhor encontrarem logo esse tal ladrão.

Uma adolescente diz a uma amiga que o pior de tudo aquilo é que ela ainda se acha gorda. E a amiga responde:

— Tipo, essas são, sem dúvida, as piores férias, tipo, da minha vida.

Uma mulher de bengala diz a outra que está preocupada com seu marido porque parece estar começando um surto de gripe. Isolados no décimo andar, os homens estão morrendo. A outra mulher, que é bem mais nova, diz ter ouvido falar que os seguranças jogaram dois corpos pela janela ontem à noite. Um deles ainda estava respirando.

Assistir a tudo isso deitada sobre minha barriga me deixou com uma dor de cabeça monstruosa. Meus olhos estão muito pesados. Graças a Deus, estou com vontade de fazer xixi; não fosse isso eu acabaria dormindo e roncando alto à beça. Estou pensando se serei capaz de aguentar quando duas mulheres se sentam no chão, ao lado da planta. Consigo ver uma delas, é a mulher do bebê doente. Ele está dormindo em seu colo. Não consigo ver a segunda porque a planta está na frente, só enxergo seus pés, mas reconheço sua voz quando ela sussurra:

— Mary, pode confiar em mim para o que for.

É tia Janet.

— É a mim que procuram — diz Mary.

— *Você?* Como?

— Um dos seguranças estava na escada com a menina que trabalhava na recepção, a que tinha um piercing no nariz. Acho que ele lhe dá alguns mantimentos em troca de você-sabe-o-quê. Bom, eles estavam atrás das escadas transando loucamente. Eu vi que ele tinha tirado as calças, que estavam no chão, então abri a porta sem fazer barulho, fui devagarzinho até os bolsos e encontrei um potinho de aspirinas e duas garrafinhas de bebida alcoólica.

— Que bebida?

— Vodca e uísque — responde Mary.

— Quem era o segurança?

— O que tem o canivete e fica o tempo todo contando às pessoas que mantém um gatinho dentro de uma caixa e como ele vai fatiar o gato e colocar seus pedaços na nossa sopa.

— Foi o que fez você ir para o fim da fila, não é? — pergunta tia Janet.

Mary faz que sim com a cabeça.

— Entre todos os seguranças, você tinha que arrumar confusão logo com esse.

— Pois é, não sei o que fazer.

— Você contou a mais alguém? — perguntou tia Janet.

— Só para você.

— Nem mesmo para o seu marido?

— Não fui ver meu marido porque não quero que o dr. Hendricks desconte nele, caso descubram que fui eu.

Tia Janet responde que isso poderia mesmo acontecer. Depois pergunta pelo neném.

— Acho que Lewis está com otite — responde Mary. — Esmigalhei um pouco de aspirina e misturei com água. Parece que fez efeito na febre, mas foi por pouco tempo. Ele precisa mesmo é de antibiótico. Seis meses atrás, ele quase morreu com uma infecção de ouvido.

— Você chegou a pedir o remédio ao dr. Hendricks?

— Fiquei quase o dia inteiro naquela fila horrível, eu podia sentir Lewis queimando nos meus braços e o segurança nem me deu ouvidos. E, quando cheguei ao dr. Hendricks, ele também não deu a mínima. Disse que bebês doentes não são prioridade. Disse para eu trocar parte do que recebo de mantimentos por remédio, caso alguém tivesse, e me mandou sair. Oito horas na fila para ser atendida em trinta segundos.

— O dr. Hendricks assumiu o controle de uma situação perigosa. Alguém tinha que controlar a distribuição da comida, mas separar os homens das mulheres e a forma como usa aquele segurança perverso, o sr. Smith... Acho que ele passou dos limites e não tem como voltar atrás.

— Mas então o que devo fazer? — pergunta Mary.

Duas mulheres passam em direção à área dos baldes. Tia Janet comenta em voz alta alguma coisa sobre como a sopa estava nojenta. Mas, logo que as mulheres passam, volta a sussurrar:

— Você ainda está com a vodca?

— Estou.

— Tudo bem. Quero que você vá amanhã falar com o segurança grandalhão, aquele do rabo de cavalo; acho que ele é o mais simpático de todos. Diga a ele que você sabe quem é o ladrão e que você quer ver o dr. Hendricks imediatamente.

Mary tenta discutir, mas tia Janet a interrompe.

— Diga ao dr. Hendricks que você sentiu hálito de álcool em mim e que me viu tirando remédios de um pote.

Mary começa a chorar, tenta falar alguma coisa, mas não consegue. Tia Janet lhe diz para respirar fundo, que ficará tudo bem, que ela vai conseguir fazer isso. Leva um tempo, mas Mary se recompõe e pergunta:

— O que você vai fazer?

— Vou pensar em algo. Quem sabe, talvez eu seja como o gato na caixa, talvez eu também tenha sete vidas. Agora, rápido, antes que alguém veja, me dê a garrafa de vodca e algumas aspirinas.

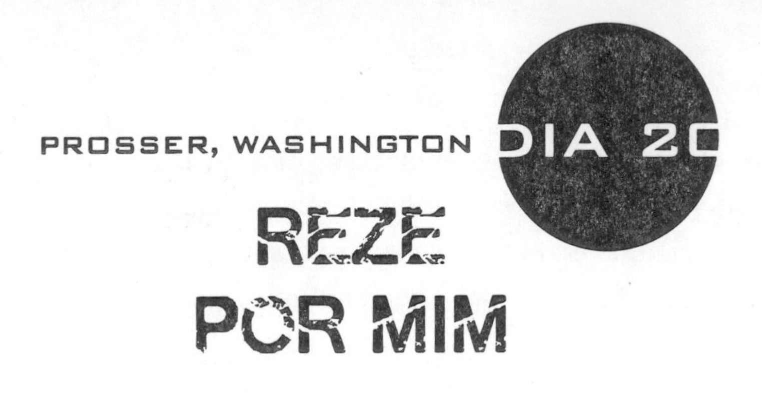

Estou no meu quarto tendo uma "conversa" com o Dutch, perguntando a ele o que devo fazer em relação a Lynn, a menina com quem eu saía na época pPDMs, e essa outra garota, Amanda, que mora no prédio do outro lado da rua e andou me jogando uns beijos, mas parece que está fazendo jogo duro. O Dutch diz: "Cara, qual é o seu problema?" Eu pergunto se deveria me sentir culpado por Amanda estar tirando Lynn do meu pensamento. E o Dutch responde: "Mas você não vai casar com ela, nem nada, ué. Foram só uns beijinhos inofensivos que ela jogou para você. Está tudo bem, cara, vai nessa. Eu iria."

É incrível como o Dutch fala como o Alex.

Sei que isso é um atestado de insanidade, pedir dicas de relacionamento a um lambedor de bolas, mas não estou mais maluco do que o outro ator dessa peça que estamos vivendo. Agora percebo cada coisinha que meu pai faz. Por exemplo, se houver um fiapo de linha azul no tapete na sala, em algumas horas não estará mais lá. Ou as teias de aranha no teto: estavam ali um dia e no outro não estavam mais. Nunca o vejo fazendo essas coisas, o que significa que ele limpa e arruma tudo quando estou dormindo ou não estou vendo. Ficar acordado até tarde para esfregar o balcão da cozinha está acabando com ele. Já perdeu uns três quilos e está com os olhos cansados. Se ele está tentando ficar com a aparência de um prisioneiro de guerra, missão maluca cumprida.

Outra coisa que me deixa louco são meus vícios que não me largam. Como abrir a geladeira e ficar de pé na frente dela, como se um sanduíche de atum fosse aparecer do nada miraculosamente. Quando entro no quarto de noite, minhas mãos vão direto para o interruptor; e ainda olho para o relógio do micro-ondas quando quero saber as horas. Mas o pior de tudo é o meu iPod — a ânsia por usá-lo deve ser pior do que síndrome de abstinência de cocaína.

Era nesse campo minado mental que eu estava cambaleando quando sinto o cheiro.

Fumaça.

• • •

Sem dúvidas, tem alguma coisa pegando fogo lá embaixo. Desço as escadas correndo e o cheiro fica pior. De onde vem? Meu pai está olhando pela janela da sala. Seu rosto tem um brilho laranja esquisito.

Ele se vira para mim e diz:

— Está feia a coisa, Josh.

Corro até a janela e olho para o outro lado da rua. Uma coluna de fumaça negra sobe dos apartamentos, rodopiando. É tão grossa que nem dá para ver as Pérolas girando sobre os prédios. Chamas alaranjadas saem das janelas do segundo andar, e algumas partes do telhado também estão com o mesmo brilho doentio. Uma janela do quarto andar é quebrada. A mulher que dançava põe a cabeça para fora, saindo de um mar de fumaça e começa a gritar. Pego o binóculo, sinto minha cabeça latejando e procuro por Amanda no meio de todo aquele negrume. Tudo o que vejo é um pedaço do papel preso com fita na janela com as palavras: *Reze p mim, Josh. Bjs.*

O binóculo cai das minhas mãos. Sinto um gosto amargo de bile subir pela minha garganta. A porta do primeiro andar se abre, e duas pessoas saem. Um homem, depois uma mulher carregando uma criança. São apagados antes mesmo de chegarem à calçada. A dançarina pula pela janela e desaparece antes de atingir o chão.

— Melhor a gente não ver isso — diz meu pai, com a mão no meu ombro, e a voz engasgada e áspera.

Eu afasto sua mão:

— Temos que fazer alguma coisa.

— Não podemos fazer nada.

— Eu não posso simplesmente ficar aqui parado — digo, levantando e indo em direção à porta. — Não posso fazer isso de novo.

Meu pai se coloca entre mim e a porta, e diz:

— Não temos escolha, Josh.

As labaredas são como línguas pretas e cor-de-laranja furiosas, subindo uns dez metros acima do telhado. Sinto o calor e o cheiro da fumaça daqui. Os gritos são como punhaladas cortando meu peito.

— Saia da minha frente.

Meu pai me encara com olhos firmes por trás dos óculos e balança a cabeça.

— Saia da minha frente! — grito, deixando claro que vou passar por aquela porta custe o que custar.

Meu pai dá um passo para trás e encosta na porta. Em seguida se agacha um pouco, com as mãos para a frente, como o atleta de luta greco-romana que era na juventude. A diferença é que agora ele está careca, com cinquenta e tantos anos, uma barriguinha flácida e um ombro ruim. Além de um marca-passo que não funciona. Sou mais alto que ele e bem mais rápido. E sou faixa marrom de caratê. Se fosse em outra época, eu estaria rindo.

— É muito cedo para tomar essa decisão.

— Que decisão?

— Viver ou morrer.

— Que diferença faz? — digo, caminhando na sua direção. Ele fica alerta. — Vamos morrer de um jeito ou de outro quando a comida acabar, então é melhor fazer a morte valer a pena.

— Ainda há muito o que viver.

— Com o quê? Leite em pó? — Continuo a caminhar devagar e firme, faltam só mais alguns passos...

— As Pérolas da Morte podem ir embora, elas podem ser abatidas, podem... podem...

Eu agarro seu pulso esquerdo e dou um puxão para baixo com força. Ele fica com os olhos esbugalhados, como se não acreditasse no que estou fazendo. Meu pai se desequilibra, vai caindo e girando para longe da porta. Eu o empurro contra a parede, na qual ele bate com as costas, soltando um grunhido. Eu alcanço a porta e giro a primeira tranca, depois a fechadura. Dedos desesperados alcançam meus ombros. Meu pai diz *Não, não, não. Você não pode fazer isso, não faça...*

Para mim, são palavras vazias, mas ele não me larga, envolve os braços na minha cintura, prendendo uma mão na outra, como num golpe de luta greco-romana. Ele me segura como fez quando me impediu de alcançar Jamie. Só que dessa vez não vai funcionar. Tento girar a maçaneta, mas ele está me puxando com muita força e minhas mãos escorregam; mas, de repente, a maçaneta gira. A porta começa a abrir, revelando chamas e fumaça negra do outro lado da rua, agora com o dobro do tamanho, enquanto nós dois caímos de costas no chão.

Eu o empurro, tentando me alavancar para ficar de pé. Meu pai está surpreendentemente molenga e não oferece resistência. Em dois segundos estou diante da porta. Sinto o calor. A fumaça tem um cheiro de cabelos queimados que me enjoa. Está mais do que na hora de tudo isso acabar.

Ouço um som borbulhante e áspero atrás de mim. Viro para dizer tchau.

Meu pai está no chão, se debatendo na tentativa de levantar, com os olhos vidrados, como uma presa que acabou de ser atingida por uma flechada nas costelas, mas não consegue ver a flecha. Um braço está esticado, e o outro, dobrado, com a mão meio fechada sobre o peito. Seu rosto está empalidecendo.

Sem pensar, sei de imediato o que fazer. Eu e mamãe já ensaiamos isso com meu pai – duas vezes. Eu me ajoelho a seu lado, checo a respiração. Fraca, mas ainda existe. Ok. Procuro seu pulso. Fraco, irregular. Pelo menos não precisa de reanimação – ainda não. Tenho o impulso louco de abrir o celular e ligar para a emergência.

– Pai, você está me ouvindo? – pergunto com voz alta e firme.

Seus olhos estão abertos. Estão nervosos, como se ele não soubesse onde focar.

– Pai, onde estão seus remédios?

Ele não responde.

– Pai! Seus remédios! Onde estão?

Ele sussurra:

– Perto... da pia... banheiro.

Eu tiro minha camisa e a coloco debaixo de sua cabeça. Corro lá para cima, pulando os degraus de três em três, entro às pressas no banheiro e encontro o potinho marrom com um coração vermelho grande no rótulo.

Quando chego lá embaixo, ele ainda está no chão. Tomo seu pulso, fraquíssimo, mas resistindo.

Atrás dele, além da porta, as chamas estão furiosas; mas, graças a Deus, a gritaria parou.

Eu fecho a porta e me ajoelho perto dele.

– Quantos?

Abro o pote.

– Dois.

Tiro dois comprimidos e os coloco em sua mão.

— Precisa de água?

— Não.

Ele engole os comprimidos. Eu o vejo inspirar profundamente e fechar os olhos. Passa-se um minuto. O rosto volta a ter um pouco de cor. Ele começa a se sentar. Eu o ajudo a se encostar na parede.

— Como você está se sentindo?

Ele sorri e responde:

— Como aquele cara do filme *Alien*, quando aquela criatura que fura o peito...

— Podemos não falar de *aliens* por ora? — Também rio.

— Boa ideia.

— Devo verificar seu pulso de novo?

Ele confirma com a cabeça. Eu pego sua mão.

Uma explosão estoura a vidraça da nossa sala de estar. A porta se abre, revelando uma esfera fumegante de laranja e preto. O prédio inteiro do outro lado da rua está começando a despencar, o telhado está desmoronando. Há destroços em brasas caindo no meio da rua. Se avançarem mais dez metros, caem em nosso telhado. Sinto outra onda de enjoo. Alex mora ali perto, e eu não consigo ver sua casa, mas tenho certeza de estar vendo outra grande onda de fumaça.

Estou de joelhos ao lado de meu pai, que agora tem os olhos bem abertos e balança a cabeça.

— Não se preocupe — digo eu, com um caos de barulho e calor às minhas costas. — Acabou. Estou... estou bem.

Eu me levanto para fechar a porta e vejo algo no tapete da sala, debaixo do vidro quebrado. Eu espano o vidro, tiro aquilo dali e o levo para a porta. Penso em Amanda e seu cartaz: *Reze p mim, Josh.* Penso em todas aquelas pessoas que não tinham para onde ir e em Jamie correndo na minha direção. A bicicleta e os jornais ainda estão lá — lembretes constantes do que eu não pude fazer, do que eu não fiz.

Jogo o binóculo naquele vazio, para bem longe de mim. Ele cai no fim da entrada da garagem da nossa casa, ainda arrasta no chão, depois para.

Penso no comandante da Pérola lá em cima, se divertindo com o churrasco.

— Vai para o inferno — murmuro.

E fecho a porta.

LOS ANGELES, CALIFÓRNIA 

Poodles e fita adesiva

Não dá mais para avançar. O último bastãozinho de luz está quase apagando, e as teias de aranha colam nos meus cabelos como se fossem um capacete. Meus cotovelos estão com bolhas e preciso fazer xixi. Se eu ficar mais sessenta segundos nesse buraco de minhoca, vou gritar até minha cabeça explodir. Há uma luzinha fraca e amarela vindo de um túnel à esquerda. É para lá que eu vou, seja lá como for.

Engatinho para mais perto da luz e há vozes ali. Dois homens. Um ri. Estou quase dobrando no túnel lateral e vejo a tampa que fecha o buraco de ventilação menos de um metro e meio a frente. Vem um cheiro quentinho e suculento de carne, talvez de sopa. Será a cozinha? Será que finalmente estou com sorte? Se sim, Cassie deve estar por perto.

— Saia da frente, você está tapando a luz — diz uma voz.

Tenho certeza de que é o poderoso chefão, o dr. Hendricks.

— Só precisa de um pouquinho de tempero especial — responde a outra voz.

E entendo que minha sorte virou azar: era Richie.

— Que tal um tanto disso aqui? — continua o homem do capuz.

Ouço um miado alto e desesperado, que enche minha cabeça.

Engatinho o mais rápido que posso até o fim do túnel de ventilação. Chego o mais perto possível sem abrir a tampa. O miado continua. Vem da minha esquerda. Seja lá o que ele está fazendo com Cassie, ela está odiando.

— Tira esse bicho daí. Você está deixando cair pelos no meu ensopado — responde o dr. Hendricks.

— Ah, mas acho que ela gosta do vaporzinho...

— Eu posso odiar gatos, mas nunca tive vontade de torturar um.

O som agonizante para.

— Você volta para a caixa — diz Richie. E em seguida: — Mas, então, como você chama esse co-zido?

— Sopa de macarrão, poodle e legumes com vodca.

— É o poodle que o Manny pegou?

— É, misturado com outras raças.

— Bem que poderia ser uma mistura com chihuahua. Sinto falta de comida mexicana.

Colo o rosto na tampa da ventilação e tento olhar em volta. Na parede do outro lado vejo prateleiras com potes, panelas e travessas. Também tem uma pia de alumínio bem grande e, perto dela, uma pilha de caixas. À direita, mais adiante, há uma porta dupla, parece ser daquelas de vaivém, que abrem para os dois lados. É difícil ver o que há perto da parede em que estou. A ventilação deve ser perto de uma mesa ou escrivaninha, porque parece que tem alguma coisa no meio do caminho, o que pode ser bom. Quer dizer, significa que, se eu for cuidadosa, talvez consiga sair desse buraco sem que me vejam.

— E como anda nosso pirata fujão? — pergunta dr. Hendricks.

— Não tive mais notícias...

— Não? Já se passaram três dias.

— Mas ele vai aparecer.

— Acho que você superestima os sentimentos dele pelo gato.

— Ele adora gatos. Escreveu isso no diário. Aliás, o nome dela é Missie, Callie, alguma coisa assim.

— Bom, então você está subestimando sua inteligência.

— Nada, ele não é esperto, só é sortudo.

Ouvi o som de algo sendo sugado e Hendricks disse:

— Passa o sal. — Depois de um tempo: — Mas é que o seu plano tem uma falha, entende? Uma falha tão grande que dava para passar um caminhão no meio dela. Se eu estivesse no lugar do pirata, eu gostaria mais da arma do que do gato.

Forço meu rosto mais um pouquinho contra a tampa do buraco de ventilação. Os parafusos de cima estão bem apertados.

— Talvez ele esteja sem munição. Ele atirou em mim e no Machado, não é? Deve ter sido o quê? Uns oito ou dez balaços. Só acertou umas janelas.

— Sorte a sua que não te acertou.

— É mermo.

— E por que você não me contou isso antes?

— Fugiu da minha mente, saca?

— Estranho que ninguém tenha ouvido os tiros.

— Coisas estranhas acontecem. Não dá para negar.

Empurro a parte inferior esquerda da tampa, que está meio frouxa. A da direita não tem nem parafuso.

— Não podemos correr o risco de um de nossos hóspedes ter uma arma, entende? Mesmo que esteja descarregada. Você já viu *Duro de Matar?*

— O melhor filme natalino de todos os tempos!

— Lembra o que acontece quando o Bruce Willis consegue uma arma?

— O elevador abre e tem um cara morto com uma marca na camisa...

— Quando ele conseguiu a arma é que começou a tirar todos, um a um, do seu caminho! A gente não quer ninguém dando uma de duro de matar para cima da gente.

O som da sopa sugada se repete.

— Ou você me traz o tal pirata ou você me traz a arma. Senão, vamos ter que tirar alguém do caminho primeiro, e o personagem mais óbvio para isso por aqui é você.

Forço mais um pouco a tampa da ventilação. O parafuso se solta e cai no chão com um estalido, rolando, girando até parar. Prendo a respiração.

— Ouviu isso? — pergunta o dr. Hendricks.

— Deve ser nossa amiguinha. Vou ver como ela está, se ela está con-fortável.

— Pega o orégano antes. É o pote verde perto do tomate.

As botas de couro de cobra se movem. Sinto cada passo como um chute na minha cabeça. Ele vai notar o parafuso. Com certeza. E não dá tempo de engatinhar para trás e fugir. Mordo o lábio e espero. As botas passam bem perto de mim, a centímetros do parafuso.

Uma porta do meu lado da parede se abre. Ouço um som abafado, como se alguém estivesse gritando com a cabeça enfiada em um travesseiro.

— Tudo certo por aqui? — pergunta Richie.

Mais do som abafado. Quem será?

— Ah, você não consegue respirar, é? E quer que eu re-tire a fita da sua boca? — Ri. — Pode esquecer, sua vaca.

A porta se fecha. As botas estalam no chão. E param diante do parafuso. Richie abaixa, pega o parafuso e olha em volta. Por um segundo, o mais longo da minha vida, ele olha direto para o buraco de ventilação. Tudo o que consigo ver dentro do capuz é uma parte dos lábios finos entre as sombras, e um olho, pequeno e escuro, que não pisca. Ele se levanta, coloca o parafuso no bolso e segue adiante.

Volta-se para Hendricks:

— Mas, então, qual o plano para ela?

— Não podemos tolerar furtos. Roubou, terá que sofrer as consequências.

Mary? Tia Janet?

— E quais são as *con*-sequências?

— Depois do almoço pensamos nisso. O poodle tem que cozinhar mais em fogo brando. Primeiro vamos dar uma olhada nos nativos, vamos ter certeza de que não estão ficando inquietos.

O dr. Hendricks e Richie passam em frente ao buraco de ventilação. A porta de vaivém abre e fecha.

Foram embora. Por enquanto.

»»»

Eu empurro a parte de cima da tampa de ventilação. Ela se abre como se tivesse uma dobradiça. Eu me arrasto para fora e fico de pé. A cozinha gira. Faz tanto tempo que não fico de pé, que minhas pernas quase falham. Levo alguns segundos — segundos que eu não tenho de sobra — para me reequilibrar. Olho em volta. Um fogão grande. Uma panela borbulhante. Três velas na bancada da cozinha. Alguns tomates pequenos, uma faca de açougueiro. Corro para os tomates, me esbaldando com um deles. O suco espoca do fruto e escorre pelo meu queixo. Eu poderia comer mais uns cem desses.

Onde está a caixa?

Vejo algumas na prateleira em cima do fogão. Mas é alta demais para eu alcançar. Mexo a prateleira e as panelas esbarram umas nas outras, fazendo barulho. E Cassie mia! Ela está lá. Procuro algo em que subir. Em um canto da cozinha: uma cadeira!

Então ouço o som abafado de novo. Ao lado do buraco de ventilação, vejo uma porta com janela. Parece um escritório, algo assim. Tem alguém lá. Minha cabeça está a mil: Cassie ou a porta? Cassie ou a porta? Não tenho tempo para pensar muito. Corro para a porta, olho pelo vidro. Está escuro, mas dá para ver uma mulher enroscada no chão, com pés e mãos atados com uma fita adesiva prateada grossa e forte. Outro pedaço cobre sua boca. Ela me vê. Arregala os olhos e começa a se debater e a grunhir.

Abro a porta, tiro o canivete meio quebrado do meu bolso e ajoelho a seu lado. Passo a lâmina na fita que enrola os pulsos. Ela tira a fita da boca enquanto eu liberto seus pés, e pergunta, ofegante:

— Quem é você?

Reconheço a voz. Tia Janet.

— Sou... sou a pirata.

Ela se levanta. É incrível. Ela é só um pouco mais alta que eu. E quase tão magra quanto eu. Começo a ter uma ideia. Cato os pedaços de fita no chão. Ela sussurra:

— Você? O pirata é uma menina? Meu Deus, você tem até um tapa-olho!

— Temos que ir — sussurro de volta.

Saímos devagar pela porta e a fechamos. Paro e presto atenção. Ouço vozes por trás da porta de vaivém. Alguém tosse. Richie diz:

— Chupa uma pastilha ou alguma coisa assim...

— Ah, claro! Onde que eu vou conseguir uma?

— Então chupa a bosta do seu dedo! Dane-se. Estou de saco cheio de você ficar tossindo seus germes na minha cara.

Meus olhos focam na caixa em cima da prateleira, onde Cassie está.

Richie diz:

— Acho que podemos carregar a ladra para o último andar, o telhado. Dar aos alienígenas uma chance de praticarem tiro ao alvo.

— O que você quer? — pergunta tia Janet.

Eu aponto para a caixa:

— Você consegue me ajudar a alcançar?

Ela me olha como se eu fosse doida.

— Hum... Cheirinho de sopa de macarrão com poodle! — diz Richie.

Ele não está a mais que alguns segundos de nós. Deixo os pedaços de fita adesiva espalhados pelo chão — eles fazem parte do meu plano de fuga — e digo baixinho a tia Janet que me siga. De joelhos, tiro novamente a tampa da ventilação e engatinho outra vez para dentro do LTT.

— Você só pode estar brincando — diz ela.

Mas ouço um grunhido atrás de mim enquanto ela se espreme para dentro do Longo Túnel da Tortura. Eu saio em disparada túnel adentro, chego à bifurcação, viro à direita. Suas mãos alcançam as solas dos meus pés.

Estamos engatinhando o mais rápido possível quando um furacão se abate sobre a cozinha. Panelas e frigideiras são reviradas, vidros são quebrados. As paredes parecem tremer, e o barulho é tão alto que ecoa no nosso buraco de minhoca. Richie berra:

— QUANTO MAIS VOCÊ SE ESCONDER, SUA VACA, PIOR VAI SER PARA VOCÊ! — E então veio outro grito: — VOCÊ COMEU TODOS OS TOMATES!

E, em algum lugar no meio daquela gritaria, estava uma caixa com uma gatinha dentro. Uma gatinha indefesa e esquelética, que ronrona até eu dormir quando estou com medo e com frio no escuro. Mas não tenho tempo de pensar nisso agora. Puxo do bolso o bastão de iluminação, com a luz já fraquinha, e o prendo entre os dentes.

Se eu mordesse só um pouquinho mais forte, eu o quebraria ao meio.

»»»

Estamos no buraco de ventilação em cima da salinha de equipamentos. É surpreendente e foi mesmo um golpe de sorte eu não ter errado o caminho voltando para cá, porque o bastão de iluminação quase acabou. Tia Janet disse que ficou impressionada com meu senso de direção. Eu mostrei minhas marcações com fita prateada, e ela ficou ainda mais admirada.

Paramos e ficamos ouvindo. A porta está trancada, e a fita que enrolei na fechadura ainda está lá, então muito dificilmente alguém entrou para sondar. A escada está onde deixei. É um pouco complicado sair do buraco porque está escuro e a cabeça sai antes dos pés, mas tia Janet segura minhas pernas enquanto escalo para fora, e, em seguida, eu seguro firme a escada para ela.

Meu plano de fuga consistia em Richie encontrar os pedaços de fita prateada perto da porta de vaivém e achar que tia Janet estava escondida em algum lugar da cozinha. Era um plano bem bobo, mas acho que ele caiu. Eu esperava que isso nos desse tempo de fugir para a garagem e de nos escondermos na minha caverna nos fundos do carro. O único furo era que eu devia estar com Cassie e não estava.

Richie não está na sala de equipamentos à nossa espera, nem atrás da porta de acesso. Ainda assim, por precaução, mantenho o spray de pimenta na mão. Esperamos um pouco na sombra debaixo da escada. A garagem parece vazia. Pode ser uma armadilha, mas eu peço a tia Janet que me siga. Meio agachadas, passamos pelo Nova, pela caminhonete grande, dobramos uma quina para chegar à rampa e seguimos para o segundo andar. Agacho de novo atrás de outro carro, olho em volta, ouço. Nada de Richie. Parece fácil demais, mas não tenho escolha. Digo a tia Janet para me esperar. Corro até o Suburban, abro o porta-malas, desgrudo o carpete, abro a porta do compartimento secreto e aceno para que ela venha. Tia Janet corre ofegando como um cachorro.

— Os pés para o fundo e o rosto para cima — digo. — Assim é mais fácil de sair.

Ela se ajeita para entrar, eu dou outra olhada em volta e fecho a porta. Escorrego para a caverna e a tranco por dentro, forçando a porta para testar se está bem fechada. Ótimo, o tapete já está no lugar certo de novo.

Gotas de luz escapam pelos buraquinhos de ar. Parecem estrelas à meia-noite. Na verdade, a luz é tão pouca que não dá para ver nada, mas só olhar para os buracos já me faz sentir bem. Nós duas estamos ofegantes, o que faz o ar ficar mais quente e pesado. Leva um tempinho até nos acomodarmos. A caverna tem altura para ficarmos de lado, mas só se apertarmos um pouco os ombros. A posição mais confortável é, definitivamente, de costas. Ficamos como sardinhas enlatadas. Mal consigo me acostumar com o fato de haver outra pessoa por perto, de eu poder conversar com alguém. Mas, por ora, nenhuma de nós duas fala.

Depois de um minuto mais ou menos, tia Janet pergunta:

— Qual é seu nome de verdade?

— Meghan. Com "h" — respondo baixinho. — Mas todo mundo me chama de Megs.

— E quantos anos você tem, Megs com "h"?

— Tenho 12, mas vou fazer 13 no dia 4 de julho.

— Você nasceu no dia da independência dos Estados Unidos? Por que isso não me surpreende?

— Mamãe diz que eu fui seus fogos de artifício.

— Onde estão seus pais?

Levo alguns segundos para encontrar uma resposta:

— Meu pai... Minha mãe acha que ele morreu. Ela deve ter razão, porque ele era viciado em drogas. Ele nos abandonou quando eu era pequena. Minha mãe saiu de carro com um cara para uma entrevista de emprego pouco antes das bolas espaciais aparecerem. Ela está viva, eu sei disso, só não sei onde.

— Onde você mora?

— Em Erie, na Pensilvânia.

— Sua mãe tinha uma entrevista de emprego às cinco da manhã?

— A gente estava sem dinheiro. Ela disse que seria um trabalho rápido e que depois teríamos dinheiro para um supercafé da manhã em algum restaurante gostoso e depois iríamos para a praia. Nunca vi o mar.

— E você está sozinha desde então?

Eu não estava sozinha, mas não tive ânimo de explicar, então não falei nada.

Tia Janet espera um instante, depois pergunta:

— O que aconteceu com seu olho?

— Eu bati a cabeça quando estava me escondendo debaixo de um carro quatro dias atrás.

— E onde você conseguiu o curativo?

— Encontrei em um kit de primeiros socorros. Está aqui atrás de mim.

— E quando foi a última vez que trocou esse esparadrapo?

— Não troquei. E está doendo à beça.

— Tenho que dar uma olhada nisso. — Ela começa a esticar o braço para abrir a porta. — Está bem inchado em volta... — Mas seguro seu braço.

— Não! — sussurro agarrando seu braço. A verdade é que eu estou com medo da dor que vou sentir só de arrancar o curativo, mas digo: — Ainda não é seguro. Ele está aí fora. Posso sentir.

Ela para, chega um pouco mais perto de mim, toca meu braço e diz:

— Você é uma menina incrível, Megs.

— Qual é o seu nome? — pergunto.

De repente, sinto um calafrio, como se meu corpo ficasse gelado de dentro para fora. Mas não fazia sentido, porque eu estava suando.

— Carrie. Com "C".

— Posso chamar você de tia Janet?

Ela ri e responde:

— Pode. Se eu puder chamá-la de Pirata.

Fica tudo em silêncio outra vez. Prefiro quando conversamos baixinho. Assim não presto atenção na minha dor de cabeça insuportável. Mas agora estou realmente sentindo frio, e meus dentes começam a bater.

— Lá na cozinha — pergunta tia Janet —, o que tinha na caixa?

Não quero falar disso, mas não consigo evitar; minha garganta aperta, como se eu fosse sufocar:

— Cassie, minha gatinha.

— Ah, não, meu Deus. Aquela era sua gata? Sinto muito, Megs.

Já estou chorando. E isso dói, mas não consigo controlar. Tia Janet me puxa para perto de si, me abraça. Ela não está cheirando bem, mas não me importo.

Então fala:

— Você salvou minha vida, Pirata. Obrigada.

— De nada — respondo engasgada, mal conseguindo pronunciar as palavras de tanto que tremo.

Mas, lá no fundo, minha mente já começa a pensar. Pensar sobre amanhã, sobre o buraco de minhoca e sobre a caixa.

— Mas, menina, você está queimando de febre! — diz tia Janet.

Em seguida, sinto como se tudo estivesse rodando e caindo em um instante, e já não estou pensando em absolutamente nada.

PROSSER, WASHINGTON

DIA 21

POR ÁGUA ABAIXO

Pego no flagra o Dutch bebendo água da banheira. Tarde demais. Ele deve ter esbarrado e tirado a tampa do ralo porque a banheira está quase vazia. Toda nossa água, nossa sobrevivência, desceu pelo cano. Era responsabilidade minha mantê-lo afastado do banheiro e não fiz isso. Estou com medo de contar ao meu pai, mas ele vai descobrir de qualquer jeito. Puxo o Dutch até o meu quarto e o deixo lá. Coloco a tampa do ralo no lugar e vou contar a ele.

— Estava assim quando cheguei — falo.

Ele está observando fixamente alguma coisa. Sigo seus olhos. Há água e baba frescas no tapete do banheiro.

— Deve ter sido um vazamento — digo.

— Deve — diz ele calmamente. E sai pela porta.

— Talvez chova.

— Talvez — repete ele.

O Dutch nos ouve e começa a latir.

Olhando para o rastro de baba e água no carpete, meu pai diz:

— Pode deixar o cachorro sair, Josh. O que está feito está feito — então segue para o quarto dele e fecha a porta.

LOS ANGELES, CALIFÓRNIA

Espelho quebrado

— Shhh! Megs, você tem que ficar quietinha, entendeu?

Uma voz murmura isso para mim no escuro. Voz de mulher. Por que ela está sussurrando? Onde estou?

— Richie está lá fora. Acho que está com alguém — continua a voz.

Minhas roupas estão ensopadas. Tem uma manta me cobrindo e também está úmida. Minha pele queima como carvão em brasa. E sinto calafrios, tremo tanto que meus ossos doem.

Há outras vozes no escuro. Estão gritando. Uma ou outra palavra chega até onde estou, mas eu não entendo. A mão quente de alguém chega aos meus cabelos e me puxa para perto.

— Eles já vão embora. Então poderemos livrar você dessas roupas molhadas — diz a voz de mulher.

Quero dizer que minha garganta dói, mas as palavras ficam presas.

Ela deve ler meus pensamentos, porque algo fresco e molhado chega aos meus lábios secos. Sugo duas vezes e ela o afasta de mim.

As vozes lá fora estão mais próximas e se misturam a um som que parece um trovão. Machucam meus ouvidos. Algo está balançando esse lugar escuro. Será o vento?...

Acabo cedendo à escuridão rodopiante dentro da minha cabeça. Ela vira uma fumaça cinza que se transforma em um homem. Eu o reconheço. Vejo seu reflexo em um espelho grande. O espelho se racha, depois se quebra em cacos. Eu me viro. Ele está na minha frente, segurando algo sobre uma panela cheia de vapor. É um bebê. Um bebê chorando.

Esse homem — eu conheço esses olhos. Primeiro penso que é Richie. Depois ele ri e começa uma contagem regressiva.

Cinco... Quatro... Três... Dois... Um...

É o dr. Hendricks.

Tento gritar, mas não consigo porque uma mão tampa minha boca. Eu tento puxá-la e arranho seus dedos, mas eles são fortes e firmes, e não saem.

— Tudo bem, tudo bem. Shhh... Shhh... Eles já estão quase indo embora, querida. Vai ficar tudo bem, shhh...

As vozes lá fora vão diminuindo, o vento para, as trovoadas se afastam. A mão já não está mais na frente da minha boca.

Alguém afaga meus cabelos. Minha mãe afaga meus cabelos.

E me deixo levar pela suavidade do sono.

ENTREGA EM CASA

Eu e meu pai não estamos nos falando. Diante da nossa situação, isso significa que não estamos falando absolutamente nada. Não é que estejamos bravos um com o outro nem nada; mas acho que, depois de todo esse tempo presos em casa, com essa ruína iminente, não temos mais assunto. O incidente da banheira foi o estopim da explosão de silêncio, mas vi meu pai coçando a orelha do Dutch hoje, então não deve estar tão chateado, não é?

Mas olha só que doideira:

Há uma hora, meu pai apareceu no meu quarto com o jogo de palavras cruzadas de tabuleiro. Ele chacoalha a caixa e aponta lá para baixo, como quem diz *Quer jogar?* Eu dou de ombros, como se dissesse *Por que não, né?*, e desço com ele até a mesa.

Dividimos as peças, decidimos quem é o primeiro a jogar e começamos, tudo no mais completo silêncio. Ele não reclama das letras que recebeu, não diz que estou roubando quando minha terceira palavra EMBOSTALHADO faz oitenta e sete pontos. É a coisa mais esquisita do mundo. Mais bizarro do que as fileiras e colunas de latas alinhadas na despensa e do que a obsessão dele em manter o balcão da cozinha imaculado e sem germes.

Tenho pelo menos cem pontos a mais do que ele quando meu braço começa a formigar outra vez. Ele escreve CECEIO e faz doze pontos. Espero pelo apagão e depois pelo clarão. Sorrio e baixo as letras para formar TREMELICAR, que pontua tão alto que tenho dificuldade para calcular a soma. Penso que vai funcionar, que vai ser a gota d'água, que depois dessa ele não vai se aguentar e dirá algo, mas é nesse momento que ouvimos alguém gritar pedindo ajuda lá fora. E só pode ser o seu Conrad.

Corremos para a sala. Cobrimos o buraco deixado pelo estouro da grande vidraça da sala com um plástico. Já não passo muito tempo por aqui. A vista é um lixo.

Meu pai escancara a janela lateral, a que dá para a casa do seu Conrad.

Eu fico de olho na porta da frente.

Meu pai chama nosso vizinho, perguntando o que está acontecendo.

Eu me pergunto onde diabos foram parar as Pérolas da Morte.

— É Elaine — diz o seu Conrad. — Ela está mal.

— O que ela tem? — pergunta meu pai.

Eu quero dizer a ele que há algo errado com as PDMs, mas ele está extremamente concentrado na conversa. Por alguns segundos, penso em sair de casa. Isso chamaria sua atenção.

— Ela está com uma dor de cabeça terrível. Tão forte que até vomitou. Vocês podem nos providenciar algum analgésico? O nosso acabou.

Consigo ver a Pérola da Morte, está um pouco mais à esquerda e bem mais acima do que antes.

— Como vamos levá-lo até você?

Enquanto eles pensam em uma solução — o seu Conrad fala sobre nos dar biscoitos em troca —, eu corro para a porta dos fundos para ver as Pérolas atrás da casa. Ainda estão lá no horizonte, mas já não há tantas. As que se movem vão para algum lugar mais alto. É impressionante observar isso, essas esferas negras imensas flutuando para cima devagar e em silêncio, como se fossem bolhas que surgem do xampu. Algumas desaparecem nas nuvens, mas a maior parte fica logo abaixo. Essa movimentação deve ter começado enquanto jogávamos palavras cruzadas, e, se não fosse pelo seu Conrad, eu teria perdido esse grande momento. O comandante das esferas, porém, ainda solta seus raios, caso algum dos detentos tenha a ideia louca de sair do cárcere.

Meu pai me chama de volta à sala. Acabou oficialmente o joguinho de quem consegue ficar mais tempo sem falar com o outro — e eu venci. Seu Conrad nos olha pela janela aberta do seu quarto. Seus cabelos grisalhos, ralos e finos, parecem fumaça, ficam soltos em chumaços na frente do rosto, que está assustadoramente cadavérico. Ele veste uma camisa jeans faltando botões, cheia de manchas escuras. Definitivamente não é mais o homem que eu conheci, robusto e vestido com todo cuidado, naquele estilo pronto-para-a-missa-de-domingo. Ele acena de maneira frágil pela janela e eu aceno de volta.

Meu pai me puxa da janela e diz num sussurro:

— Ele quer que a gente mande o Dutch com os remédios.

Parece uma ideia razoável. O Dutch gosta dos Conrad e eles gostam dele também. São eles que tomam conta do nosso cachorro quando viajamos. No verão, os Conrad o levam para passear, ou melhor, levavam antes de ficarem doentes e de o Dutch ficar com problemas no quadril.

— Ótimo. Vamos fazer isso — digo.

Eu chamo meu cachorro, que vem mancando da cozinha e se senta a nossa frente.

— E aí, Dutch? — começo eu. Ao ouvir seu nome, ele balança, batendo o rabo no chão. — Quer ser um herói?

Ele dá uma lambida no próprio focinho. Seu cérebro de cachorro deve ter percebido que vai passear e talvez ganhar algum prêmio.

— Você não fica preocupado, Josh? — pergunta meu pai.

— Por que deveria?

— E se eles ficarem com o Dutch?

— Como bicho de estimação?

— Como refeição.

— Os Conrad? Você só pode estar brincando...

Ele não diz nada, mas seus olhos dizem tudo.

Eu me lembro do apartamento em chamas, de Jamie caída atrás do carro, da minha sensação de impotência. Não quero que a sra. Conrad morra porque sou egoísta demais para conceder os serviços do meu cachorro a um vizinho.

— Essa é nossa chance de ajudar alguém. Eles não vão ficar com o Dutch — digo.

— E se ficarem?

— Não vão ficar.

Ele me encara e eu o encaro de volta. Depois de alguns segundos, ele diz:

— Tudo bem. O cachorro é seu.

Meu pai conta vinte comprimidos de analgésico e os coloca numa sacola, que eu prendo com fita adesiva na pata esquerda do Dutch. Amarramos uma corda em sua coleira para evitar que ele fuja. O comandante das PDMs está girando em sua nova posição, certamente de olho em tudo o que acontece. Olho a bicicleta e penso: *Seria tão fácil simplesmente sair pela porta e acabar com tudo isso num clarão.* Mas quero ver como esse teatrinho termina. Ser um herói. Salvar a sra. Conrad.

Abro a porta e mando o Dutch sair, seu Conrad o chama. Ele vai a passos rápidos, o rabo balançando como se antecipasse o quitute que ganharia, bem como na época pPDMs. A porta da frente se abre, e ele entra na casa.

Depois de trinta segundos, meu pai diz:

— Tem alguma coisa errada aí. Puxe a corda.

— Calma, pai. Eles estão dando alguma comidinha para ele.

— Josh, puxe a corda. Só isso.

— Ai, pai, por que você é sempre tão paranoico quando...

O Dutch aparece e começa a sair da casa, mas uma mão agarra sua coleira e o puxa de volta. Ele late.

Fico parado de pé, paralisado, sem saber o que fazer.

— Puxe essa *maldita* corda! — grita meu pai.

Consigo reagir, mas já é tarde demais. A porta se fecha. Dou dois puxões na corda, que acaba se soltando. Nós a puxamos toda de volta e examinamos a ponta. Não está esfiapada ou rasgada. Ela foi cortada mesmo.

— Eu sabia, eu sabia que isso ia acontecer — lamenta meu pai.

Tenho um pensamento bizarro: *Agora ele está falando comigo, e eu gostaria que não estivesse.*

Meu coração bate forte. A sala de estar gira. Eu me sinto tonto e irritado e mal consigo respirar. Dou um impulso em direção à porta, mas meu pai me segura por trás. Nada me importa mais. Tudo o que quero é que isso termine. Desejo o raio, o clarão, aquele microssegundo de libertação instantânea.

Jogo minha cabeça para trás. Ela bate em alguma coisa, fazendo um som surdo. Então meu pai me tira do chão, me puxando para cima, e depois me imobiliza, com as costas no piso, ele em cima de mim. Diz que está tudo bem, que não foi culpa minha. O nariz dele está sangrando. Não consigo mais ouvi-lo porque meus braços tremem e meu cérebro grita por uma liberdade que não consigo ter.

Como quando se coloca um cobertor em cima do fogo para abafá-lo, a sala se apaga.

LOS ANGELES, CALIFÓRNIA

Vozes no escuro

Richie me encontrou. Ele está entrando no meu esconderijo. Tento me esgueirar para fora, mas é difícil me mexer. Tudo está tão pesado, até mesmo o cobertor. Mal consigo levantar o braço. Em cima de mim, surge um feixe de luz, parece queimar meus olhos. Aparece também uma única mão, meio desfocada, segurando algo. Um canivete?

Eu grito.

— Shhh! — sussurra a voz.

Grito de novo.

— Megs, sou eu. Está tudo bem.

Outro braço, um ombro.

Eu tento me afastar. Meu ombro bate em algo duro. Não posso me afastar mais. Puxo o cobertor sobre minha cabeça, fecho os olhos e me enrosco como uma bolinha tiritando.

Ele vem na minha direção. Não há onde me esconder.

Então, puxa a coberta. Sua mão encosta na minha testa.

— Você ainda está quente — diz a voz. — Meu Deus, eu queria ter um termômetro. — E depois: — Ah, eu não conseguiria ler a temperatura mesmo...

Começo a entender.

Não é Richie. É outra pessoa. É outra pessoa... tia Janet.

Entre calafrios digo a ela:

— Achei, achei que você era ele. E que estava com o canivete.

— Desculpe se assustei você — diz ela.

— Onde você foi?

— Buscar mais água. Você está suando muito, precisa se hidratar para se curar dessa infecção.

— Desculpe eu ter gritado.

— Chega de papo, Pirata. Você tem que descansar. Aqui, abra a boca, tome esses remédios. — Ela coloca algo pequeno na minha boca. — E beba isso.

Encosta uma garrafa nos meus lábios. Eu bebo. É água.

— Onde você conseguiu...

— Shhh. Depois conversamos. Agora você tem que dormir.

Ela me enrola na manta e coloca o braço em volta de mim.

Meus calafrios diminuem, e paro de tremer.

Fecho os olhos.

VOLTAR AO NORMAL

Meu olho está fechado de tão inchado que ficou o lugar onde meu pai me acertou ao me puxar. Mas tudo bem. Acho que quebrei o nariz dele quando joguei minha cabeça para trás. Parece uma banana esmagada. Seu olho direito também está inchado, a ponto de seus óculos mal caberem. Ele diz que os inchaços melhorariam mais rápido se tivéssemos gelo, ou ao menos uma compressa úmida, mas isso é coisa do passado, artefatos de uma civilização antiga e já há muito inexistente. Depois do incidente com a banheira, temos vivido um sério racionamento de água. Precisamos guardar cada gota do que sobrou e o mínimo que conseguirmos tirar do aquecedor de água para beber. Engulo a seco o que ainda sobrou do analgésico. Depois disso, terei que me virar com minhas dores de cabeça. Meu pai diz que meu olho deve voltar ao normal em uma ou duas semanas.

Uma ou duas semanas – que pensamento interessante. Como estará a vida? Hum... não é tão difícil prever. É como se eu lesse um livro que tem exatamente as mesmas palavras a cada capítulo. Viro a página e leio a mesma porcaria de história. Eu poderia muito bem pular para o fim e terminar logo com isso.

E normal – que palavra interessante. Dou uma olhada na casa. A maior parte dos móveis está aos pedaços; mas, depois do incêndio no prédio ao lado, meu pai tem medo de acender a lareira. Os pedaços ficam empilhados inutilmente, então. Temos usado lençóis que retalhamos como papel higiênico. Quando terminarem os lençóis, usaremos toalhas. Papai já até cortou algumas em quadradinhos perfeitos de dez centímetros de lado. A porta da geladeira está escancarada, um lembrete silencioso do quanto estamos ferrados. Na despensa, eu não chamaria o que sobrou nem de um lanchinho. Do lado de fora da nossa casa, a pilha de lixo só aumenta. Nós simplesmente jogamos todas as latas vazias porta afora, e a parte lateral do terreno tem um respeitável monte de papel higiênico usado, lençóis cortadinhos e, nas palavras do meu pai, fezes.

De noite, acendemos velas, mas em algum momento elas também acabarão. Quando acontecer, seremos engolidos pela escuridão que já envolveu nossa vizinhança, nossas cidades, nossos estados, nosso planeta. E as Pérolas da Morte por aí, pairando sobre tudo isso. Às vezes, não consigo pensar em nada além delas. Outras vezes consigo até esquecer que elas estão lá.

A boa notícia é que já sou capaz de passar por um interruptor sem o movimento automático de esticar o braço para acender a luz.

E a má notícia?

De noite, quando eu deveria estar dormindo, eu ainda ouço o Dutch lambendo suas bolas.

LOS ANGELES, CALIFÓRNIA

Salva pela azitromialguma-coisa

Está claro lá fora, mas só um pouco. Estou sem roupa e bem enrolada na manta de cavalo no banco de trás do Suburban. Não tenho a menor ideia de durante quantos dias dormi. Um? Dois? Cinco? Pela primeira vez, meu relógio cerebral está confuso. Tia Janet me olha do banco da frente. O para-brisa dianteiro do carro parece uma grande teia de aranha de vidro trincado.

Não gosto de estar fora da caverna assim.

— Bom-dia, Pirata — diz ela.

— Bom-dia. — Esfrego os olhos e paro. Meu curativo foi trocado, o esparadrapo está novo.

— Acho que você já pode tirar isso.

Puxo o esparadrapo, feliz em ter dois olhos abertos outra vez.

— Por que não estou vestida?

— Você ensopou duas vezes suas roupas por conta do suadouro da febre. Dava até para ferver água na sua testa.

— Por que estamos do lado de fora?

— Estava muito quente dentro do esconderijo. Tive que arriscar.

— Não devemos voltar lá para dentro?

— Daqui a pouco. O interior precisa arejar mais um pouco. — Ela percebe meu olhar de preocupação. — O Cara Do Mal teve algumas noites complicadas. Ele precisará de seu sono de beleza.

O *Cara Do Mal*. Gosto disso.

— Há quanto tempo estou doente?

— Três dias. Fiquei com medo de perdê-la, até que encontrei isso. — Ela mostrou uma caixa de comprimidos de azitromialgumacoisa. — Onde você conseguiu isso?

— Os remédios para dormir? Encontrei quando eu estava procurando comida nos carros.

Algo se mexe à minha esquerda. Olho. É uma gaivota. Para na mureta de concreto da garagem, depois volta a voar.

— Não é remédio para dormir, é azitromicina, um antibiótico.

— Quase tomei um comprimido, em uma noite em que eu não estava conseguindo dormir.

— Sorte a sua ter encontrado. Esse remedinho salvou sua vida.

Ficar do lado de fora assim está me deixando nervosa. Até mesmo uma simples gaivota me assusta. O sol está ficando mais alto. Eu me sento e pergunto:

— Posso pegar minhas roupas?

Tia Janet se inclina para baixo, pega minhas coisas e as joga para mim.

— Já devem estar secas.

Ela se vira enquanto eu me visto. Na verdade, as roupas ainda estão um pouco úmidas, mas quase secas. E o cheiro... bom, já me acostumei.

Vestida eu me sinto melhor. Como se eu pudesse correr se for preciso.

— Você é enfermeira? — pergunto.

— Sou bibliotecária em uma escola — diz tia Janet rindo. — Mas sou mãe, e todas as mães são um pouco enfermeiras.

Então ela me olha bem e pergunta do que me lembro.

— Lembro que você falou alguma coisa sobre Richie e que eu precisava ficar calada. Lembro que tive certeza de que ele estava na caverna com seu canivete. Lembro que senti frio e calor ao mesmo tempo. Acho que é tudo. Ah, e o carro estava mexendo, achei que era por conta de um trovão.

— É, de certo modo tivemos uma tempestade, o Furacão Richie — sorriu.

Eu penso mais um pouco e conto:

— Acho que tive um sonho.

Conto sobre o bebê em cima da panela de vapor e a contagem regressiva, Richie se tornando o dr. Hendricks. Ela ouve isso tudo sem falar nada. Não consigo ler seu olhar, aqueles claros olhos castanhos com raios esverdeados. Quando termino, ela espera, depois abre a boca para falar algo, para e olha para longe, como se tentasse pensar em como falar, me contar a verdade, ou algo assim.

— Você encontrou um esconderijo maravilhoso, Megs. O Cara Do Mal e seu comparsa chacoalharam todos os carros desses três andares, incluindo este.

— Como você sabe?

— Tive que sair para buscar água.

Eu me lembro de ela ter me dado algo para beber.

— Onde você encontrou?

— Nos tanques de água dos limpadores de para-brisa. Às vezes as pessoas não colocam sabão, só água.

— Ele estava gritando, não?

— Eu diria que berrava, acho que estava possuído por um demônio.

— E o que ele disse?

Aquele olhar outra vez. Ela parecia medir as palavras, decidindo o que seria menos pior. Mamãe também me olhava assim depois das brigas com Zack, quando eu lhe perguntava sobre suas manchas roxas e vermelhas. Ela lançava esse mesmo olhar e tentava mudar de assunto, acendendo um cigarro depois do outro. Quando Zack veio morar conosco, mamãe passou a fumar bem mais.

Tenho quase certeza do que tia Janet vai falar.

— Richie falou sobre Cassie, né?

— Sim, sobre ela e outras coisas. Não foi nada bom. Mas agora não é hora de conversar sobre isso.

— Por quê? Por que você não me conta?

— Porque você... você ficou muito doente. Quase morreu com essa infecção e...

— Mas estou melhor agora. — Sentei-me mais esticada. — Pode me dizer.

— Você não vai ficar com raiva de mim?

— Prometo.

Tia Janet se inclinou na minha direção e disse:

— Richie deve ter entendido que eu estava na garagem com você. Disse que o dr. Hendricks tinha um recado para nós. Que, se lhe entregássemos a arma, ele daria o remédio que um bebê precisa. Se não... — ela se vira um pouco ao dizer isso, a voz falha — ele disse que o bebê viraria comida de extraterrestres.

— E ele falou de Cassie?

— Falou.

Espero sua resposta. O silêncio explode no banco da frente.

— O que ele disse?

Ela se vira para mim e diz:

— Que ela tinha gosto de galinha.

Todos aqueles pensamentos sobre Richie voltam fervilhando à minha cabeça. Estico a mão até a maçaneta da porta, prestes a pular fora do carro. Tia Janet está falando algo sobre os planos para amanhã. Eu nem ouço. Meu cérebro está focado no buraco de minhoca, na arma apontada para Richie, todo sorridente com aquela sua cara diabólica. Mas não é o que vai acontecer, porque assim que abro a porta minha cabeça gira como um peão. Vejo estrelas, cores enlouquecidas e quase caio no chão. Volto para o carro e fecho os olhos. Tudo continua a rodar.

Tia Janet pergunta:

— Você está mesmo com a arma?

— Acho que sim. Está dentro de uma maleta trancada, então não tenho como ter certeza.

— Onde está?

— Coloquei debaixo do banco do carro da minha mãe, no primeiro andar.

— E você já sabe o que fazer com ela?

— Dar um tiro na cabeça do Richie.

— Você não pode fazer isso. Não é...

— Posso sim, então cale a boca!

— Por favor, não fale assim comigo.

— Ele é um monstro, não merece viver.

— Você já atirou em alguém, Megs?

A única arma que já tive em mãos atirava água, mas não vou contar isso a ela.

Ela me olha com um olhar severo:

— Perguntei se você já atirou em alguém alguma vez na vida.

— Não. Ainda não.

— Achei mesmo que não. Eu também nunca atirei em ninguém. E acho que não conseguiria.

— Bom, eu sei que eu consigo.

— E como uma menina de 12 anos sabe disso?

Penso um pouco e respondo:

— Porque eu sou uma pirata, e é o que os piratas fazem.

PROSSER, WASHINGTON

NINHADA

Voltam os guinchos.

Dessa vez, porém, são diferentes. Tive mais um episódio de apagão antes de isso acontecer. Até agora parecia que o clarão era o principal, mas já não tenho tanta certeza. Há algo mais nesse momento de apagão que antecede o clarão. Como se eu devesse prestar mais atenção nele, talvez prolongá-lo na mente. Não sei muito bem como nem por quê, mas é nisso que estou pensando quando o barulho alienígena assustador recomeça a invadir minha cabeça.

Depois de meu cérebro acalmar e de o enjoo passar, desço as escadas. Meu pai está de pé em frente à janela da sala de jantar. Parece uma sombra. Está de calça de moletom e camisa de pijama, procurando as PDMs. Fico espantado ao notar como ele está magro. Mas fez a barba e os cabelos estão penteados. Meio hippie, meio engenheiro. Não sei se mamãe o reconheceria. O nariz quebrado também não ajuda.

— Pararam de girar — diz ele.

Fico ao seu lado diante da janela. No fundo de cada Pérola, formam-se enormes círculos vermelhos como sangue. Os círculos aumentam e diminuem na superfície das Pérolas até elas ficarem quase com as metades de baixo totalmente vermelhas. Preciso me lembrar de continuar respirando.

Buracos enormes se abrem na parte inferior de cada esfera.

Depois, como enxames de abelhas saindo da colmeia, pontos pretos pequenos são despejados dos buracos e formam uma nuvem negra pulsante, borbulhando como óleo quente enquanto literalmente preenchem o céu. Cada vez há menos espaços azuis no céu, até que não sobra mais nenhum quando todo o enxame se junta. A sombra cobre o chão. A escuridão característica do anoitecer recai sobre nós, embora ainda seja de manhã. Observamos tudo isso em um silêncio perplexo. As Pérolas da Morte continuam a sangrar e parece que aquilo não vai acabar nunca. Seja lá o que estejam planejando fazer, espero que seja rápido e que não doa.

Há um som baixo e constante que fica gradualmente mais alto. As vidraças começam a vibrar. Até os vidros do armário de cima da pia tremem.

— Você acha que a mamãe está vendo isso? — pergunta meu pai.

— Você acha que ela está viva? — digo.

— Sim, acho que sim. Sonho com ela quase todas as noites.

— Achei que você não sonhasse.

— Agora sonho.

As minipérolas começaram a se juntar numa forma afunilada e descem espiralando até o chão.

Tenho vontade de perguntar se a possibilidade de mamãe estar viva vendo isso é algo bom. Tenho vontade de perguntar: *Mas por que você não me deixa sair porta afora? Por que permitiu que eu deixasse o Dutch ir? Por que tenho que morrer com os olhos tão inchados que mal ficam abertos?* Mas, em vez disso, falo:

— Eu também sonho com ela.

Meu pai se afasta da janela. Acho que seus ombros estão trêmulos, mas não dá para ter certeza. Nunca o vi chorar, embora eu tenha ouvido algum som estranho como um gemido vindo de seu quarto. Ele coça a barba, respira fundo e diz:

— Vamos comer aquela última barra de chocolate de café da manhã. Por algum motivo, sinto vontade de celebrar.

Nós nos sentamos para o que pode ser nossa última refeição. Cuidadosamente, ele quebra a barra de chocolate em dois pedaços e coloca cada um em um prato. Para mim, é um mistério por que não podemos simplesmente comer com as mãos. Minha porção é maior, claro. Nossa refeição é acompanhada de meio copo de água quente e turva, do fundo do aquecedor. Sinto cada pedacinho de ferrugem.

Mas o chocolate, não dá para negar, é o melhor que já comi.

• • •

Sempre me perguntei o que tem dentro das PDMs, e agora eu sei. MiniPDMs. Os pontinhos são versões miniatura das Pérolas maiores, mas com uma clara diferença: do topo das pequenas sai uma haste apontada para cima, como um dedo em riste. Fora isso, a superfície é tão lisa e brilhante que parece coberta de petróleo. Consigo vê-las quando estou na sala de jantar. Por sinal, se não fosse o pequeno detalhe do risco de ser apagado por elas, eu abriria a janela da sala de jantar e tocaria um dos filhotes dessa ninhada. No começo, eles faziam um zumbido baixo e grave, agora, o que quer que estejam fazendo, estão em silêncio.

E o que estão fazendo é pairar a um ou dois metros do chão, movendo-se em círculos e em linhas retas, que pareciam aleatórios, mas depois ficou claro que não têm nada de aleatório. As miniPDMs se organizam em grandes esquadrões de filhotes, que chegam ao tamanho de três ou quatro campos de futebol americano. E se movem devagar, meticulosamente, em padrões que parecem desenhados. Apesar de cobrirem o solo como besouros robóticos, tirando fino uns dos outros, nunca se esbarram. Isso tudo com os esquilos ainda correndo pelos gramados, os passarinhos voando para lá e para cá construindo seus ninhos, assim como gansos que passam em bandos pelos céus, a salvo dos caçadores. É apenas mais um dia de primava em nosso planeta.

Mais uma observação que vale comentar: as miniPDMs evitam as casas. E, tirando o momento emocionante em que desceram dos céus para a Terra, tenho achado tudo muito entediante. Ficamos aqui esperando que elas nos lancem algum gás venenoso ou se metamorfoseiem em robôs assassinos, mas nada de dramático acontece. Depois de uma hora, tudo acabou se acalmando nessa megainfestação meticulosa do solo.

Enquanto isso, as Pérolas-mãe continuam a girar.

Meu pai está sentado à mesa da cozinha desenhando gráficos em seu caderno.

Acho que o café da manhã acabou.

LOS ANGELES, CALIFÓRNIA

Abrindo a concha da ostra

A manhã está ensolarada, mas isso não importa. Até parece que vamos à praia ou algo do gênero... Haha. Em vez de biquíni, estou usando uma calça cargo e, em vez de protetor solar e doces, meus bolsos estão cheios de outros tesouros: spray de pimenta, canivete, isqueiro, fita adesiva e chave de fenda.

Não, definitivamente, hoje não vai dar praia.

Seguimos sorrateiramente até o Nova, nos esgueirando por trás dos carros e procurando você-sabe-quem. Duas vezes tive de esperar por tia Janet enquanto ela se dobrava sobre si mesma como se alguém lhe tivesse socado o estômago. Ela disse que não deveria me preocupar com aquilo, que eram apenas gases causados pelo petisco de carne que comemos de café da manhã. Não tenho certeza se é verdade. Eu a ouvi gemer no meio da noite passada. Se forem realmente gases, temos de encontrar alguma outra coisa para ela comer.

Depois da segunda "cólica" de tia Janet, comecei a me preocupar seriamente com o plano que ela criou e me explicou hoje de manhã, enquanto esperávamos o sol nascer. É basicamente assim:

Entramos no hotel pelo LTT, o Longo Túnel da Tortura.

Esperamos pelo dr. Hendricks, ou melhor, por ele e Richie, na cozinha.

Tia Janet ameaça atirar neles enquanto eu amarro seus pés e mãos.

Ela fica de olho nos dois enquanto eu vou procurar Mary e Lewis, o bebê doente.

Dou seis comprimidos de azitromicina a Mary — então ainda nos restam outros dez.

Fugimos como bandidos pelo LTT.

Corremos para nosso esconderijo no carro, fechamos a portinhola dentro da mala e esperamos pela tempestade.

Ah, esqueci: pegamos um pouco de água e comida do hotel antes de sairmos.

Fico aqui pensando que talvez tia Janet tenha visto filmes demais. Esse plano tem todo tipo de maluquice. Por exemplo, e se eles abrirem fogo contra nós antes de atirarmos neles? Ou se eu não encontrar Mary? Ou se me levarem como refém e ameaçarem atirar em mim? Está claro que ela não é muito boa em bolar esse tipo de plano. Eu não quis ser estraga-prazeres — ainda. Vamos primeiro pegar a arma. Depois eu conto a ela o meu plano.

O Nova continua exatamente igual. Debaixo do para-lama, ainda há pedaços de plástico vermelho da lanterna traseira que Richie quebrou com a marreta. Tia Janet fica de olho na porta verde enquanto eu me afundo para pegar a maleta debaixo do banco e a coloco no chão.

Começamos a tentar abri-la com a chave de fenda. Um desperdício de tempo. Pego uma chave de cruz da maior caminhonete de todas. Ela encaixa na chave de fenda, aumentando a alavanca. Parece que a maleta está prestes a abrir, quando o Barba Negra abre a porta verde. Diminuo a pressão na chave de cruz e a maleta volta ao normal. O Barba Negra olha em volta, baixa as calças e se agacha sobre um balde, assoviando. Esperamos escondidas atrás de um carro. Fecho os olhos. Quer dizer, quem é que quer ver uma coisa dessas? Depois de alguns minutos, ouvimos a porta verde abrir e fechar. Logo voltamos a trabalhar na maleta. Trinta e dois minutos, cinco segundos e um dedo sangrando depois, a maleta se abre como as conchas de uma ostra.

E a pérola é uma pistola grande e preta acomodada num ninho de espuma cinza. Tia Janet pega a arma e a passa de uma mão a outra.

Ela diz:

— Glock .31, cartucho 357 SIG.

As mãos se mexem. Ouço um som metálico. Com um movimento suave, mas tão rápido que mal consigo ver, o suporte que guarda as balas sai da parte onde se segura a arma. Ela o pega com a mão esquerda, o examina, franze a testa e o coloca de volta.

— Pente curvo de 15 balas, vazio.

Estou de olhos arregalados:

— Como você...?

Ela dá de ombros:

— Meu pai era policial, está bem? Ele tinha uma coleção de armas e me levava ao estande de tiro todo domingo depois de ir à igreja.

— Mas então não temos balas?

— Nenhuma. O que significa que temos que...

Ela faz uma careta pensando. Abaixa a arma, põe a mão na testa.

Aquele guincho terrível explode nos nossos ouvidos.

Caímos no chão, nos remexendo e gemendo em meio à sujeira e aos vidros quebrados. O barulho dói muito em mim, mas acho que está matando tia Janet. Quando termina, tenho certeza de que alguma coisa vai mal. Ela não consegue nem se sentar. Está com o rosto sem cor e o pouco que ela comeu de café da manhã botou para fora e está em sua blusa. Tem um fiozinho de algum troço rosa, com bolhinhas, escorrendo pelo queixo. Seu corpo todo treme.

Ela engatinha até o carro e se recosta contra a porta.

— Odeio quando eles fazem isso — digo.

Tia Janet abre a boca para me responder, mas não consegue fazer as palavras saírem. Seus olhos estão inquietos, e sua respiração, ofegante e curta, como se algo comprimisse seus pulmões.

— Está tudo bem? — Uma pergunta estúpida, porque dá para ver que não está. Mas não sei o que dizer.

Ela mexe a cabeça, mas não consigo entender se quer dizer sim ou não.

Surge um clarão de luz amarela, que dura uns cinco segundos, depois tudo fica muito escuro muito rápido. Em seguida, começa um zumbido suave, como se eu estivesse debaixo de uma árvore cheia de abelhas.

— Acho que os ETs estão chegando — digo.

Ela faz um sinal pedindo que eu chegue mais perto.

O zumbido das naves já não é tão suave. Coloco o ouvido perto de sua boca, e ela diz baixinho:

— Por favor, me ajude a levantar.

Coloco seu braço esquerdo em volta do meu pescoço. Ela se esforça para ficar de pé. Eu a seguro firme enquanto a ajudo a caminhar até a parede mais próxima e olhamos para o céu. Minhas pernas quase falham de novo. As bolas espaciais voaram para longe, estão bem mais altas e estão parindo bebês. Milhões deles. Cada esfera tem um buraco enorme na base e dali jorram os bebês, como tinta vazando de um tinteiro. O céu está coberto dessas manchas grandes e feias que se espalham cada vez mais. Quando se juntam, elas tomam a forma de um funil e voam em pequenos tornados, espiralando até o solo. Conto pelo menos cinco tornados. Não consigo ver mais nada por conta dos prédios que estão na frente. Mas a verdade é que eu nem quero ver.

— Então está finalmente acontecendo — diz ela.

— O quê?

— O que quer que eles tenham vindo fazer.

Seja lá o que for, não deve ser bom.

— Precisamos nos esconder — digo, tentando manter minha voz firme.

Penso na salinha de equipamentos, que me parece uma boa opção porque tem duas portas de metal. Ou no Suburban também. Qualquer coisa é melhor do que ficar aqui fora. É como se estivéssemos bem embaixo de uma placa que diz: AQUI ESTÁ O JANTAR.

Mas, em vez de correr, tia Janet fala:

— Fico pensando se eles estão nos observando. — Sua voz está fraca, distante. Ela deixa a cabeça cair e sua respiração fica curta e arfante. Acho que ela está chorando, que está desistindo. Então ela olha para o céu e grita: — DEIXEM A GENTE EM PAZ!

Isso faz tanto sentido quanto um cubo de gelo gritar pedindo ao sol que não o derreta. Ainda assim, parece ajudar. A cor volta às suas bochechas e seus olhos não estão mais vazios. Aliás, agora estão o *oposto* de vazios, cheios de vida quando ela olha para mim e diz:

— Vamos mudar de plano.

Eu penso *Que alívio!*, mas o que digo é:

— Ótimo.

Atrás dela, os primeiros bebês estão flutuando como flocos de neve do tamanho de bolas de basquete. Param a meio metro do chão. São brilhantes e pretas, com uma antena pequena em cima.

— Você tem que voltar para dentro do hotel — diz ela. — Sozinha.

— Por que você não vem? — pergunto.

Seus olhos se anuviam, ela fica com o corpo tenso, depois cede e se curva. E diz, entre dois suspiros:

— Estou muito doente. Vai... Vai ser mais seguro sem mim. Desculpe.

Meu estômago se revira como um ninho de cobras, mas respondo:

— Tudo bem. Já fiz isso sozinha antes.

»»»

Ajudo tia Janet a se arrastar até a grande caminhonete. Eu preferia deixá-la escondida na caverna, mas ela nunca conseguiria chegar até lá. Com dificuldade, ela sobe e se esconde no banco de trás do carro. Corro de volta ao Suburban, pego a manta de cavalo e, quando volto, tia Janet já está dormindo. Eu a cubro.

Já não está mais escuro. Os flutuadores — é como chamo as bolinhas agora — pararam de cair do céu. Agora estão por toda parte, nas ruas e calçadas, se mexendo em uma dança de rodopios flutuantes. Talvez estejam se preparando para atacar, talvez não. Não sei e não quero saber. Minha única preocupação é entrar no LTT sozinha. Encho um de meus bolsos com meus tesouros. No outro, coloco o saquinho de maconha e oito comprimidos de azitromicina enrolados em um guardanapo. Penso em levar a arma, mas decido que é melhor não. Sem balas, não tem motivo. Para que carregar peso extra? Dou uma última olhada na tia Janet. Ela abre os olhos, mas só um pouquinho.

— Estou indo lá para dentro.

— Boa sorte — diz. — Estarei aqui quando você sair.

Ela fecha os olhos. Fecho a porta.

Está na hora de a Pirata visitar o hotel.

TERCEIRA OPÇÃO

As miniPDMs estão dançando. Essa é a melhor maneira de descrever o que fazem. No início, assim que desceram flutuando, era meio caótico. Depois entraram nessa formação parecendo uma ameba preta que flanava sobre o solo como se fosse uma mancha de tinta. Essas manchas, compostas tranquilamente de milhares de miniesferas, fundiam-se a outras, formando megamanchas, que depois se dividiam e se fundiam e se dividiam de novo. Isso aconteceu durante toda a manhã. Agora estão organizadas em bandos flutuantes que têm entre dez e vinte miniPDMs. Dentro desses enxames menores, algumas minipérolas rodeiam outras, como se fossem parceiras de dança. Seja lá o que estão fazendo, é algo realmente incrível para se assistir. Quase tão bom quanto drogas – não que eu seja um especialista no assunto. Mas, da mesa da cozinha, eu estou assistindo às Pérolas há horas.

Meu pai entra na cozinha. Está de cabelos penteados e veste uma calça cáqui, com camisa social elegante embaixo de um suéter de gola V. Eu me pergunto se ele está achando que vai para o trabalho hoje. Isso está bem longe dos nossos trajes usuais, de jeans, casacos e moletons molambentos. Ele traz uma caixa do tamanho de uma caixa de sapatos embrulhada com papel colorido. Uma tentativa patética de laço de fita está grudada em cima (não é, obviamente, nada parecido com as verdadeiras obras de arte que mamãe fazia) junto a um cartão em um envelope amarelo. Meu pai coloca o embrulho em cima da mesa, na minha frente.

— Uau, olha só o Sr. Elegância. Qual é o evento especial? — pergunto.

Meu pai senta do outro lado da mesa, à minha frente.

— Feliz aniversário — diz.

Feliz aniversário? O que é que há com ele? Apesar de estar sorrindo, sei que meu pai fala totalmente sério. Meu ímpeto de explodir meu canhão de sarcasmo em cima dele estava se intensificando.

Ele diz:

— Vamos lá. Pode abrir.

— Você sabe que está um pouco atrasado, né?

— Desculpe por isso. É que, por algum motivo, o momento não parecia muito apropriado para uma comemoração.

— Pode admitir, você esqueceu.

Ele balança a cabeça:

— A caixa estava o tempo todo no meu armário. Eu olho para ela todos os dias bem ao lado dos casacos da sua mãe. — Ele baixou o olhar para as mãos. — A invasão alienígena acabou por... mudar a ordem das prioridades.

Dou de ombros e abro o cartão. Tem algum dizer ridículo sobre festas e a maravilha de ter 16 anos. Pulo essa parte por causa do que vejo mais embaixo: a assinatura do papai e, embaixo, a da mamãe. Reconheço a letra dela:

Querido Josh,

tenho tanto orgulho de você.

Você merece isso e muito mais.

Eu te amo muito.

Mamãe.

Meu pai escreveu mais ou menos a mesma coisa, mas sem a história do amor. Não consegui nem ler o que ele escreveu porque meus olhos ficaram cheios d'água. Era como se, dentro da minha cabeça, eu pudesse ouvir minha mãe sussurrar as palavras. Pela primeira vez desde que tudo isso começou, eu senti como se ela estivesse viva de verdade mesmo, mesmo, mesmo.

— Ela quis escrever o cartão logo para não se atrasar — explica meu pai.

— Atrasar, né? É uma forma de dizer... — Algo parece lampejar nos olhos do meu pai, como se eu tivesse puxado uma casquinha de ferida ainda não cicatrizada. Logo desejo não ter dito aquilo, desejo ter dito algo que fosse menos... a minha cara. Tento consertar:

— Quer dizer, isso é típico da mamãe. Sempre pensando nas coisas com antecedência.

— Tudo bem — diz meu pai, empurrando a caixa na minha direção.

— Belo laço — digo.

Puxo a fita e tiro o papel de embrulho. É um som de carro. Da Sony. Com rádio, CD e MP3, a frente é removível e tem um visor de LCD colorido.

— Que maneiro, finalmente teremos música boa no Camry.

Meu pai põe a mão no bolso e tira outra caixinha, bem menor e embrulhada cuidadosamente. Definitivamente, uma embalagem bonita e certinha feita pela mamãe. Abro a caixa e vejo as chaves do carro dela.

Fico pasmo.

— Foi ideia da mamãe — diz meu pai meio engasgado. — Ela queria ela mesma entregar, mas, bem, ela não está, quer dizer, ela não está aqui, então...

Meu pai está fraquejando, eu preciso dizer alguma coisa.

— Isso é incrível — digo e, apesar de todos meus esforços, continuo a lacrimejar.

— Íamos comprar outro carro para mamãe quando ela voltasse. Ela finalmente teria o tal conversível vermelho.

Seco os olhos.

— Acho que isso significa que você não vai ter mais que me levar quando eu perder o ônibus.

— Isso mesmo. Chega de caronas às seis da matina para mim. Mas a gasolina é por sua conta.

Eu gostaria de continuar a conversa, mas não é fácil manter um papo sobre coisas normais como escola, gasolina, rádios de carro e minha mãe quando uma ninhada de alienígenas está capinando o quintal logo diante da janela da cozinha. Vi um prédio inteiro cheio de gente aos berros queimar até desmoronar. Mandei meu cachorro de presente para os vizinhos comerem. Essas histórias constroem silêncios desconfortáveis que podem durar minutos, horas ou dias. Se eu me concentrasse, poderia ouvir o sussurro das miniesferas se esgueirando pelos arbustos em volta do nosso gramado.

— Vamos lá instalar — diz meu pai.

— O som?

— Claro!

— No Camry?

— Não, no banheiro — diz ele, sorrindo. — Claro que é no Camry! — O sorriso agora vai de orelha a orelha, como se ele tivesse acabado de inventar o café descafeinado ou algo assim.

— Sério?

— Totalmente sério. Vai ser divertido.

— Mas por quê? Não tem sentido.

— É *exatamente* esse o motivo.

Tenho certeza de que há algum significado grandioso e profundo no que ele disse, mas para mim não passa de um sinal. Sinal de que o engenheiro de nariz quebrado e quase careca está perdendo a razão. As miniPDMs estão testando seus limites. É só uma questão de tempo. Dou de ombros e penso, *Que se dane... Por que não?* Instalar o som tem que ser melhor do que sentar e esperar as miniesferas começarem a soltar seu gás tóxico.

— Tudo bem — digo —, mas sou eu quem vai escolher o primeiro CD.

• • •

Instalamos o som após um almoço memorável de feijão vermelho com algum molho misterioso. Deu tudo certo apesar de termos levado uma tarde para terminar o trabalho que poderia ter sido feito em meia hora em uma loja especializada. Mas, para não desmerecer o nosso esforço, vamos lembrar que os técnicos profissionais não trabalham em uma garagem escura, iluminada apenas por velas aromáticas de lilases, tentando descobrir qual é o fio azul e qual é o vermelho. Mas preciso admitir que, uma vez terminado o trabalho, tudo parece perfeito. Bonito e preciso, acomodado no painel, cores ótimas. Aperto o botão de ligar. Sei qual será o resultado, mas não consigo me conter. Nada. É o primeiro som do meu primeiro carro, e eu os trocaria por um hambúrguer e uma porção pequena de batatas fritas.

— Vamos voltar depois do jantar. Assim você me mostra seus cinco CDs prediletos e eu lhe mostro os meus. E aí queria discutir um assunto com você.

Fico no meu quarto até a hora do jantar, pensando em quais seriam meus cinco CDs prediletos. Ouvi papai entrando na garagem, provavelmente para encher um balde. Depois o ouvi na cozinha, preparando nosso próximo banquete. Como a despensa está quase vazia, acredito que será feijão ou milho, a não ser que ele tenha alguma outra coisa guardada às escondidas. Já nos imagino daqui a alguns dias, atraindo esquilos e passarinhos para dentro de casa.

Durante o "jantar", pergunto ao meu pai o que ele acredita que as miniPDMs pretendem fazer.

Entre colheradas de feijão vermelho frio, ele diz:

— Minha teoria é que os recursos naturais estão acabando no planeta deles, por isso vieram até aqui. Devem estar analisando o solo para saber se há metais e nutrientes e depois disso farão operações de mineração transestelar. Mas você passa mais tempo observando do que eu. O que você acha?

Estou prestes a responder quando vejo algo lá fora que me tira o fôlego.

— Olhe isso — digo, apontando para fora da janela.

Um coiote caminha no mato do outro lado da área alagada. Ele se aproxima de um enxame de miniPDMs. Elas congelam no ar, param no meio da dança. O coiote passa por dentro do enxame, como se as naves alienígenas fossem só mais um detalhe na paisagem. Quando o animal reaparece, depois de passar por elas, as pequenas esferas voltam normalmente à sua dança misteriosa. Quando o coiote desaparece atrás de uma colina, eu digo:

— Acho que estão mapeando o planeta e se preparando para vender empreendimentos imobiliários a pilotos ricos de PDMs para que eles construam suas mansões-PDMs e criem suas famílias-PDMs por aqui.

Meu pai arqueia as sobrancelhas. Não é muito comum que eu consiga surpreendê-lo, mas, de alguma forma, dessa vez consegui. E ele:

— Gosto mais da sua versão. Pelo menos, nela, o planeta não vai ser sugado até secar e transformado em destroço espacial. Esse era o futuro para o qual estávamos caminhando há muito tempo, antes mesmo de as PDMs chegarem aqui.

• • •

Depois de o banquete de feijão terminar e o balcão estar limpíssimo e brilhante, seguimos para a garagem. Era hora de nossas listas dos Top 5, além de nossa "discussão" — que é o código de papai para "É isso aqui o que nós vamos fazer". Eu me sento no banco do motorista — afinal de contas agora é a minha vez de dirigir. Meu pai se senta ao meu lado, com sua pequena pilha de CDs. Eu sou fã dos clássicos do rock alternativo; por isso, *Nevermind*, do Nirvana, está no topo da lista, ganhando por pouco de *In Utero*. Em seguida vêm *Doolittle* e *Here Comes Your Man*, dos Pixies. Para fechar, *Come Away with Me*, da Norah Jones, um CD que uma vez escutei por quatro horas seguidas. A lista do meu pai não tinha surpresa alguma, ele veio com seus Bs: Beatles, Buffett e Beethoven.

Depois de apontarmos as falhas óbvias na lista um do outro, meu pai pergunta, do nada:

— Se eu morresse, você seria capaz de me comer?

— *O quê?!* — pergunto sem acreditar no que acabo de escutar.

— Preciso saber. Você estaria disposto a me comer?

— Se eu *comeria* você? Tipo, tirar um dedo fora e mastigar?

— Isso.

— Claro que não! De jeito nenhum. Peraí, desculpe meu vocabulário, mas nem *ferrando*! Você me comeria?

— Seria impossível — diz ele, posando os olhos no painel do carro.

— Não consigo nem acreditar que a gente está tendo essa conversa. Meu Deus, pai, de onde você tirou essa maluquice?

— Não, estou falando sério. Tenho pensado muito nisso.

— Bom, você pode oficialmente parar de pensar nisso.

— Ouça, Josh, eu deveria ter feito um racionamento melhor de comida, mas, como você mesmo disse, para quê? Qual é o sentido disso? E, então, aqui estamos nós, com três sachês de leite em pó, duas latas de feijão e menos de meia lata de milho. E só. O tanque do aquecedor já está praticamente vazio. Poderíamos ficar torcendo para que chovesse, mas, de alguma forma, as esferas conseguiram bloquear a chuva também. E tem mais — aqui ele faz uma pausa e respira fundo —, meu marca-passo parou, então as chances de eu sobreviver, mesmo em circunstâncias normais, não são...

— Quanta bobagem! Você pode...

— Não me interrompa, Josh, ok? Preciso falar.

Seu tom de voz me deixou tremendo como uma corda de piano. Ele vai falar aquilo de um jeito ou de outro, então trinco os dentes e espero que termine de falar como um lunático.

— Eu posso ter um ataque cardíaco e morrer amanhã, então por que desperdiçar comida comigo? Um de nós tem de seguir, pela mamãe, e a única pessoa que pode fazer isso é você. Se estiver disposto a me comer, algo que eu realmente espero que você consiga fazer, então você poderia viver por mais...

— Pode esquecer! Não vou espetar um garfo em você! Ponto final! Entendeu? Agradeço, mas não, obrigado. Pode inventar outro plano maluco! — Percebo que ele ficou decepcionado, mas não vou continuar ouvindo esse papo doido. — Inclua-me fora dessa — digo, já alcançando o trinco da porta.

Meu pai me segura pelo ombro:

— Espere, Josh, tem algo mais que eu preciso dizer.

Noventa e nove por cento de mim está gritando *Saia do carro já!*, mas algo nos olhos do meu pai me faz parar. Como se ele tivesse ultrapassado o limite e não pudesse mais voltar. Encosto no banco de novo, mas estou pronto para sair em disparada caso ele volte ao tema do canibalismo.

Ele respira fundo outra vez, aquele tipo de respiração que sempre vem acompanhado de algo profundo, e manda:

— Você lembra quando conversamos sobre o que era melhor, morrer de fome ou ser apagado pelas PDMs?

— Lembro, eu disse que preferia ser apagado. Ainda prefiro.

— Há uma terceira opção. — Ele enfia a mão no bolso do casaco e tira um frasco de comprimidos.

— O que é isso?

— Analgésicos vendidos sob prescrição médica. Sobraram de quando a mamãe teve aquela dor nas costas.

— Isso foi cinco anos atrás. Ainda estão bons?

— Tomei um ontem. Estão *muito* bons — diz, à espera da minha reação.

— Continue — digo.

— Há trinta e dois comprimidos aqui. Deve ser... suficiente.

— Suficiente para quê?

— Para flutuarmos numa nuvem e nunca mais acordarmos.

— E assim evitamos ver o outro se transformando num esqueleto vivo?

— Exatamente.

— Nada de antropofagia?

— Nenhuma mordidinha.

— Uma pergunta: Por que aceita isso e não a morte pelos raios das PDMs?

— Porque não sabemos ao certo o que vai acontecer... depois...

— Você acha que tem um "depois"?

— Sim. Melhor arriscar com Deus que com as PDMs.

— Tecnicamente, isso é suicídio, não? E, pelo que sei, Deus é a favor da vida.

— Ainda assim, é como prefiro tentar a sorte.

É minha vez de respirar profundamente.

— Ok — digo. — Por mim, pode ser. Quando vai acontecer?

— Creio que devemos dormir com essa ideia na cabeça. Se amanhã ainda acharmos que é a melhor opção, fazemos depois do café da manhã.

Não estou confortável com a velocidade com que isso se... desenrolou. Mas compro a ideia. Esse é o meu pai, simplesmente cheio de surpresas.

LOS ANGELES, CALIFÓRNIA 

Espiral da vida

Cocô de rato e teia de aranha.

Acendo o isqueiro rapidamente apenas o suficiente para ver o caminho à frente, depois o apago. Isso me faz lembrar de algo que mamãe chamava de Espiral da Vida, uma teoria que diz que, quando as coisas começam a dar certo, elas dão certo mesmo. E, quando começam a dar errado, tudo sai completamente errado. Por exemplo, uma amiga dela do trabalho estava triste porque o marido tinha ido para o Iraque e ela estava grávida e sozinha. Quando o neném nasceu, ficou doente e precisou de um monte de remédios. Mas o bebê melhorou e teve alta do hospital. Quando a amiga da minha mãe voltou ao trabalho, ganhou um aumento. Depois, o marido dela chegou do Iraque e não tinha ficado nem machucado nem maluco. Três semanas depois, ela ganhou cinquenta mil dólares numa raspadinha. E, como se isso tudo não bastasse, ela entrou num sorteio de uma grande loja de móveis e artigos para o lar e ganhou uma cozinha inteira novinha. Era a Espiral da Vida seguindo para cima.

Mas a espiral vai para baixo também. Mamãe engata com esse namorado que bate nela. Nós conseguimos escapar e fugimos para

San Diego. Ficamos sem gasolina e sem dinheiro. Ela me deixa sozinha e não volta. Os extraterrestres aparecem. Richie pega Cassie. Planejo uma missão de resgate para salvá-la, mas não consigo alcançá-la. Então salvo tia Janet em vez dela, o que me faz pensar que talvez a espiral esteja começando a virar para cima. E, então, Richie come Cassie. Depois, os ETs mandam bilhões de flutuadores. Nós ficamos sem comida, a arma se mostra inútil e tenho que entrar no hotel sozinha porque tia Janet está doente.

Se eu pensar bem, minha espiral está descendo desde que Zack entrou na nossa vida. Mas mamãe diz que a espiral pode mudar de direção a qualquer momento. Basta manter a cabeça erguida, fazer coisas boas e esperar a nossa vez.

Chego à saída de ventilação da cozinha. Não há velas, mas vejo uma linhazinha de luz vindo das portas duplas de vaivém. Empurro e abro a tampa do buraco de ventilação. Escorrego para dentro da cozinha, prestando atenção nos sons e pronta para correr como um bicho na floresta fugindo dos caçadores. Primeiro, o silêncio. Depois ouço vozes do outro lado da porta. Elas vêm na minha direção, então entro de cabeça de volta ao LTT. Fico esperando a porta se abrir, mas isso não acontece. Ainda estão conversando, e eu continuo a esperar. Penso na tia Janet doente encolhida na caminhonete. Penso na mamãe, onde quer que ela esteja — ou não esteja. Foco minha atenção na Espiral da Vida e penso que, se for mudar de direção, seria ótimo que fosse agora. De olhos fechados, sinto como se estivesse em outro lugar e não nesse buraco de minhoca. Em um lugar onde nada dá errado, onde o sol é quentinho e ninguém tem que esperar por ninguém.

Esse lugar é em qualquer lugar que não aqui.

TORPOR TÃO CONFORTÁVEL

Meu pai se supera no café da manhã. Pipoca salpicada com queijo é uma novidade interessante. Dá aos feijões vermelhos um gostinho a mais, mesmo que estranho. Mas não há com que se preocupar: um gole de água quente com gosto de ferrugem tira qualquer sabor ruim da boca. Eu e ele conversamos sobre filmes e música. Do lado de fora, as nuvens se acumulam como se uma tempestade estivesse prestes a começar, mas é só uma provocação, porque o comandante das Pérolas não tem a menor intenção de nos deixar nem sequer uma gota d'água. Somando tudo, eu diria que é um ótimo dia para engolir uma porção de comprimidos.

O café da manhã todo dura dez minutos. Com um pano de prato em mãos, ajudo meu pai a secar a louça, isto é, duas tigelas e duas colheres. Ele insistiu para que usássemos nossa melhor louça nessa refeição, o que também significa que depois temos que guardá-la com cuidado no armário que ele comprou numa loja de antiguidades para mamãe no aniversário dela; cada tigela no seu lugarzinho apropriado. Durante essa tarefa, sinto o desejo instigante de atirar as louças contra a parede. Mas por que me dar ao trabalho? Como tudo mais que fiz essa manhã, devo me perguntar se essa é a maneira como eu desejo deixar o mundo — jogando pratos desimportantes em paredes desimportantes.

Meu pai esfrega o balcão com todo o cuidado, como se fosse um bichinho de estimação que ele está afagando depois de doze anos de companheirismo e lealdade. Penso em dizer a ele que sei de suas sessões de limpeza à meia-noite, mas por que me preocupar? E só mais uma coisa que não faria a menor diferença. Tudo está tão absurdamente sem sentido.

Ele dobra a toalha duas vezes e a pendura num gancho. Eu fico ao lado da pia esperando que ele levante a questão que está girando sobre nossas cabeças como uma *piñata* dos infernos. Finalmente, ele esgota as opções de tarefas estúpidas a fazer.

— Então... — diz ele, voltando-se para mim. — Qual é a sua posição em relação à terceira opção?

Fecho meus olhos e o que vejo é: uma lata de feijão; uma coleira sem cachorro; chaves de um carro que nunca vou dirigir; cinzas em brasa do outro lado da rua; uma bicicleta quebrada caída no beco sem saída. Tento pensar em mim mesmo mordendo um esquilo cru, mas não consigo. A imagem não vem. Abro os olhos.

— Minha posição em relação à opção 3 — digo isso com uma voz mais segura do que de fato estou — é: concordo plenamente.

— Onde você gostaria de executá-la?

A pergunta me surpreende. Acho-a um pouco injusta. Ele provavelmente está há dias totalmente obcecado por essa decisão tão importante e essa é a primeira vez em que penso nela. Sinto um pouco de pânico por ter que tomar uma decisão tão grande. Como eu posso escolher o lugar onde vou dar meu último suspiro? Preciso de uma metáfora, de algo em que possa sustentar um discurso. E é aí que tenho a ideia: o lugar perfeito. Se mamãe estiver viva, é onde eu gostaria que ela me encontrasse.

— No carro da mamãe — respondo.

• • •

Enquanto ele conta as cápsulas, eu lhe pergunto o que aconteceu com seu espírito de sobrevivência. Por que ele mudou de opinião?

— Eu não aguentaria ver você morrer de fome — diz. — E não confio nas Pérolas da Morte. Deve haver algo que não sabemos sobre esses raios que elas lançam, algo sinistro, e isso me incomoda.

— Você pode definir "incomoda"?

— Não sei... eu... eu... Não acho que aquelas pessoas estejam mortas e também não acho que as PDMs estejam levando os humanos para o céu. O processo é limpo demais, me faz lembrar a pesca com rede de arrasto.

— Para onde você acha que estão levando as pessoas?

— Não sei. A ideia dos campos de trabalho forçado não sai da minha cabeça.

Ele espera que eu diga algo, mas o que eu poderia dizer? Quem quer passar a eternidade em campos alienígenas de trabalho forçado? Penso que talvez eu devesse contar sobre os meus episódios de apagão, mas acho que não é uma boa hora.

— E como você não vai comer minha carne... bom, ficamos nessa — diz ele.

— Isso mesmo. Um mês atrás, quando ainda tinha alguma carne no seu traseiro, talvez eu até comesse. Mas agora você está esquelético e provavelmente menos mastigável do que aqueles bifes de 2 dólares que você come.

— Sua mãe sempre disse que eu tinha mau gosto.

— E você? Mudou de ideia? Está preferindo morrer por piadas ruins em vez de por excesso de remédios?

Ele sorri, balança o vidrinho cheio de comprimidos, depois os divide entre nós dois igualmente. Sua mão está trêmula e a minha também não está exatamente firme. Eu encaro os remédios na minha mão: dezesseis cápsulas vermelhas e brancas. Minha passagem para uma eternidade sobre a qual, de repente, não quero mais pensar.

— Isso não é fácil para mim — diz ele.

— Eu sei, pai.

Ele me olha nos olhos e diz:

— Você não tem que fazer isso.

Eu olho a água cheia de ferrugem no copo.

— Eu sei, pai.

— Você tem escolha.

— Eu sei, eu sei. Está tudo bem, de verdade. É a coisa certa a se fazer.

Minhas palavras parecem confiantes, mas minha garganta está seca e apertada, meu cérebro não para de girar. É como se eu estivesse descendo um morro íngreme demais de bicicleta e não conseguisse freá-la nem saltar fora. No fim da linha, há um buraco negro infinito. Tenho vontade de jogar os remédios pela janela, de gritar *Como, diabos, chegamos a esse ponto?!* Tenho vontade de chacoalhar meu pai e dizer que estou morrendo de medo e pedir que *não me obrigue a fazer isso!* Mas ele não está me obrigando a nada. Eu é que estou. Volta o pensamento dos pratos-quebrados-na-parede. Olho para o para-brisa do carro e decido manter as palavras e os pensamentos dentro de mim.

Papai respira fundo e diz:

— Tudo bem, então vamos nessa.

— Você primeiro? Eu? Juntos? Qual o plano agora?

— Que tal se eu contar até três e nós dois as engolirmos ao mesmo tempo?

— Pode ser — sorrio, mas com dificuldade.

— Amo você, Josh — diz ele.

— Eu também amo você.

— Você é um superfilho.

— E você é o melhor pai do mundo.

Uma gota de suor lhe escorre pela testa. Seus olhos estão cheios d'água, brilhando. Os meus também.

Amo você, mamãe, onde quer que você esteja.

— Um... Dois... Três...

Engolimos os comprimidos.

Primeiro me parece que coloquei cápsulas demais na boca, que vou engasgar. Elas deixam um gosto na boca, doce como bala, mas ao mesmo tempo amargo. Ele me entrega o copo de água. Eu bebo um golinho, só o suficiente para fazer descer, e o devolvo a ele. Meu pai acaba com a água que restava e coloca o copo no painel do carro.

Ele está sentado no banco de olhos fechados. Começa a dizer que sente muito que isso esteja acontecendo, que ele e mamãe têm muito orgulho de mim, que ele deveria ter planejado melhor o racionamento de comida, que sente muito pelo Dutch e por ter me dado aquela cacetada no olho.

Digo que está tudo bem, que nada daquilo era culpa dele. Tudo era culpa das Pérolas da Morte. Tudo.

Ele diz que a única coisa significativa que fez na vida foi ser pai. Que ser pai é o que o define. Agora ele se desmancha em lágrimas mesmo. Eu gostaria de ouvir isso tudo, mas minha cabeça parece estar ficando cheia de hélio. O Pink Floyd começa a cantar. Sou um balão e começo a flutuar.

Meu pai encosta em mim. Vejo que ele toca minha mão, mas não sinto nada.

— Sinto muito mesmo — é tudo o que diz.

Eu gostaria de dizer *Eu também*, mas meus lábios não se mexem.

Esse é meu último pensamento antes de entrar no tal torpor tão confortável.*

---

*Torpor tão confortável, no original *Comfortably numb*, é o título de uma canção da banda Pink Floyd. (N. T.)

LOS ANGELES, CALIFÓRNIA

Comida mexicana

Acordo na escuridão total. Tudo bem, isso não é novidade. Estou há tanto tempo nessa que de algum jeito já me acostumei. O meu relógio cerebral me diz que dormi por uma hora e vinte minutos. Isso não é bom. Não quando estou em missão. Procuro por sons. A cozinha está silenciosa, assim como o corredor além das portas.

Engatinho para trás a fim de sair do LTT. Quando chego ao chão, acendo o isqueiro e olho em volta. A caixa onde mantinham Cassie não está mais lá. Não há panelas fervendo no fogão. Tenho que conter o impulso de continuar procurando. Isso me tomaria um tempo que não tenho.

É hora de começar a festa.

Tia Janet me contou o que devo esperar do outro lado das portas. Há um restaurante com mesas e cadeiras, além de caixas de comida nos cantos, próximas às janelas que dão para a rua; mas, a essa altura, as caixas já devem estar vazias. No outro extremo do restaurante, há uma porta que dá para o saguão do hotel. E, do outro lado da porta, o Barba Negra. Tia Janet contou que os guardas às vezes entram no restaurante para fazer uma boquinha ou tirar um cochilo, então tenho que ter cuidado redobrado.

Depois de cinco minutos de espera perto das portas de vaivém e sem ouvir nada além do meu coração batendo por dentro das minhas costelas, entendo que é hora de arriscar. Escorrego por entre as portas e as fecho devagar às minhas costas. Uma acendidinha rápida no isqueiro. Mesa, cadeira, caixas. Ninguém tirando uma soneca. Atrás de um vidro fumê, vejo a sombra do Barba Negra. Está a postos, sentado numa cadeira e lendo uma revista.

Missão 1: cumprida. Agora vamos à missão 2.

Mamãe dizia que Zack fazia o melhor sanduíche de mentira do mundo. Isso significa que ele pegava uma mentira grande e gorda e a colocava entre dois pedaços finos de uma verdade bolorenta, e servia a qualquer pessoa suficientemente estúpida para engolir. Eu disse a tia Janet que assim é que pegaria o Barba Negra, com um sanduíche de mentira. Respirei fundo, virei a maçaneta e entrei direto pela porta.

O Barba Negra se levanta, a revista cai do seu colo. De longe, ele sempre pareceu grande; mas, assim tão de perto, era imenso. Quase tão alto quanto a porta e mais ou menos da mesma largura também. Somando a isso a barba, os cabelos longos e aquele nariz gordo e torto, podemos dizer que ele é o cara mais medonho e feio que já vi na minha vida. Ele coloca a mão na arma que está enfiada em sua calça, mas, quando vê que é apenas uma menina magrela, ele grunhe:

— Quem diabos é você?

— Sou Megs.

— E como entrou aqui?

Sou engolida por uma avalanche de fedor, que eu poderia descrever como carcaça podre.

— Entrei quando você foi ao banheiro agora há pouco.

O Barba Negra enruga a testa rapidamente, seu cérebro do tamanho de uma amêndoa está mordiscando um pedaço do sanduíche. Dou uma olhada no saguão. A maior parte das pessoas que não estão dormindo está na janela observando as esferas. A porta que leva à garagem está vigiada por um guarda que eu não reconheço. Onde estará o Marretador? Dou uma olhada no saguão do hotel e meu estômago se revira. Richie está de guarda diante de uma porta que dá para um corredor escuro. Ele segura o canivete, abre e fecha-o, fazendo aquele negócio de girar. Sinto que seus olhos escuros debaixo do capuz se fixam em mim. Não vejo Mary, o que significa, segundo tia Janet, que ela e o bebê, Lewis, devem estar no décimo andar com o marido dela. As palavras de tia Janet ecoam na minha cabeça: *É melhor que ela esteja no saguão, Megs, porque você definitivamente não quer ir ao décimo andar.*

— O que você está fazendo aqui? — pergunta o Barba Negra com os olhos se fixando nos meus bolsos. — Roubando comida, hein? Vamos ver o que o *señor* Hendricks acha disso...

— Eu não toquei na comida. Eu estava procurando pela gatinha. Daí eu... eu fiquei cansada e cochilei.

— A gatinha? — Ele dá uma gargalhada, com os lábios se contraindo para trás e mostrando dentes amarronzados e grandes como teclas de piano. — A gatinha está tirando uma soneca também. Um cochilo bem longo. — Ri outra vez e se curva para a frente, para depois colocar um dedo esticado debaixo do queixo. — Por que eu nunca vi você por aqui antes, *chiquita*, hein?

Debaixo do fedor dele, sinto cheiro de tempero de... comida mexicana?

— Você já me viu, só não se lembra — falei, dando um passo atrás.

— Ah, mas eu nunca esqueço as caras das pessoas. Ainda mais uma cara como a sua.

— Bem, eu passei um bom tempo no décimo andar com meu pai.

— Seu pai, é? Quem é?

Eu me lembro do gorducho em quem Richie bateu no estacionamento no meu segundo dia ali.

— Ele é baixo e careca, e era gordinho. Aquele idiota lhe deu um soco no estômago — digo, apontando para Richie. — Quase matou meu pai.

— Eu me lembro do soco — comenta, com as sobrancelhas quase se juntando. — E você? O que aconteceu com seu olho?

— Bati numa cadeira quando me escondia dele.

— Do *señor* Esquentadinho, não? Você não é a única. — Agora seus olhos abrandam, mas descem e focam nos meus bolsos.

Prendo a respiração. Como eu explicaria o canivete, a fita e o gás de pimenta? Preciso fazer algo rápido.

— Posso ir? Tenho que voltar para o meu pai. Ele está doente e eu também não estou me sentindo bem. — Eu dou uma tossida na direção dele e faço questão de não tampar a boca com a mão.

— Sí, sí. Vá embora e pare de me encher o saco. — Ele pega sua revista de novo, que tem na capa uma mulher com um biquíni minúsculo. Além disso, ela está com um capacete militar e uma metralhadora. — Mas, olha... — diz Barba Negra com sua voz grave — eu não deixaria o *señor* Esquentadinho ver o que você tem nos seus bolsos. — Em seguida, vira a página da revista e volta a sorrir. Sigo em direção ao saguão sem querer ver de novo aqueles dentes escuros.

Tia Janet contou que o único caminho para o décimo andar são as escadas de emergência, uma curva depois do corredor dos elevadores. Para chegar lá, vou ter que passar na frente de Richie. Nesse caminho, passo diante do menino sardento. Ele está sentado num sofá perto das irmãs gêmeas. Os três jogam cartas. Ele me segue com o olhar o tempo todo. Para todas as outras pessoas, eu sou um fantasma.

Todas as outras, fora Richie.

Quando eu estou quase passando por ele, olhando fixamente para o chão, Richie pergunta:

— O grandalhão mostrou umas fotos bonitas para você?

Eu sei que deveria continuar caminhando, mas não consigo. Paro, viro para ele e me forço a encará-lo. Ele libera a lâmina do canivete e o gira para lá e para cá.

— Ele disse que você matou a... que você matou a gatinha. — Eu quase falei Cassie. *Não estrague tudo, Megs.*

Ele limpa as unhas com a ponta da lâmina.

— É o que estão dizendo por aí. — E então ele me olha nos olhos. Apesar das sombras do capuz, eu vejo aqueles olhos pequenos e pretos como café, quase vazios. Percebo que há algo ali, algo profundo, como o limo que fica no fundo de uma fonte dos desejos imunda. É um lugar em que não quero entrar, então me viro para o outro lado.

— Olhe para mim. Você acha que tenho cara de assassino de gatos?

Olho para um pedaço de papel no chão.

— Eu mandei *olhar* para mim!

Viro a cara rápido e nossos olhos se fixam. Ele sorri devagar, como um demônio preparando seu caminho.

— Eu perguntei se eu pareço com alguém que mataria um gatinho indefeso. Uma gatinha deixada sozinha num saco de dormir fedorento... Quem faria uma coisa assim?

Vejo de novo aquele lugar obscuro no seu olhar. Mas, dessa vez, sinto, sinto como se insetos descessem pela minha garganta. Ele me olha de perto demais.

— Eu sei que você é horrível e diabólico, se é o que está querendo dizer — falo isso seguindo para as escadas com o corpo tremendo.

— Entenderei isso como um sim. Diga Oi ao Russo Doido. — E quando chego à porta: — Quer saber qual o ingrediente secreto da minha receita de comida mexicana?

»»»

Subir os dez andares a pé consumiu quase toda a energia que eu tinha. Tia Janet disse que não haveria guardas na porta do sexto andar porque estava sempre trancada e só o dr. Hendricks tinha as chaves. Ela estava certa. Quando cheguei ao oitavo, comecei a sentir o fedor, que só piorava quanto mais eu subia. No décimo, tive que cobrir o nariz com a manga da minha camisa. Eu estava ofegante como um cachorro de corrida depois da linha de chegada.

Passei pela porta para adentrar o pesadelo.

Os homens se amontoavam no corredor, esqueléticos, com os olhos fundos, e os cabelos compridos e ralos. As roupas estavam frouxas como cortinas presas sobre os ossos. Em sua maioria, eles estavam sentados ou deitados no chão. O cheiro parecia de esgoto, mas também, acima de tudo, como uma nuvem, pairava um cheiro de morte. Havia apenas dois guardas com armas a mostra vigiando tudo. Eles me encararam com olhos obscuros, cheios de suspeita. Um deles era o Marretador. Já era magro antes, mas agora parecia um graveto. O outro cara era novo, devia ter uns 18, com uma barba cheia de falhas e um boné de baseball virado para trás. Tinha uma tatuagem imitando arame farpado em volta do pescoço. Os dois usavam máscaras cirúrgicas no rosto. A do Marretador tinha uma mancha rosa-amarronzada.

— Mandaram que eu viesse até aqui encontrar Mary.

— Quem mandou?

— O dr. Hendricks.

— Vai ver se é isso mesmo, Vladi. Não vou descer essa escadaria toda. Não antes de nos mandarem alguma porcaria para comer.

— Ah, é sua vez, coroa. Não vou descer isso tudo de novo.

Ele tinha sotaque. Acho que Vladi é o Russo Doido.

O Marretador me pergunta:

— Quem é Mary?

— A que tem um bebê doente.

— Tem um monte de gente assim. Bom, não tantas pessoas quanto antes, mas acho que sei de quem você está falando. Lá no fim do corredor... — Começa outro acesso poderoso de tosse, que quase faz a máscara sair da boca. Vladi balança a cabeça. A mancha rosada na máscara do Marretador fica vermelha. Ele se ajeita e continua: — Pegue a direita, ela está no quarto de portas fechadas. Dez-zero-oito, acho. Mas você tem que usar uma máscara dessas — diz ele me estendendo uma — ou então não vai nem conseguir sair desse andar... nunca.

Todas as portas do décimo andar estão abertas, escancaradas. Há de quatro a cinco pessoas em cada quarto: homens, mulheres, crianças, todos embolados. A cena me faz lembrar de quando visitei um abrigo de animais. O mesmo cheiro ruim, os mesmos olhos tristes.

Chego ao quarto com porta fechada. Debaixo do número 1008, na porta, alguém escreveu GENTE DOENTE e desenhou, com um pilot, um crânio e dois ossos cruzados. Abro a porta e entro.

O ar está quente e úmido, quase sufocante. Tenho que resistir ao impulso de virar as costas e ir embora. Deve ter umas vinte pessoas aqui, de todas as idades, mas a maioria é de crianças em duas camas. Os adultos estão em cadeiras ou no chão. Só consigo ouvir tosse e respiração difícil, às vezes um sussurro. Vejo aquelas duas crianças do primeiro dia. Estão dormindo, enroladas em um cobertor num canto. Perto delas, vejo um homem de olhos fechados, que tem uma cor suja na pele, recostado na parede. Não tenho certeza se está vivo ou morto, mas tenho um bom palpite. Eu deveria ser capaz de identificar um cadáver ao ver um.

Assim que olho para Mary, eu a reconheço. Lembro-me de quando a vi pelo buraco de ventilação, alta e de cabelos ruivos. Está sentada numa cadeira, olhando para fora da janela com as pernas esticadas. O bebê está em seu colo, enrolado em um lençol amarelo.

Vou até ela desviando das pessoas ou passando por cima delas no caminho. Algumas olham para mim, mas a maioria nem se importa. Olho para fora da janela, a visão é insana. As ruas de Los Angeles, iluminadas por um sol quente de verão, parecem um rio negro e pulsante de pequenos flutuadores voando em todas as direções. Lá adiante, a rua termina numa montanha borbulhante, um amontoado manchado de branco e cinza, com uns lampejos no meio. É bonito mas de uma maneira medonha, como uma nuvem de tempestade que caiu do céu. Se eu estivesse dentro de um carro indo na direção dessa coisa, eu gritaria ao motorista para que voltasse.

— O que é aquilo? — pergunto apontando para a nuvem misteriosa. Ouço um pigarrear. O bebê Lewis se mexe, depois para.

— Era para ser uma vista para o mar. Até isso eles tiraram de nós — responde Mary sem virar a cabeça.

— Há quanto tempo estão lá?

Dessa vez, ela vira o rosto para mim. Seus olhos parecem mais fundos e escuros, ela os aperta com certa suspeita.

— Desde o segundo dia. Por onde você tem andado?

Alguém murmura algo atrás de mim. Eu me inclino na direção de Mary, a máscara perto de seu ouvido.

— Carrie mandou isso — e lhe entrego um guardanapo em que foram embrulhados os comprimidos de azitromicina. — Tia Janet, quer dizer, Carrie, disse para você dissolver um quarto de cada comprimido em um copo d'água três vezes por dia até que eles acabem.

Ela esconde rapidamente o embrulho no lençol do bebê:

— Carrie? Está viva? Eu achei que ela...

Coloco o dedo na frente da máscara:

— Shh... — e aceno com a cabeça que sim.

— Não teremos água até amanhã de tarde.

— Eu nunca a vi — diz uma voz atrás de mim.

Passo o saco com maconha pela metade para ela, tomando o cuidado de esconder o gesto dos olhos à nossa volta. Ela olha sem saber o que pensar e então, depois de entender, pergunta:

— Onde você conseguiu isso?

— Talvez seu marido possa usar isso para subornar os guardas.

Seus olhos se enchem d'água. Ela está prestes a chorar, o que não é nada bom.

— Meu marido morreu ontem à noite.

Penso no homem recostado na parede. Gostaria de dizer algo, mas aquela conversa precisa terminar.

— Quem é você? — pergunta ela engasgada.

Mas já estou indo embora. Quando estou quase na porta, uma mão agarra meu ombro por trás e uma voz chia:

— Ei, você não pode...

Eu me contorço para fugir e saio pela porta em direção às escadas, respirando pesado pela máscara, caminhando rápido mas não tanto quanto gostaria. Estou quase nas escadas quando Vladi grita do fim do corredor:

— Ei, pare!

Devo correr? Arriscar? São dez andares. Ele me pegaria. E ele tem uma arma. E, se descobrisse tudo, tomaria os comprimidos de Mary.

Vladi vem na minha direção, dizendo:

— Você tem que mim dar uma coisa.

Meu cérebro grita: *Corre!* Seguro a maçaneta com força.

— Vai com calma aí — diz ele.

Sinto seu cheiro perto de mim, ele está tocando meus cabelos. Olho para o lado esquerdo e vejo o Marretador sorrindo, como se ele já tivesse visto a cena antes e agora fosse se divertir outra vez. Solto a maçaneta. Coloco a mão no bolso e pego o spray de pimenta. Vladi se abaixa e diz no meu ouvido:

— Eu deixo você ir, garotinha, depois que você der uma coisa para mim.

Meus dedos tateiam o spray e alcançam o acionador.

— Dá a máscara, depois você vai.

»»»

Desço correndo a escada e percebo que não tenho um plano. Enquanto corro, penso quais são as opções. A rota de fuga da cozinha está bloqueada pelo Barba Negra. A porta de acesso do sexto andar está trancada. Na porta para o saguão: Richie. E, se eu sair pela entrada principal do hotel, encontro os raios mortais dos ETs. Não tem como escapar. Quando eu chego ao térreo, sou um hamster correndo na sua rodinha, completamente exausto, e totalmente sem saída. Não posso ficar aqui. Mais cedo ou mais tarde, alguém vai perceber que ninguém me reconhece e contar a Richie ou ao dr. Hendricks em troca de comida ou água. Ou ainda pior: pode acontecer de o próprio Richie perceber a situação, o que seria a pior notícia para mim e provavelmente para Mary e o bebê também. Como Zack dizia à minha mãe: *É claro que você tem opções, mas todas são ruins*. Decido que a melhor jogada é fazer o que faço melhor: me esconder e esperar. Então, chego à porta, viro no corredor e...

Não vejo Richie por lá.

Ele está do outro lado, discutindo com o Barba Negra. Eles estão falando sério, e Richie aponta um dedo raivoso para o peito do Barba Negra, que ri de forma irônica. Não há ninguém vigiando a porta que leva ao corredor longo e escuro e que está a três metros de mim. Deve haver umas vinte pessoas por ali, mas apenas uma parece prestar atenção em mim. O garoto sardento de novo. Dou alguns passos e tenho certeza de que ele está me observando. Abaixo a cabeça e sigo caminhando até a porta. Richie e o Barba Negra ainda discutem, Richie grita que o outro é tão burro quanto uma sacola de marretas. Estou na porta, empurrando a barra de abrir, e em dois segundos me esgueiro para o breu do corredor. Seguro a porta, fechando-a devagar atrás de mim.

O corredor está escuro, mas eu me lembro do caminho. A lata de lixo, o extintor de incêndio, a virada à direita, as seis portas (todas trancadas). A porta seguinte é a da sala de equipamentos, se não me engano. Está aberta. A fita adesiva que coloquei prendendo a lingueta da fechadura ainda está lá. Tiro a fita e tenho uma ideia. Corto a fita em pedacinhos e a coloco dentro da fechadura. Não vai impedir Richie de passar, mas certamente vai atrasá-lo.

Há um feixe de luz passando por debaixo da porta de saída. Meus olhos se ajustam à penumbra, então consigo ver as silhuetas das coisas. A escada está encostada na saída de ventilação, mas há algo errado. A tampa do buraco do túnel está no chão. Não foi onde a deixamos. Alguém esteve aqui nos procurando. E deixou a fita na fechadura de propósito. Atravesso com pressa a sala, abro a lata de lixo para pegar minha mochila e paro tentando ouvir se vem alguém. Não ouço nada. Abro a porta apenas o suficiente para colocar minha cabeça para fora. Não há ninguém nas escadas. Eu me lembro do olhar medonho de Richie e me volta a sensação de insetos subindo do meu estômago até a minha garganta. Minha fuga foi fácil demais, discreta demais. Mas, até onde sei, ele ainda está brigando com o Barba Negra. Respiro fundo e subo a escada.

A primeira coisa que percebo é o ar. Está com um cheiro diferente. Talvez porque eu tenha ficado tempo demais no quarto dos doentes ou no LTT. Seja como for, o ar frio, quase áspero, chega aos meus pulmões com uma sensação boa. Quero mais. Ainda vejo alguns dos flutuadores lá fora, mas já não são tantos quanto antes. Não me lembro de vê-los partir. Para onde foram?

Não vejo sinal de tia Janet. Espero que ainda esteja dormindo dentro do carro. Dou um passo naquela direção...

E um braço me agarra pelo pescoço e me levanta do chão rapidamente.

Uma voz rascante sussurra no meu ouvido:

— Ah, então, o pirata é uma *menina*. Não é isso, sua vaquinha?

Não consigo respirar. Os tendões de seus braços parecem cordas apertando meu pescoço. Dou chutes no ar e tento gritar, mas nenhum som sai da minha garganta.

— Parece que seus pulmões estão pegando fogo, não é? Como se seus olhos fossem pular para fora do rosto?

Não consigo alcançar meus bolsos para pegar o gás de pimenta. Tento arranhá-lo, estico as mãos para trás na tentativa de unhar seus olhos. Ele ri. Sinto que vou desmaiar, meus braços estão perdendo a força.

— Você luta mais que o seu gatinho magrelo!

Richie me joga no chão, eu caio como uma boneca quebrada e respiro fundo, tentando absorver grandes quantidades de ar. Ele vem na minha direção e me olha por debaixo do capuz com aqueles olhos negros e vazios. Tem um carro a uns três metros de onde estou. Talvez, embaixo dele, desse tempo de eu recuperar o fôlego e alcançar o spray de pimenta. Começo a engatinhar. Ele me chuta com sua bota, me acerta em cheio. Começo a rastejar. Ele me alcança no chão, enrosca o braço em volta do meu peito, depois me alça para cima e segue para a saída me equilibrando na lateral do seu quadril. Um flutuador cruza o nosso caminho. Meus braços estão caídos ao lado do meu corpo. O gás de pimenta, a quinze centímetros das minhas mãos, é inútil.

Tento gritar, mas o máximo que consigo é um rouco "Socorro".

— Veja bem, há uma arte de esganar as pessoas, apenas no limite do espasmo. De um jeito que a pessoa consegue respirar, mas não falar. — Ele ri. — É a melhor descoberta de todos os tempos. Sabe onde aprendi isso? Com um policial que tentou me estrangular.

Ele me larga no chão outra vez, mas me mantém presa, pisando em mim com sua bota.

— Veja só isto — diz ele.

Olho para cima. Ele tira o capuz. Posso ver seu rosto pela primeira vez. Seus cabelos são falhados, como se só crescessem em chumaços. Há uma cicatriz curva e mais clara que a pele da testa até o meio de sua bochecha direita. E há apenas uma massa disforme e roxa onde deveria estar sua orelha direita.

Ele me levanta outra vez:

— É, eu sei no que está pensando. Você tinha que ter visto o policial.

Estamos quase na porta de saída. Três outros flutuadores estão girando na rua.

— Essas coisinhas são incríveis. Como é que sempre sabem a hora de comer? Daqui a um minuto, elas vão se apinhar como formigas num sorvete que pingou no chão. E eu não dei nenhum sinal de que está na hora de comer. — Ele me espreme com mais força. — Mas que diabo! Você é tão magrela que elas podem acabar perdendo o apetite. Bom, na verdade, eu não apostaria nisso.

Chegamos à saída. Os flutuadores estão logo adiante, a um carro de distância. Há um enxame deles agora. Giram malignamente a menos de meio metro do chão. Eu amoleço o corpo, na esperança de que Richie tenha que reajustar sua pegada. Ele muda o braço de posição, o que é suficiente para que minha mão direita alcance meu bolso.

— Sabia que as naves-mãe estão se co-mu-nicando comigo? Sou como um... discípulo, digamos. Levo o sacrifício a elas. Graças a mim, nós estamos sobrevivendo aqui um pouquinho mais de tempo. Mas eu ganho algum crédito por salvar a raça humana? Sou um incompreendido.

O gás de pimenta está na minha mão. Terei que ser rápida porque não vou ter uma segunda chance. Enfio as unhas da outra mão no braço dele, que ri.

— Você acha que um arranhãozinho de nada vai funcionar como?

Mas, por um segundo, ele afrouxa um pouco a pegada. É tudo de que preciso. Eu me remexo e escapo de seus braços, consigo colocar os pés no chão, então puxo o spray e aperto na direção dele com toda a força enquanto me afasto. Ele é mais rápido que eu, bloqueia o gás com a mão e o alcança com a outra, tirando-o de mim. O ar está queimando, o cheiro é terrível e meus olhos ardem, mas Richie parece não ter se abalado. Ele atira o spray para a rua, e os flutuadores se amontoam em volta daquilo.

Não tenho para onde ir. Estou no limite da porta. Mais dois passos para trás e estou na rua. Ou os flutuadores me pegam, ou os raios das esferas grandes. Seja como for, estou frita. Richie está bloqueando a minha passagem para entrar de volta na garagem. Ele seca as mãos na calça, seus olhos começam a lacrimejar. Tento desviar dele e passar correndo, mas ele me agarra pela blusa e me puxa de volta. Fico espantada com o quanto é rápido e forte.

Ele começa a me empurrar para a rua, que está repleta de flutuadores.

— Onde está a arma?

Mesmo se quisesse, eu não lhe diria. Ele encontraria tia Janet e a entregaria como comida para os ETs também.

— Aposto como a arma está escondida junto daquela sua amiguinha, aquela vaca, que você *roubou* de mim.

Preciso ganhar tempo. Inventar alguma coisa. É o único plano que me resta.

Minha voz começa a voltar. Eu poderia gritar, mas que diferença faria? Digo:

— Eu, eu... realmente não me lembro.

— Talvez isso ajude

Ouço novamente aquele clique, aquele som enlouquecedor. Como mágica, o canivete aparece em suas mãos, e ele começa a girá-lo aberto na mão. Mesmo no escuro a lâmina parece brilhar.

— Olha, eu só vou perguntar de forma gentil mais uma vez. Ouça bem, minha amiguinha. Onde... está... a... arma?

— Está atrás de você — responde uma voz tranquila e familiar.

Richie me pressiona contra seu corpo e se vira em direção ao som.

Tia Janet sai detrás de uma coluna de concreto. Está a uns cinco ou seis metros, os braços esticados e apontando a arma, que segura com as duas mãos. O alvo parece ser o peito de Richie, a uns dez centímetros da minha cabeça.

A lâmina reluzente está a dois centímetros do meu pescoço.

— Solte a menina — diz tia Janet sem tirar os olhos dos de Richie.

— Por que eu faria isso?

— Porque mato você se não soltá-la.

— Ah, você me mata? Perfeito! — Ele dá um passo à frente. — Sabe o que eu acho disso?

A arma está tremendo nas mãos de tia Janet. Richie dá mais um passo na direção dela e me empurra para a frente. Ela treme mais. O fedor do braço de Richie, uma mistura de suor com spray de pimenta, quase queima minhas narinas.

— Não estou nem aí para o que você acha — responde ela.

Tia Janet ajeita a postura e a mira; eu sei que a arma não está carregada, mas será que ele sabe? Será que ele saberia só de olhar a pistola?

— Eu acho que você se colocou numa si-tua-ção delicada, como nos filmes.

Ele dá mais um passo e agora ela treme para valer, balançando o corpo todo.

— Não tem por que piorar as coisas, certo? Cacete, eu aposto que essa arma aí nem tem munição...

Uma sombra se abate no rosto dela. Conheço essa cara, ela está tendo outra daquelas cólicas.

— Então, colega, ouça bem o que vamos fazer...

Ele avança outro passo. Estamos a quatro ou cinco metros de distância e cada vez mais perto.

Ele aponta o canivete para ela e diz:

— Você me passa a arma, depois você...

Ela para de tremer. A mão de tia Janet fica mais firme do que uma pedra. Richie gela.

Eu consigo me contorcer outra vez e fugir da lâmina, enquanto ouço dois estouros. Richie se debate como se tivesse sido atingido. E, então, solta minha camisa e eu consigo escapar de vez. Ele tropeça para trás e chega à rua, com a mão direita pressionando o ombro esquerdo. Gotas vermelhas pingam do lugar que ele tenta tapar com a mão. Richie começa a recuperar o equilíbrio, a raiva preenche seus olhos.

Eu me encarrego dele, que passa o canivete perto do meu rosto, mas tão devagar que é fácil escapar. Dou-lhe um empurrão no peito com toda a força, fazendo-o retroceder ainda mais. Richie tropeça e cai, tenta se levantar, mas não consegue. Aos berros, ele é encoberto pelo mar de flutuadores. Vejo um braço, um pé e ouço outro grito curto.

Três segundos depois, não sobra Richie para contar a história.

Olho para tia Janet, que coloca a arma na cintura.

— O que foi que acabou de acontecer? — pergunto, ainda sem acreditar no que acabo de ver.

Ela vem na minha direção e me dá um longo abraço. Depois dá um passo atrás e me olha.

— Lembra quando eu disse que a pistola estava sem munição?

— Sim.

Há um esboço de sorriso em seus lábios:

— Eu menti.

PROSSER, WASHINGTON DIA 28

NA BANHEIRA

Apenas depois de ouvir meu coração bater algumas vezes é que entendo o que está acontecendo.

Estou no carro. Da janela lateral da garagem vem uma luz tão forte que tenho que virar o rosto. Na minha boca, a sensação é de que andei chupando algodão. O cobertor verde do meu quarto cobre minhas pernas. Como é que aquilo foi parar ali? Tudo isso já é bem confuso, mas não chega aos pés de duas outras questões que estão perturbando minha mente:

1. Por que estou vivo?
2. Por que estou sozinho?

A última coisa de que me lembro é que meu pai e eu engolimos um monte de comprimidos de analgésico. Por sinal, o copo d'água (agora vazio) que trouxemos para ajudar a engolir está no painel do carro, exatamente onde meu pai o deixou. Eu me lembro de me sentir entorpecido, como se estivesse apagando, enquanto meu pai murmurava aquela bobagem emocional que se espera ouvir no leito de morte. Mas cá estou, vivo e sozinho. Solitário no meu próprio carro, um Toyota Camry azul-metálico, ano 1997, com mais de trezentos e quinze mil quilômetros rodados e um som novinho em folha recém-instalado.

Só duas explicações me vêm à mente. Bom, talvez três. Ou estou sonhando – mas ninguém sente dor de cabeça nos sonhos, então já posso descartar essa possibilidade – ou, então, o remédio não funcionou. Mas, com certeza, *pareceu* que funcionaria. A terceira hipótese é a de que meu pai soubesse operar uma manobra de limpeza estomacal e não estivesse drogado demais para usá-la – essa hipótese também me parece tão provável quanto crescer uma segunda cabeça em mim. Acho que o que faz mais sentido é que a overdose não tenha funcionado, o que significa que meu pai está vivo, e também explica por que estou sozinho. Mas, afinal, onde ele está? Dentro de casa, provavelmente preparando o café da manhã. Ah, não, porque não vai haver mais café da manhã. Deve estar na mesa da cozinha contando PDMs e fazendo gráficos. Ou, tão útil quanto, deve estar limpando o balcão da cozinha.

Entro em casa. As sombras estão baixas, então não há nenhuma luz alienígena ofuscante aqui. Apenas um brilho amarelado que passa pela cortina bege. Grito:

– E aí, pai, belo trabalho com os comprimidos, hein!

Espero. Nenhuma resposta. Tudo bem, que seja.

Completo a frase:

– Da próxima vez, leia a bula!

Nada. Deve estar tirando um cochilo lá em cima, mas a casa não é tão grande assim e eu gritei alto o bastante para levantar um defunto da cova. Algo dentro de mim diz *Pérolas da Morte*, como se ele tivesse ido atrás delas ou, pior, elas tivessem vindo atrás de nós.

Meu coração dispara. Isso está começando a parecer um filme de terror, daqueles que nos deixam com vontade de gritar para o protagonista "Sai daí, seu idiota, sai da casa!" Só que, nesse caso, o idiota sou eu e sair da casa não é exatamente uma opção.

Dou uma checada no de sempre: A cadeira de couro de papai, o sofá na sala de estar, a cadeira da sala de jantar virada para a janela, a cozinha.

Tudo impecavelmente limpo e vazio. Meus olhos vão direto para o suporte de madeira para facas. Há algo errado ali. Observo mais de perto.

A maior faca de todas, a que papai usa para destrinchar peru, não está lá. Ele sempre dá um chilique quando alguém não a guarda de volta no suporte. Isso não está fazendo o menor sentido. Pego o cutelo. Bom, é isso que o idiota do filme faria, não é?

Subo as escadas, que agora parecem ranger sinistramente. Não há tantas janelas por aqui, então é claro que, enquanto subo, vai ficando mais escuro do que lá embaixo. O cutelo faz minha sombra parecer especialmente maior e ameaçadora. Eu riria da imagem se não estivesse batendo os dentes de medo.

— Pai... — digo quase num sussurro —, o que quer que você esteja fazendo é hora de parar.

Estou no alto das escadas, há um corredor que segue pela esquerda e dá no meu quarto, e outro, à direita, chega ao quarto maior, o dos meus pais. A porta do quarto da direita está aberta. Dormindo ou não, ele me ouviria. Minha porta está fechada, então é para lá que me dirijo primeiro. Mesmo sendo meu quarto, tenho o impulso de bater na porta.

Os nós dos meus dedos dão pancadinhas na madeira branca e digo:

— Pai, você está aí? Pai?

Ele não responde. Giro a maçaneta e entro.

Minhas coisas estão todas arrumadas. Minha estante está em ordem, minha mesa limpa, minhas roupas dobradas e empilhadas no armário. Meus sapatos organizados em seus respectivos pares e enfileirados, arrumadinhos debaixo da janela. Minha cama está tão bem-feita que poderia estar em um anúncio de hotel. Em cima da cama perfeitinha, sem qualquer dobra no lençol, tem um envelope branco com meu nome.

Deixo o cutelo no parapeito da janela, sabendo que é nessa hora, nos filmes, que o psicopata pula para fora do armário. O estranho é que estou com mais medo do envelope que do psicopata ou das tropas invasoras das PDMs. Minhas mãos tremem enquanto o abro. Há uma carta dentro. Reconheço a caligrafia meticulosa, típica de um engenheiro. Sua voz ecoa na minha cabeça enquanto leio:

> *Querido Josh,*
> *Se você está lendo essa carta, é porque sobreviveu. Ótimo! Esse era o meu plano, acredite se puder. Duas das cápsulas que você tomou eram analgésicos. As outras eram feitas de leite em pó. Não fiz por mal, mas porque sou seu pai. Sei que estou sendo egoísta, mas quero que você sobreviva. A invasão não vai durar para sempre. Mamãe ainda pode estar viva. Se houver a mínima possibilidade de você sobreviver até depois das PDMs irem embora, você deve aproveitá-la.*

Cai uma lágrima no papel, que fica manchado.

> *Tenho esperanças de que você mude de ideia quanto ao que discutimos mais cedo. A coisa certa a fazer é se alimentar de mim. Mas você não pode perder muito tempo pensando nisso, senão a carne vai estragar. E também entendo se você não quiser fazê-lo. É uma decisão difícil e você deve fazê-la sozinho. Tudo o que peço é que, por favor, não jogue minha carcaça às Pérolas. Estou no banheiro do quarto principal.*
> *Amo você,*
> *Papai*
>
> *Ps: Os remédios que você não tomou estão numa bolsinha debaixo do livro na mesa de cabeceira. Mas guarde-os para o pior momento. Não deixe as Pérolas da Morte levarem você. Não confio nelas.*

A carne vai estragar? Carcaça? Só de pensar nessas palavras já sinto meu estômago se revirar. Choro tanto que mal consigo respirar. Mas talvez ele ainda esteja vivo. Talvez eu possa impedi-lo!

Saio correndo pelo corredor e entro na suíte de meu pai. Mais daquela luz muito clara invade o quarto através da janela. A porta do banheiro está fechada. Grito "Pai!" e quase me jogo lá dentro.

Ele está dentro da banheira, só de cueca samba-canção preta. Há uma claraboia bem em cima da banheira, e um retângulo de luz se estende sobre seu rosto imóvel. Dá para ver que ele está morto, pela rigidez, pela pele branca como giz, pelo silêncio — eu simplesmente sei disso. Não há porque verificar seu pulso. Meu pai está morto.

Desabo no chão. Não choro. Seja lá o que eu estava sentindo quando li a carta e quando corri pelo corredor escancarando as portas... foi substituído por outra coisa. É como se eu estivesse congelando de dentro para fora. Foco meu olhar em uma toalha azul pendurada em um gancho da parede. Depois na privada, na escova de dentes em cima da pia. Foco em qualquer coisa só para tirar meus olhos daquela verdade horrenda e silenciosa que preenche o banheiro.

Meu pai está morto.

Eu não.

Agora estou completamente sozinho.

As três frases infiltram-se no silêncio, preenchendo todas as brechas. Elas ficam se repetindo na minha cabeça, sem parar, em um *loop* infinito. Meu corpo começa a tremer. As lágrimas voltam, dessa vez em ondas longas e arrepiantes. Depois passam como uma tempestade e tudo fica calmo outra vez. Respiro fundo. E viro o rosto lentamente.

Suas mãos estão cruzadas sobre a barriga pálida, segurando uma foto de nós três e o Dutch na praia Cannon, no Oregon. Fomos lá no ano passado, nas férias do meio do ano. Lembro bem do momento exato em que tiramos a foto. Minha mãe comprou uma pipa de dez dólares de um vendedor de rua, mas o troço se recusou a voar. Ficamos correndo a praia para cima e para baixo como três imbecis, e o Dutch latia até não poder mais toda vez que a pipa caía no chão. Tinha um velho chinês pescando, e mamãe pediu a ele que tirasse uma foto nossa, oferecendo a pipa em troca. Ele tirou a foto, mas não quis a pipa, que está pendurada até hoje na nossa garagem.

Eu me sento na borda da banheira e olho para ele. Por um segundo, tenho a impressão de que ele está num caixão, um caixão de cerâmica branca (com um ralo), e de que estou no seu velório. Meu pai está de olhos fechados e tem o rosto tranquilo, quase com um sorriso. Seu nariz ainda está um pouquinho roxo e inchado. Estico a mão para tocá-lo, mas não consigo vencer o último centímetro. Ele parece estar com frio, então cubro seu corpo com uma toalha e um dos meus dedos esbarra na pele dele. Sinto calafrios.

Tem outro envelope perto da banheira, um envelope que eu estava evitando. Meu pai escreveu em letras pretas: INSTRUÇÕES. Debaixo do envelope está a faca que estava faltando no suporte.

Pego as instruções, isso é uma loucura, instruções para quê? Mas eu posso imaginar. Rasgo o envelope e amasso cada pedacinho, formando bolinhas e jogando-as na parede. Mas, a cada movimento, começo a sentir, preenchendo o meu corpo, os indícios de mais um apagão. As PDMs. Foram elas que fizeram isso, foram elas que colocaram meu pai nessa banheira, que o fizeram mentir para mim, que o fizeram escrever uma carta com INSTRUÇÕES.

Papai disse que há mais comprimidos na mesa de cabeceira. Por que adiar o inevitável? Depois penso, que se fodam os remédios. Mesmo que ele tenha me pedido para não fazer isso, vou resolver isso lá fora. Suplico por esse feliz alívio antes que tudo termine num raio extraterrestre.

Mas preciso fazer isso logo, antes que a raiva congele.

Desço as escadas de dois em dois degraus, abro a porta, corro lá para fora e grito:

— VENHAM ME PEGAR, SEUS FILHOS DA...

Não estão lá. As Pérolas da Morte do outro lado da rua foram embora.

Olho para o oeste, na direção da escola, onde havia uma Pérola desde o primeiro dia. Também não está mais lá. O céu está totalmente limpo. Aliás, é de um tom de azul que eu nunca tinha visto. Intenso. Não esbranquiçado ou nebuloso. Parece um lápis de cera novinho em folha dentro da caixa. Olho para a lateral da nossa casa, e o lixo que estava amontoado ali desapareceu, como se nunca tivesse existido. Até onde consigo enxergar, não há nenhuma PDM no céu, e eu consigo ver bem longe. Hoje enxergo até mesmo o topo de umas montanhas cobertas de neve, que eu nem sabia que existiam.

O ar está com um cheiro diferente. Fecho os olhos e respiro fundo. Um cheiro de terra molhada, morno, como o de um bosque depois da chuva. Posso quase sentir o gosto do ar. E pensar em chuva me fez lembrar que estou com sede. De repente, só consigo pensar no brejo perto da nossa casa; mesmo que seja esgoto, vou beber. Mas, quando olho para a água, está límpida, como um riacho na montanha, como água filtrada, até melhor. Bebo até meu estômago doer.

Caminho de volta para o jardim e contorno o beco do fim da rua. O chão está tão limpo que chega a brilhar. Não há guimbas de cigarro, restos de sacolas de plástico ou de papel, nem pedaços de vidro quebrado. A bicicleta de Jamie ainda está ali, mas o jornal e o capacete dela, não. Alguém chama algum nome ao longe. Amy, Ashley, alguma coisa assim. Outra voz, ainda mais longe, se junta à primeira.

Chego à rua, olho para a esquerda e para a direita. Onde antes era o prédio, só sobraram uns tocos de madeira queimada e uma escada. Da casa de Alex, só sobrou uma parede de pé, com uma janela queimada. Do outro lado do quarteirão, uma mulher, que não reconheço, está sentada no meio-fio. Eu grito:

— Ei!

Ela levanta a cabeça, vira para mim e acena. Aceno de volta, começo a andar em sua direção e ouço algo que faz meu coração parar. O som é abafado, quase imperceptível, mas sei o que é e corro para lá.

A porta da frente dos Conrad está trancada. Mas o Dutch está lá dentro e o ouço latir. Chamo por ele e tento arrombar a porta com o ombro, mas ela não cede. Vou até a janela da sala, que está fechada com tábuas de compensado, que se quebram na segunda tentativa. Entro. O Dutch pula em cima de mim, lambe minha cara, balançando o rabo na velocidade da luz. No chão da cozinha, atrás dele, tem uma montanha de ração.

Chamo pelos Conrad, mas nem sinal deles. Se estivessem por aqui, eu os teria visto. Imagino que tenham virado comida de PDM. Mas vai saber... Depois da cena da banheira que acabei de ver, penso que talvez eles tenham escolhido outra opção, que não morrer de fome, nem ser deletados pelos alienígenas. Talvez tivessem seus próprios comprimidos ou armas escondidos. Mas vou deixar para descobrir isso outra hora. Para mim, agora, o que importa é que eles não comeram o Dutch. Seja lá pelo motivo que for, sou grato por isso.

• • •

Estou no jardim diante da casa. A grama está fria e o sol, quentinho. No canteiro da mamãe, as tulipas começam a despontar como lanças verdes saindo da sujeira. Um esquilo passa pelo gramado. Fico encarando o Dutch, pensando se ele vai enlouquecer com o esquilo, mas não. Pela primeira vez, não. Seguro seu focinho e olho bem em seus olhos. Às vezes faço isso quando estou estressado. Talvez seja porque percebo a confiança total dele ou sua absoluta falta de noção de como as coisas podem estar caóticas ao seu redor. Seja pelo motivo que for, isso me acalma. Tenho que pensar, é hora de processar minha nova realidade.

Meu pai está lá em cima na banheira. Morto. Nunca vai ver o que vejo agora.

Uma onda de pânico se agita dentro de mim, e a emoção começa a fervilhar. Primeiro penso que vai ser mais um episódio de apagão, mas deixo uma lágrima cair, e a sensação muda. Seco a lágrima. O Dutch cutuca minha mão com o focinho. Fica me olhando com aqueles olhos castanhos, curiosos. Não sei que demônios estavam começando a surgir em meu peito, mas agora estão quietos. O Dutch me cutuca de novo. Não consigo evitar um sorriso.

— Bom, você é o único amigo que tenho — digo. — O que vamos fazer?

Coço a parte de trás de sua orelha. Ele vira de barriga para cima, pedindo para eu coçar ali também. No mundo simples do Dutch, isso é tudo o que importa. Mas o mundo que eu conhecia no mês passado está despedaçado. Tudo o que sobrou são folhas secas ao vento. Será que conseguiremos juntar todos os pedaços de novo? Então penso na minha mãe. Será que ela está olhando para o mesmo céu azul incrível que eu? Meu pai acreditava que ela estava viva. Quero crer que ele estava certo. Los Angeles não é tão longe assim. Pelo menos não era *antes* das Pérolas. Devo tentar ir até lá? Devo ficar?

— Você gostaria de uma aventura? — pergunto.

O Dutch lambe o próprio focinho e balança o rabo.

Acho que isso é um sim.

LOS ANGELES, CALIFÓRNIA

O presente

Gritos. Lá *fora*.

Estamos na caverna. Tia Janet está dormindo. Eu também estava, mas não estou mais. Estou bem acordada e me pergunto o que diabos está acontecendo. Coloco minha cabeça para fora da caverna e ouço. Definitivamente há algo acontecendo *do lado de fora* do estacionamento.

Alguém grita, o som é nítido como as badaladas de um sino:

— Eles foram embora! Eles foram embora! Todos! Demos um chute na bunda de ET deles. Os filhos da mãe foram embora!

A pessoa só podia estar falando de uma coisa, mas eu tinha que ver com meus próprios olhos. Salto do carro e corro até o parapeito da garagem. Meus olhos quase pulam para fora: as pessoas estão *saindo* dos edifícios! Algumas correm, outras estão cambaleando, como zumbis. Outras caem de joelhos e beijam o chão. Estão dançando umas com as outras no meio da rua. Elas olham para o céu com os punhos para cima e xingam os aliens com palavras que prefiro não repetir. E o melhor de tudo: o único objeto redondo do céu é um sol enorme, amarelo e quente. Além das nuvens, não há mais nada flutuando no mar de azul. Nuvens grandes, brancas e fofinhas. Nada de nave-mãe ou flutuadores.

Parte de mim diz que isso pode ser uma armadilha dos ETs. Talvez os alienígenas tenham arrumado algum tipo de escudo de invisibilidade, ou talvez tenham aterrissado um pouco mais longe e a verdadeira invasão esteja acontecendo *agora*, exatamente no momento em que todos pensam que é seguro ir lá fora. Eles nos amoleceram, acabando com nosso Exército e nos deixando com fome. Agora é apenas questão de tempo para seus exércitos de olhos de inseto descerem às ruas atirando a esmo seus raios mortais. Eu pisco os olhos para ter certeza do que estou vendo. Parece *mesmo* que eles foram embora. Preciso acordar tia Janet. Essa é a melhor notícia de todos os tempos.

Mas, então, ouço outro som.

Vidro se quebrando. Um monte de vidro. Um homem e uma mulher saem de um prédio do outro lado da rua. Ele leva uma cadeira e a arremessa contra a vitrine do café ao lado de seu prédio. Entra pela vitrine espatifada e, alguns segundos depois, abre a porta para a mulher entrar. Ela desaparece com ele lá dentro e, alguns minutos mais tarde, eles reaparecem com sacolas de papel cheias. Não sei o que é, mas imagino que seja comida. A mulher corre lá para dentro outra vez; o homem enfia a mão na sacola, de onde tira uma garrafa d'água. Outras pessoas veem a cena e se aproximam, logo se forma uma multidão de gente se acotovelando para entrar no café.

Volto ao esconderijo e chacoalho a perna de tia Janet.

— Acorde, acorde!

Ela murmura algo sobre deixá-la dormir. Balanço sua perna ainda mais forte.

— Os ETs foram embora! As pessoas estão na rua! Você precisa ver!

Ela desperta:

— O que você disse?

— Não está ouvindo a gritaria? As pessoas estão *invadindo* os prédios.

Ela me olha como se eu estivesse falando em marciano. Não deveria ser tão difícil fazer alguém entender que aqueles monstros foram embora. Eu digo a ela o que estou realmente pensando:

— Temos que sair *agora* antes que toda a comida acabe. Se você não quiser ir, pode esperar que eu trago um *donut* para você, quer dizer, se tiver sobrado algum.

— Um *donut*?

— Com cobertura de chocolate e granulado colorido em cima.

— Acho bom que isso não seja só um truque para me acordar. — Ela se esgueira para fora do esconderijo e me segue até o parapeito da garagem, exatamente de onde vi o homem quebrar a vitrine. Agora o grupo de pessoas foi embora, só sobrou um cara, que está comendo grãos de café. Há mais algumas pessoas espalhadas pela rua. Algumas carregam sacolas de papel, outras empurram carrinhos de compras cheios de sacolas e caixas. A maior parte parece caminhar na mesma direção.

— Meu Deus do céu! É verdade! — diz tia Janet. — Eles se foram. — Ela me abraça com os olhos lacrimejando. — Nós conseguimos. Nós sobrevivemos.

»»»

Descemos correndo até o térreo e paramos na calçada. Estamos praticamente no mesmo lugar onde Richie desapareceu ontem no enxame de flutuadores. Agora estou do lado de fora e em cima da minha cabeça só existe o céu azul. Ainda assim, sinto como se daqui a pouco fosse ver alguém desaparecer com um raio alienígena. Respiro fundo. O ar está limpo, fresquinho, com gosto de maresia ou algo assim. Seja lá o que for, não me canso de senti-lo.

Alguém com um carrinho de compras repleto de sacolas cheias e um aparelho de TV grita:

— Ei, saia da frente!

O menino sardento do hotel está no meio da rua com sua mãe e as duas irmãs. A mãe embala uma das meninas nos braços, tentando sustentar o corpinho mole, mas lutando contra seu peso.

— Vocês têm comida? Vocês têm água? — pergunta ela a algumas pessoas que passam por perto. Sua voz sai quase como um grito desesperado.

Uma adolescente caminha ao lado de um homem mancando. Os dois carregam fronhas estufadas até a borda. Ele vem com um bastão de baseball. Os dois param perto da mulher, o homem tira uma garrafa de água da fronha e entrega à mãe do sardento. A mocinha balança a cabeça quando ele faz isso, e ele diz à mulher:

— Faça o que tiver que fazer, não se preocupe em ir contra a lei, porque estamos sem lei. — Coloca a fronha no ombro e continua: — E não tire os olhos das crianças. Nem por um segundo. — Em seguida, os dois desaparecem no meio das pessoas.

Olho outra vez para onde estão indo. Uma placa verde e branca diz SANTA MONICA. É a rua que vi do quarto de Mary, que terminava numa nuvem estranha, borbulhante. A nuvem agora é diferente, cinza, de um tom claro, como um nevoeiro espesso que se dissolve com o sol da manhã.

Tia Janet segura meu braço:

— *É ele!*

Sigo a direção para onde sua mão aponta e me arrepio toda. É o dr. Hendricks, de pé, na frente do hotel, olhando tudo por trás de seus óculos escuros. Parece muito saudável se comparado aos corpos enfraquecidos das outras pessoas, está bem-alimentado, barbeado, com os cabelos cortados e penteados para trás. O Barba Negra também sai do hotel e fica a seu lado. Vladi está logo atrás, com a arma ainda à mostra na cintura da calça. Ao pisar na rua, começa a correr como um louco, como se precisasse chegar a algum lugar rápido. Nem sinal do Marretador. O dr. Hendricks e o Barba Negra ficam vendo sua prisão se esvaziar.

Tia Janet me pergunta se vi Mary.

— Não, quer dizer, ainda não.

Por todo lado, ouvimos som de vidros se quebrando e de pés se arrastando.

— Não devemos ir procurar comida? — pergunto.

Ela encara o dr. Hendricks e responde:

— Em um minuto.

Tia Janet virou um míssil focado em seu alvo. Estou dois passos atrás dela. O Barba Negra nos vê chegar, aponta para nós e sussurra algo para o dr. Hendricks, que vira em nossa direção e sorri com aqueles dentes brancos enormes. Será que tia Janet deixou a arma no carro? Paramos na frente deles.

— Olá, ladra de aspirina. Vejo que sobreviveu para testemunhar esse dia histórico. E ainda trouxe a pirata da garagem com você! Que ocasião especial!

— Onde ela está?

— Não ganho nem um "bom-dia" antes?

O rosto de tia Janet está seríssimo, grave.

— De qual dos meus sessenta e três hóspedes que sobreviveram você está falando? — pergunta ele, o sorriso ainda estampado no rosto.

— Você sabe.

— Ah, a mulher com o bebê doente?

— O nome dela é Mary.

— Ah, sim, sua traficantezinha — essa parte ele diz olhando para mim — deu a ela meio quilo de maconha, que ela trocou com um dos meus guardas por uma garrafa de água. Ele tossiu até morrer ontem à noite num delírio de felicidade de erva.

— O que você fez com ela?

— O que aconteceu com sua amiga não é nada comparado ao que vocês duas fizeram com o sr. Smith. — Agora o dr. Hendricks aponta seus óculos escuros para mim. Seu sorriso vai de largo a pequeno e apertado, como se pensasse pela primeira vez em alguma questão interessante. — Veja bem... Meu sócio aqui, *señor* Manny, viu tudo. Você empurrou o pobre homem para a rua para ser retalhado por aquelas bolas de basquete voadoras. — Ele continua me olhando por alguns instantes, então volta para tia Janet e para de sorrir. — Mas, madame, você deu um tiro nele antes, e isso, para mim, é um grande problema.

— Ele estava com um canivete na garganta dela.

— Como dizem... é uma questão de perspectiva.

— Onde está Mary?

— Meu Deus, mas você é persistente, hein? Ela foi uma das primeiras hóspedes a sair, quer dizer, a fazer o *check out*... hoje de manhã. Sem pagar a conta, diga-se de passagem.

Algo capta meu olhar na rua. As pessoas estão apontando alguma coisa e param para observar. A neblina começa a ficar mais fina. Dá para ver alguma forma ao longe, uma forma comprida e escura. Olho para o Barba Negra, ele percebe também.

— Sabe, nos bons e velhos tempos, eu prenderia vocês — diz o dr. Hendricks. — Prenderia por assassinato e as entregaria a um juiz para que ele decidisse o destino das duas. Mas estamos em um admirável mundo novo. As regras são a desordem e o caos... — A fala é cortada por um som de estouro, como de fogos de artifício, depois mais três sons rápidos.

Alguém grita. Está perto. A alguns quarteirões de distância.

— Isso deve ser Vladimir tomando conta da loja de penhores. A última coisa de que precisamos agora é de um monte de civis correndo para lá e para cá armados. O que nos traz de volta à nossa situação. — Ele se inclina em direção à tia Janet. — Posso esquecer que você matou meu empregado sob a condição de você me entregar a arma.

Tia Janet espera um momento e então pergunta:

— Que arma?

O grandalhão dá um passo para trás, sorrindo.

— Bom, nesse caso, nos veremos outra vez, numa circunstância bem menos... festiva, temo.

— Você viu para que lado ela foi? — pergunta tia Janet ao Barba Negra, que olha para o dr. Hendricks. Ele faz que sim com a cabeça.

O Barba Negra levanta aquele braço enorme e aponta para a Pico Boulevard.

— Ela queria ir até a cidade. Eu disse que pelo litoral seria mais seguro. Sugeri que invadisse os restaurantes do píer.

Agora dá para ver quase perfeitamente a forma negra por trás da neblina. É enorme. Mas não sei se a palavra "seguro" se aplica nesse caso.

— Viu? Aí está sua resposta! Ela foi para a praia. — Ele dá de ombros. — Aonde mais alguém iria em Los Angeles em um dia bonito como este?

»»»

Afundo meus pés na areia morna. Tia Janet nina Lewis, o bebê, em seu colo, enquanto ele levanta os punhos pequeninos, fechando seus dedinhos rosados. Mary amassa um dos comprimidos de azitromicina e o mistura com água em uma mamadeira, para dar ao bebê. Enquanto ele agarra a mamadeira e bebe, penso em quanta sorte nós tivemos.

Nós os encontramos no píer há sessenta e sete minutos. Mary estava escondida atrás de uma pedra grande, molhada, tremendo de frio e com o bebê no colo enrolado em uma toalha. Ela chorou com toda força quando nos encontramos. Tinha certeza de que Richie matara tia Janet. Quando lhe contamos o que de fato aconteceu — o tiro que tia Janet deu no ombro dele e como eu o empurrei para a rua repleta de flutuadores —, ela riu. Então a ajudamos a ir a um lugar mais abrigado na praia e lhe demos roupas secas.

Minha mochila está cheia de garrafas d'água e potes de frutas em caldas. Eu e tia Janet fizemos uma varredura em um apartamento em cima de uma loja de surfe a duas quadras da praia. Mary está sentada perto de uma sacola cheia de café solúvel, chá e dois cobertores do hotel, que o Barba Negra nos deu. Decidimos ficar longe dos restaurantes, onde havia aquela loucura de pessoas famintas brigando por bolinhos de chocolate recheados e caixas de cereal. Chegamos a ver uma mercearia em chamas, e há fumaça de outros incêndios em outros pontos no horizonte. Não sei onde arrumaremos comida quando a nossa terminar.

Tem uma pilha de pedacinhos de madeira seca no meu pé, é o suficiente para nos esquentarmos com fogo por uma noite. Vamos nos alternar para dormir. Tia Janet está com a arma. Diz que há catorze balas no pente. Acredito nela — dessa vez.

O sol começa a se esconder no horizonte, e o céu está com cores incríveis: laranja, azul e roxo. Tia Janet e Mary conversam sobre como tudo está tão limpo, a praia, a água, o ar e mesmo as ruas, a não ser pelas lojas e prédios pegando fogo e os vidros quebrados. Tudo o que sei é que nadei no mar pela primeira vez e estava salgado e límpido, além de frio como gelo.

E que mamãe não estava aqui para me ver.

Deixamos outro recado no carro, dizendo para ela nos encontrar na praia, no fim de Santa Mônica. Tia Janet e Mary concordaram em ficar três dias para ver se ela aparece. Estamos torcendo para que os celulares comecem a funcionar logo, mas as chances não são muito grandes. Conversamos com um rapaz que disse que nada está funcionando, nadica de nada, nem mesmo seu relógio. Ele nos disse para fugir da cidade, porque o que está acontecendo agora não é nada perto do que vai acontecer depois que o choque passar.

— Quando as pessoas acreditarem que os alienígenas se foram mesmo, aí sim o negócio vai ficar feio e bem rápido...

Tia Janet concorda com ele, mas está com a cabeça em outras coisas. Quer ter logo notícias de sua família que vive em Washington. Ela é casada, tem um filho de 15 anos e um cachorro chamado Dutch. Pensou em seguir para o norte pela costa, talvez de bicicleta, porque não encontrou nenhum carro que funcionasse até agora. Ela disse que gostaria que eu fosse com ela. Eu falei que pensaria no assunto, mas acho que já sei a resposta. Ela precisa de alguém que lhe cubra a retaguarda.

Agora o sol se pôs quase por inteiro. Tia Janet usa meu isqueiro para acender nossa fogueira. Mary coloca uma panela de água para ferver. Muitas pessoas fazem o mesmo na praia. Dá para ver pontinhos dourados flamejando diante da superfície tremeluzente e escura do oceano. Aqui parece ser um ponto de encontro, e sei bem o porquê.

Os ETs deixaram uma coisa para trás.

Uma torre gigantesca, de laterais lisas e negras como os flutuadores. Não dá para ver nenhuma janela, fresta ou junção. Ela sobe do meio do mar, a um quilômetro de distância da costa, e chega às nuvens. Tia Janet a chama de O Monólito. Mary acha que deve ser a coisa mais alta do planeta. Seja o que for, tia Janet disse que, no minuto em que olhou para lá, sua dor de estômago foi embora. Quanto mais perto chegávamos d'O Monólito, melhor ela se sentia. De noite, suas dores de cabeça e seus enjoos já tinham passado totalmente. E o bebê Lewis também está cada vez melhor.

Mas eu me sinto desconfortável, como se a torre pudesse se abrir a qualquer momento, e ouviríamos aquele barulho horrível de novo, e os flutuadores recomeçariam a aparecer por aí. E, dessa vez, nós não estaríamos protegidas em uma garagem ou dentro do hotel. Estaríamos do lado de fora, dormindo enroladas em nossos cobertores sob as estrelas. Um lampejo e iríamos embora. Mas guardo o pensamento para mim — o que não significa que eu não tenha procurado lugares onde possamos nos esconder, se for o caso.

Mary me traz uma xícara de chá. O vapor cheira a laranja e aquece minha pele. Tia Janet cutuca a fogueira com uma vara e faíscas sobem, rodopiando em direção ao céu estrelado. Ela se inclina, ajeita o cobertor nas pernas e fecha os olhos. Dá para ouvir ao longe alguém tocando violão e cantando "Amazing Grace". A voz se mistura com as batidas das ondas na praia.

— Boa-noite, Pirata.

Boa-noite. Gosto do som dessas palavras.

Eu estou no primeiro turno de vigília, meus olhos ficam grudados n'O Monólito.

Será uma longa noite.

Como dizia mamãe, nunca confie em presentes dados por estranhos.

Impresso no Brasil pelo
Sistema Cameron da Divisão Gráfica da
DISTRIBUIDORA RECORD DE SERVIÇOS DE IMPRENSA S.A.
Rua Argentina 171 – Rio de Janeiro, RJ – 20921-380 – Tel.: 2585-2000